릴 케 전 집

6

시인이 직접 발표한 시와 유고

릴 케 전 집

6

Rainer Maria RILKE

라이너 마리아 릴케

장순란 옮김

책세상

일러두기

1. 이 책은 독일에서 출간된 《릴케전집 *Rilke, Sämtliche Werke*, vol. III(Insel Verlag, 1987)》을 기본으로 하여 번역했다.

2. 이 책에 사용된 맞춤법과 외래어 표기는 1989년 3월 1일부터 시행된 〈한글 맞춤법 규정〉과 〈문교부 편수자료〉에 따랐다.

차례

1

시인이 직접 발표한 시들

Vom Dichter selbst veröffentlichte Gedichte

발표한 순서대로

(1891~1905)

긴 옷자락 아니면 짧은 옷자락?

지금 긴 옷자락이 유행하고 있다.
수천 번씩이나 저주받았음에도
긴 옷자락은 뻔뻔스럽게 지금 다시
최근의 잡지 속으로 소리없이 기어들고 있다!
그리하여 이 유행이
없어지지 않으면,
'엄격한' 위생국이 분노할 것이다.
그렇다면 위생국이 관여하여,
이제는 아주 많아진 먼지를
우리가 참고 삼켜야 하는
고통을 막아야 할 것이다.
긴 옷자락이 이제 잊혀졌다고
사람들이 생각하기 전에,
더욱이 경찰까지도 이 일에
심각하게 개입하기 전에.

위생국 직원들은 커다란 가위를 들고
길 모퉁이에 서 있어야 할 것이다.
긴 옷자락이 눈에 띄기만 하면
재빨리 잘라내버리기 위하여.

외침에 대한 대답
"무기를 내려!"

모든 시대의 고귀한 남성들에게
가장 멋진 최고의 보람된 추구는
완벽한 남자와 충실한 아들로서
조국을 위해 싸우고 투쟁하는 것이었다.

비상경보가 그들 모두를 방어태세로 불렀을 때
용감한 대열에 끼지 않은 자는 '아무도 없었다.'
그들은 자랑스러워했다. 영광스러운 전쟁터에서
몸과 피를 조국에 바치는 것을.

그런데 오늘날 투쟁의 노래가 사라지고
비겁한 시대가 새로이 침입한다.
그들은 측은하게 중얼거린다. "무기를 내려,
이제 됐다. 됐어, 우리는 전투를 원하지 않아."

이 민족이, 대포가 발사되었을 때
화염 속에 신이 나 서 있던 그 민족이며,
수많은 전투에서 언제나 꿋꿋이
적의 무리를 물리쳤던 그 민족이란 말인가?

용기를 내라! 언제나 조국을 사랑했던
동지들, 친구들, 형제들이여,
이제 잘 명심해두게. "무기를 내려놓는 일은 없어,
무기 없이는 어떠한 평화도 없기 때문이지!"

그러므로 단검을 오른손에 꽉 쥐어라,
절대 너희들의 손아귀에서 빠져나가게 하지 마,
비상경보가 울리면, 너희들은 싸울 태세를 하는 거야,
조국을 위해 죽을 각오를.

어디로?

파도가 바람에 휩쓸려
쏴쏴 소리를 내며
밀려가는 것을 볼 때,
그것은 언제나 나를 의문으로 이끈다.
서두르며 가는 파도, 어디로 갈까?……

안개가 자욱한 하늘에
흐릿한 구름들이 저기 밀려가는 것을 볼 때,
진정 난 그것을 알고 싶어
바람 실은 쪽배, 어디로 갈까?……

여기 삶에서 젊음과 희망이
너무나 빨리 사라지는 것을 볼 때……
오! 이 '어디로!'에 대한 대답을
내가 찾을 수만 있다면.

너 벌써 시드는가?

너 벌써 시드는가, 귀여운 장미여,
햇살이 너를 깨우지 않니?
오, 사랑스러운 작고 연약한 너,
오, 다시 한번 더 피기를!

한 번만 더 꽃싸개를 열어줘,
보다시피 난 겸손하고 싶단다.
한 번만 너의 충만한 광채를
가득 누리게 해줘!

작은 머리를 더 이상 들어 올리지 않을래?

잎들을 떨어뜨려 시들고 썩게 할 거니?
아! 과연 인생에서 봄은
유일하게, 단 한 번뿐이란 말인가!……

크리스마스

겨울 폭풍우가 성난 위세로
이 세상을 관통한다.
이때―전나무 향내 나는 밤이
눈 덮인 날개를 타고 내려온다……

이때 믿음은 양초 불빛 아래
네가 그것을 언급함 없이
가련하고 정처없는 심장을 관통하여
아주 조용히 부유하고 있다. 예전과 똑같이!……

이때 눈에 눈물이 아롱진다.
너는 환희를 간절히 바라며 운다.
너는 유년 시절을 그리워한다.
오, 여전히 예전과 같을 수만 있다면!……

너는 운다!…… 종소리가 울린다.
축제의 장엄함 속에서 전나무 향내 나는 밤이

눈 덮인 날개를 타고
내려온다.

환호하지 말 것, 탄식하지 말 것

환호하지 말아라, 나의 심장이여
행복의 숨결이 너를 스칠 때……
속세의 모든 것과 마찬가지로
환희도 역시 허무하다.

거친 고뇌가 너를 괴롭히며 휘감을 때
탄식하지 말아라, 나의 심장이여,
자, 보렴! 행복이 무상하듯
고뇌도 무상하단다!

둘 다 짊어지렴! 환희가 스쳐 지나가면
고뇌도 스쳐 지나가기 때문이지.
용감하게 싸워 나가렴,
영원의 품을 향하여.

별들의 밤

하루가 금빛 눈꺼풀을 닫는다.
연민으로 가득 찬 별들의 밤이
맑은 하늘로부터 아편즙을 조용히
아래로 붓는다.
들판과 숲에서 모든 생명과
소리가 서서히 소멸되었다.
단지 위안을 아는 꿈들만이
은빛 날개를 타고 세상을 떠돌아다닌다.

삶의 교훈

한 가지 — 이것을 인간은 삶에서 배운다 : 여윈다는 것을.
그리고 틀림없다 — 그것이 빨리 오든 늦게 오든 간에
젊은 심장의 격렬한 들끓음이
                    사라진다는 것은.

이렇게 되면 인간은 수많은 상여를 눈물을 흘리지 않고 볼 수 있으
며
점차 귀한 것을 여의는 법을 배우고 이해하게 된다.
지고의 고통도 세월이 흐르면서 역시
                    사라진다는 것을.

희망

고요한 시간들이 있다.
이때 온갖 소망, 희망, 상념들이
생명의 나무 둘레를 사뿐이
타고 기어오른다, 표상과 꿈을 반복하면서……

시간들이 있다. 폭풍우가 분노하여
나무줄기 둘레를 거칠게 타고 올라
희망에 찬 어린 꽃들이 밤 사이
죽어야만 하는.

그러나 곧 아침이 되면
온갖 소망, 희망, 상념들이
벌거벗은 생명의 나무를 타고
기어오른다, 표상과 꿈을 반복하면서.

눈물들

네가 울며 흘리는
모든 눈물을 배상금,
이 좋은 시절에 흘리는 눈물,
더욱이 아름다웠던 그 옛 시절에 흘렸던 눈물.

우연한 행복이 드물게
네 인생에 끼여들지라도
넌 그 행복을 고통으로 갚아야 한다.
고통이 인생에 더 많은 권리를 가지기 때문이지.

행복이 네 편에서 비켜나갔다
비켜나갔어, 네가 탄식했을지라도,
고통은 너와 함께 삶을 동행하는 것을
결코 거부하지 않았다.

고통이 더 정직하고 믿을 수 있어,
고통은 너와 잘 지낸다고 하지.
그런 이유로 고통은 세금과
희미하게 반짝이는 배상금을 요구한다.

왕관을 꿈꾸었다네……

내가 소년이었을 적에
할머니는 자주 장롱에서 책을 꺼내셨다
내게 동화책을 읽어주기 위하여.
왕의 자식이 왕관을 꿈꾸었다네……

세월이 흘러

소년은 점차 어른이 되었다.
할머니는 오래 전부터
깊은 무덤에서 축복받은 긴 잠을 자고 있었다.
내가 진지한 의무를 수행하게 되었을 때
내 기억조차 희미해졌다.
이 오래된 동화책이
어디로 갔는지, 나는 모르겠다.

그렇지만 나는 안다, 얼마나 자주 내 삶에서
이 꿈이 음흉스럽게 나타났다가 사라지는지를.
나는 살며시 떨면서 고백한다.
왕의 자식이 왕관을 꿈꾸었다네……

고백

고백해, 너는 봄을 꿈꾸었지,
빛나는 이상으로 가득 찬 세계를.
젊음의 탄산수가, 은은하게 빛나는 삶의
우승컵 안에서 거품을 냈을 때.

가엾은 내 심장이여! 넌 너의 행운을 놓쳐버렸다.
우울한 날들이 왔다가 사라지는구나……
네가 봄을 꿈꾸었다는 것을 넌 더 이상

스스로 고백하고 싶지 않지, 그렇지 않니?

상투어

사람들은 인생에서 수천 번씩이나 말한다.
특히 위대한 남성들에 관하여 자주 :
'남자는 거친 껍질을 지니고 있어,
그렇지만 그 속에 좋은 열매가 숨겨져 있지.'

그러나 그것을 알아낸들 무슨 소용이 있겠는가?
열매를 손에 넣을 수가 없다면.
가장 좋은 호두를 누가 맛있게 먹을 수 있을까?
호두껍질을 깔 수가 없다면.

정경(情景)

드넓은 풀밭 위에
잿빛 석양이 걸려 있다.
지친 듯 붉게 달아오른 뺨을 하고
하루가 서쪽에 도착한다.

황금빛 테두리로 둘러싸인 해 뒤로

하루는 숨가쁘게 저물어간다.
빛바랜 눈꺼풀이 서서히 내려앉으며 감긴다.
하루는 꿈꾸기 시작한다.
하루는 수많은 태양의 환영들을 꿈꾼다……
이제 밤이 하늘에서 고요히
날아와 부드럽게 몸을 굽힌다.
별처럼 미소 지으며 하루 위로……

숲의 소리

I
누가 이 노래를 이해하는가
숲이 외치는 이 노래를.
저녁바람 속으로 지친 듯
사라지는 이 노래를.

마치 갈망하는 것처럼 들린다.
나뭇가지 사이로 들리는
쏴쏴 하는 소리는
진정 나를 눈물나게 하는구나.

그럼에도 불구하고 윙윙 소리가
울려퍼지는 그곳에 머물고 싶어

나는 언제나 서둘러 간다,
멀리 있는 전나무 숲으로.

그곳은 훗날에도 여전히 나를 잡아당길 것이다.
내 마음은 귀기울인다.
숲이 내는 쏴쏴 하는 그 소리를
그 노래를 이해하든 못 하든 간에.

II
숲이 내는 윙윙, 쏴쏴 하는 소리가
푸른 숲속의 집을 지나간다.
세상의 모든 우듬지들이
서로 친숙한 인사를 나눈다.

그것들은 서로서로 끼여들기도 하고
바싹 달라붙기도 하며
휘어지고 요동치기도 한다
하늘의 숨결 속에서 높이.

그것들은 때로는 아양떨면서 속삭이듯 휙휙거리며
때로는 비애에 가득 차 탄식하고서
때로는 숲 사방을 진동시키는 굉음을 내며
놀라운 일을 만들기도 한다.

······ 나는 그것들의 고요한 소리에 귀기울이고 싶다
시선을 나무 꼭대기로 향하고······
쏴쏴 하는 그 소리가 이미 오래 전부터 내 마음속에서
들리는 듯하다.

III
성스러운 고삼림,
어떤 불협화음으로도 깨뜨릴 수 없는 너의 정적은
예언녀 시빌레의 진실을 말하기 전
침묵과 같다.

향내가 너를 감싼다.
마치 예언녀의 영감처럼—
높이 부는 가벼운 바람을 통해서만
은밀한 예감이 저쪽으로 서서히 날아가는구나······

IV
저 높은 곳에 있는 너의 우듬지와
고삼림의 이야기에
내 칠현금의 현들이 즐겁게 영혼을 불어넣는
노래들은 어떤 노래들일까?

영원히 푸른 너의 나무 꼭대기들의
윙윙거리는 말소리에 대하여,

향기에 취해 지친 감정으로부터
나오는 노래들은 어떤 노래들인지.

나의 노래로 모든 사람들에게
나뭇가지들이 내는 소리를 알려야 할 것 같다.
그러나 나의 노래가 메아리로 울러퍼지는 적은 거의 없다.
그래서 나는 침묵한다.

나는 침묵하면서 이렇게 네게 들어간다.
고삼림이여, 네가 위아래로 흔들며 요동쳤을 때.
나는 꿈을 꾸는가……, 아니면 기도하는가……
어떤 말들일까, 어떤 노래들일까?……

석양

석양은 대지와 예쁘고 잘 따르는
그들의 자식들을 조용히 미소지으며 덮는다.
대지가 스스로 햇살을 쉬러 보낸다 :
"가거라! 내 자식들을 버릇없게 만들어서는 안 된다."

석양이 사라진다. 그의 마지막 눈길은 대지를
눈부시게 한다. 그렇지만 한 번 더 몸을 돌린다
저기 보이는 산에서. 대지는 석양에게 말없는 눈짓을 한다

곧바로 갈망하고 있는 밤을 보내달라고.

꽃들은 모두 꿈에 취해
피곤한 머리를 대지의 가슴에 기댄다.
석양만이 자신의 찬란함을 의식하면서
그들의 머리 위로 마지막 광채를 뿌린다.

마치 석양이 내지에 순금관을 씌우려는 것 같다.
그러나 대지는 눈을 내리깔고
해맑은 눈물을 한없이 흘린다.―정적!―
대지는 기도하면서 하늘과 화해하는 것 같다……

봄의 저주

햇살과 더불어
꽃, 노래, 개울과 함께
유감스럽게도 시인나부랭이들이
점점 더 많이 잠에서 깨어난다.

강렬한 생각이
그들을 가만두지 않는다. 오, 끔찍하다.
그들은 장롱에서
낡은 칠현금을 꺼낸다.

그것은 그들에게 연주하라고 유혹한다.
그들은 왜 연주하는지 모른다.
그들은 먼지 묻은 칠현금을
이리저리 당겨본다.

그들은 곧 즐거움에 가득 차
노래를 알게 되고,
시운을 맞춰 시를 짓고, 함께 이어 붙여
가슴과 쾌락을 서로 연결한다

그리고 그들은 무자비하게
사람들에게 듣기를 요구하며
온갖 시들을 이 가엾고 순진한 희생자들에게
읽어준다.

그들은 이렇게 혐오스럽게 시를 외친다.
이들 무리는 길드 조직이다!
얼마 전에 다시 돌아온 봄을
그들이 반긴다는 것을

마치 확실히 증명하는 것처럼.
맹세컨대 내가 만약 봄이라면
모욕감을 느껴
더 이상 오지 않을 것이다.

황야에서

멀리 구릉맥 끝자락이
지친 하늘을 받치고 있는 곳,
그곳에서 이미 세상은 보랏빛 속에
소멸되고 있다.

나무들이 윤곽이 뚜렷하게
산자락에 우뚝 솟아 있다.
황야가 빛바랜, 흐릿한 빛 속에
둘러싸여 꿈꾸고 있다.

꿈꾸고 있다…… 그곳 너머로 계속
온화한 저녁바람이 가볍게 살랑거린다.
그러나 아, 그 어떤 향기로운 꽃의 아이도
저녁바람에게 웃으며 밤인사를 보내지 않는구나.

반쯤 바짝 마른 관목 덤불이 대지에서
앙상하고 속이 텅 빈 채 솟아오른다.
대지는 조용히 탄식하며
앙상한 엉겅퀴를 이리저리 흔든다……

바닷가에서

고삼림은 내게 피난처였다.
좋은 친구, 어쩌면 나의 가장 좋은 친구이리라.
황야는 마치 누님처럼 내게
부드러운 말들을 많이 해주었다.

그것은 내가 시간을 보내는 원천이었다.
동화가 봄바람 속에서 이야기했다.
그렇지만 오로지 너를 위하여, 바다인 당신이여,
난 너를 아름다운 여인처럼 느낀다.

낡은 어부집

저기 오두막이 얼마나 초라하게 옹크린 채 놓여 있는지!
사나운 바다가 어부를 심연 속으로
휩쓸어갔다. 금발머리 소녀 안테는
오래 전 죄의 유혹에 넘어갔다.

창문이 먼지에 덮여 흐릿하지 않다면
넌 그녀가 무릎 꿇고 앉아 있는 것을 볼 수 있을 텐데……
금발머리 아이는 언제나 구걸을 한다,
일요일, 교회 계단 옆에서……

화해의 시도

담시

데트레프 폰 릴리엔크론 남작의
동명 단편소설에 의거하여

해가 구릉에 왕관을 씌우자마자
골짜기에 있는 불프스 늪은 벌써 웅성거린다.
오늘 에리히 백작이 부인 유타와
화해한다고.

백작은 속죄해야 한다.
그가 그녀 외에 다른 여자를 사랑했다는 것을.
그의 숙부도 마찬가지로 그가 속죄하기를 원한다.
백작은 맹세해야 한다, 그녀가 그의 성(姓)을 따랐듯이,
사랑의 강이 부인 곁에 머물도록.

백작이 불프스 늪가에 멈춰 선다.
푸른 창공 높이 투구가 빛을 발한다.
한 의전관이 마을 안으로
상처받은 그녀의 이름을 부르는 동안.

그는 기다린다, 붉은 햇살이
들판에 일직선으로 내리쬘 때까지.
의전관은 세 번째로 부른다.

허사이다. 유타는 가까이 오지 않는다.

벌써 말은 바닥을 긁어대기 시작한다.
그때 늪가를 가로질러 한 남자가 달려온다.
"백작부인 유타입니다!" 그러자 가마가
비들 숲에서 니타난다.

백작이 그 행렬을 향하여 돌진한다.
"멈춰라!" 곧 명령대로 된다.
그는 기다린다. 아무 일도 일어나지 않는다.
금빛 가마는 닫힌 채 조용히 있다.

알 수 없는 두려움이 그를 엄습한다.
그는 부른다. 허사이다! 그의 눈은
분노로 타오른다. 돌연히 그는 말 앞에 있던 가마를 찢었다.
가마 안에 백작부인 유타가 누워 있다 ―죽은 채.

그녀는 자신의 연약한 육체에 비수를 꽂았다.
피냄새가 그의 코를 찌르자, 말은 높이
뛰어오른다.
　　　　　　　　죽은 아내 곁에
에리히는 잠 못 이루면서 누워 있다.―

저녁 정취

석양이 멀리 서쪽에서 벌써 서서히
지려고 하는구나, 희미하고 깊은
어스름이 계곡에 놓여 있고
우듬지는 조용히 침묵을 지키고 있다.

넌 귀뚜라미 소리를 더 이상 들을 수 없다……
멀리 마을에는 아직도 개 짖는 소리.
정적………… 부드러운 바람결이
내게 '저녁 인사'를 보낸다……

수영

바다로! 파도가 수줍은 듯 다가온다.
방갈로 안에 있던 나를 살며시 잡아당긴다.
내게 부드럽게 키스한다. 마치 두려움에 가득 찬 새 애인이
당신에게 키스하듯이.

파도는 나를 얼마나 부드럽게 껴안는지!
난 행복에 젖은 채 상쾌한 숨결을 느낀다.
파도는 진주띠를 둘러주네
나의 창백한 가슴에 아양 떨면서.

망각

검게 탄 힘줄이 불거진 한 늙은 어부가
벌써 자신의 작은 배를 정박시키고 있네,
나는 하얀 은빛 모래 위에 누워
파도 소리에 귀기울인다.

난 그 어떤 달콤한 자장가도 알지 못하네
부드러운 파도 소리 외에는.
근심이 스르륵 먼저 잠들면
그러고는 모든 영혼이 잠든다.

다시 한번 "하이네"

독일에 대해 솔직하게 이야기하는 자는
프랑스인들에게 해를 끼치지 않는다.
그러나 사실인 《겨울동화》는
독일인을 용서하지 못할 것이다.

누구나 날카로운 삽으로 모든 과오들을
주저없이 파낼 수 있다면,
우직한 독일인 미헬의 파란 눈이 마침내
쉽게 열릴 터인데.

경구들

〈1〉
바보는 자신을 이 세상의 중심에 세운다
티끌과 같은 존재인 자기 자신을……
그러나 현자는 자신에게 그렇게 좁고 작은 세상을
자기 삶의 중심으로 만든다.

〈2〉
직위가 있고 봉급을 받는 엄숙한 신사들의 머리를
너희들은 바로 쳐서는 안 될 것이다.
너희들이 그들을 더 선량하게 만들고자 한다면
그들을 구습에서 해방시켜라!

〈3〉
인간들! 특이한 녀석들,
진정 관찰해볼 만한 가치가 있다.
만약 그들의 십자가가 그들을 몹시 힘들게 한다면
아, 그들은 무릎을 꿇고 십자가를 향해 기어갈 것이다!

〈4〉
운명이 우리를 그들로부터 보호해주기를
세계를 개선하려는 충동을 가진 그들로부터!

그들은 방화나 노략질, 살해를 하든지,
아니면 종교를 만들어낸다.

⟨5⟩
얼마나 많은 사람들이 세상을 방랑하면서
지기를 버리는지   더욱이 자기 자신을 잊어버리는지!
왜냐하면 사람들은 자신의 위대함을
오로지 다른 사람들의 가련한 하찮음과 견주어 헤아리기 때문이지!

⟨6⟩
인간은 자주 말하고 싶어한다 : '예술'은 후원에서
                            나온다고.

⟨7⟩
모든 여인들은 자기만의 가슴과 고집을 가지고 있다.

⟨8⟩
그들에게 부족한 것 : 게르하르트 하우프트만 곁에는 아직도 여전히
몇몇 사람들이 있다. 할베는 아직도 배워야 한다
그가 *완전하게* 되기 위하여!

겨울의 공원

겨울은 가파른 공원 가로수길 둘레로
다이아몬드실을 감는다.
포플러나무 뒤에서 진홍빛의
둥근 고리가 불탄다 : 왕의 이마에 둘려져 있는 띠가,
하늘의 구름가에서.

추위가 발코니 둘레로
쭉 뻗은 메마른 넝쿨자락을 감는다.
마치 예술가가 반짝이는 은줄을
베네치아인의 은세공 기법에
맞추어 엮은 것처럼.

불꽃

바깥에서 죽는 편이 오히려 더 낫다.
구석진 곳에 처박혀
매복하여 망보기보다는!
누가 비웃을지라도 언제나 빛을 향하는 것이,
자신의 무력함이 미덕으로
낙인찍히는 것보다 더 낫다!

미덕은 불안하지 않은가!
불타오르는 젊음의 불꽃
그것을 나는 인정할 것이다.
누가 타오르는 불꽃을 단죄하려 하는가?
작열하는 불꽃으로부터
작품과 세계가 나온다.

밀회

억수같이 퍼붓는 비. "맙소사, 우리는 지금 어디로
가야 하지요? 어때요, 주막으로 갈까요?" ─ "싫어요."
"교회는 벌써 문을 닫았어요. 내게 생각이 떠올라요 :
마차여, 앞으로 갑시다, 당신이 원하는 곳으로!"

가련한 마차의 몸체. 기진맥진한 흰 말은
우리를 위협하듯 내동댕이친다.
앞에는 마부가 있다. 욕설을 퍼붓느라 흥분한.
마차 안에는 : 너, 나 그리고 하늘.

고요한 영혼

많은 날 동안 내 영혼은 고요하다.

교회, 이곳에서 모든 기도자들이 나왔다.
한 천사만이 금빛 날개로
가련한 자들의 환호를 저지하려고
하얗게 요동치는 유황 향기에 저항한다.

몽상에 빠진 성인상들이 애절한 간구의 기도를
듣고자 그 속에서 어두운 빛을 발하고 있다.
고요한 성인상들에게 감사를 바치고 싶은 마음이 내게 몰려온다.
나는 나의 꿈이 가득 찬 하얀색 화환으로 성인상들을
조용히 장식한다. 난 축복받았기 때문에.

곤궁 속에서

너는 그 외딴 동네를 알지 못하는가?
가난한 사람들의 더러움이 말해지는 곳을.
거기 맨 마지막 집에 한 소녀가 조용히 앉아
치욕에 하염없이 눈물 흘리고 있다.

오, 무슨 일을 당했을까! 그녀가 전율하는 것은…… 폭력!
…… 아버지가 주먹을 여전히 불끈 쥐고 있다…….
얼굴이 하얗게 질린 여동생만이 그녀에게 몸을 수그리며
"울지 마, 헬레네, 내게도 역시 그와 같은 일이 있었어!"

"그래서 난 어쩔 수 없이 거리의 창녀가 되었어……."
그리고 그녀의 뜨거운 이마에 가만히 키스한다.
너는 그 외딴 동네를 알지 못하는가?
가난한 사람들의 더러움이 말해지는 곳을.

어느 날 밤

I
그는 골똘히 생각한다. 침대에 기대어 무척 피곤하지만
잠을 이룰 수 없다. 양초 연기가 그를 거의 질식시키는 것 같다.
그는 소스라치게 놀란다 : 그림자가 저기 벽에 자신의
실루엣을 그리고 있다니! 그는 머리맡 탁자 위에
놓여 있는 소설책을 집어든다. 그러나 읽을 수 없다.
그의 심장 뛰는 소리가 격렬하다. 마치 고열로 인한
환각처럼 몸이 달아오르면서, 차가운 냉기가
베개 위 그의 이마로 다가오는 것 같다. 주름잡힌
이불이 히죽거리며 가까이 기어온다.
자신을 거의 의식하지 못하며 그는 불을 끈다. 소용없다. 머리 속에
유령이 침투한다. ……………………………………

II
"……섬세하고 부드럽게 나를 받아줘!
바보처럼 굴지 말고, 소녀여, 오렴!

낮에는 귀엽고 경건해야 하나
밤에는 그럴 필요가 없단다.

그래, 흠! 너의 작은 방은
무척 깨끗하고 아늑하구나.
침대보가 향기롭고 새하얗다.
브라보, 나의 애인이여!

말해, 이름이 무엇이지?
안나? 네게 어울려!
그러나 그대! 그대의 소파가
딱딱하다는 걸 알고 있는지!

너의 화로가 따뜻한 것
같지 않구나.
빨리 내 품으로 들어와
등불을 꺼라!"……

III
작은 방에서 그 일이 일어난 후,
오늘이 바로 열두 달이 되는 날이다.
오늘 금발의 한 아이가 무덤 속에서
차가운 첫 밤을 보낸다.

사람들이 어제 그 아이를 여기로 데려왔다.
무덤을 살 수 없는 사람들이
집단으로 안식을 취하고 있는 이곳으로.
흙더미가 구덩이 속 그 아이의 첫 밤을 덮어준다.

여기에 비하면 그 애의 예쁜 침대는 화려했었지!
이곳의 이불보는 몹시 차갑고, 낯설다……
그녀는 예전의 그날 밤 입고 몸을 떨었던
바로 그 잠옷을 입고 무덤 속에서 추위에 떨고 있다.

그녀의 침소는 비좁게 안치되었다.
썩은 흙과 뼈 위에 그것이 놓여졌다.
그녀는 벌레들이 관을 두드리는 소리를 듣는다.
마치 예전의 그날 밤 그가 두드리는 것처럼.

IV
그녀는 저기 어두컴컴한 땅 속에서 쉬고 있다.
누가 그녀를 아직도 기억할까!……
길게 열지어 있는 우묵한 땅 위로
커다란 하얀 달만이 내려다보고 있다.
청명한 늦가을밤 내내.

달은 여기에서 기둥이 있는 집도
슬픈 모습을 하고 있는 천사상도 보지 않는다.

달은 살짝 쓰다듬듯이
이름없는 자의 왕국 위에
은빛 영혼을 쏟아 붓는다.

V
…… 아직도 여전히 잠을 이룰 수 없다. 상념이 그를
이리저리 몰아댄다. 그는 자신이 내뱉는 한숨소리에
귀기울인다. 그런 다음 갑자기 베개에서 일어나 앉아
누가 시킨 듯이 웃는다 :
"정신차려!" "정신만 차리면. 아무 일도 일어나지 않아!"
그런 다음 그는 침대에서 벌떡 일어나 불을 켜고 눈을 비비고
정신을 차린다. "이 바보야, 도대체 왜 이래?
확실히 어제 마신 붉은 포도주가 너무 강했어,
담배도 너무 독했고." ……

한 성녀

저기 넝쿨 아래 그녀가 서 있다.
빛줄기를 가득 받으며.
마치 병든 시인이 고열로 인해 환각을 보는 듯
연약하고 창백한 모습으로.

그녀의 얼굴 주위를

머리카락의 붉은 광채가
황금빛으로 휘감는다,
마치 우아한 비잔틴 성녀들의 머리를 둘러싸고 있는 후광처럼.

나는 생각한다, 경건한 아이들의 손이
그녀의 옷에 달려 있는
그 불타오르는 장미꽃들을
기도하면서 바쳤다고.

동경

한숨 돌리는 여유로운 황홀 속에서
하루의 합창이 서서히 끝나간다.
나의 동경은 푸른 밤으로 가는
다리를 만든다.

동경은 마치 여왕처럼
달빛의 환한 자취 위에서
금재갈이 물린 말을
꿈의 문을 향하여 내몰아댄다……

하지만 신사양반이시여……

……그리고 그가 바로 내 맞은편에
앉았다. 그리고 잡았다
주근깨가 있는 크고 넓은 손아귀에
황갈색 야생닭 날개를.
그의 작은 두 눈은
두터운 눈꺼풀 뒤에서 히죽거렸다 :
희열.
그 두 눈은 마치 대포관의 총구들처럼 깜박거렸다,
요새의 망루 너머로.
그것은 야생닭이었다!
그는 크게 쩝쩝 소리를 내며 먹는다.
그런 다음 라인포도주 거품이
비뚤비뚤 난 누런 치아에 부딪치며,
성난 듯이 소용돌이치며
넓은 목구멍 안으로
춤추며 들어가
그리고 몸속 깊숙이 질주해 들어간다.
그런 다음 끄윽 하고 트림소리를 내며,
축축이 젖은 입술 사이로
이쑤시개를 집어넣고
조끼 단추 두 개를 풀고
거친 목소리로 말했다.

"그래 당신은 항상 무엇을 원합니까?
다행스럽게도 당신은 먹을것 마실것
부족함이 없고 집도 있습니다.
이런! 그만하세요, 시대가 좋지 않아요.
우리가 건강하다면
도대체 더 이상 무엇을 원하십니까……"
…………………………………………

"하지만 신사양반이시여!
당신은 그냥 야생닭을 드세요.
보십시오, 나는 시간이 있으면
이렇게 하고 싶어요.
구름들을 뜯고 싶고
밤처럼 새까만 포플러나무 맨 꼭대기 가지로
달에 콧수염을 그리고 싶고
또한 별들을 갖기를 원한답니다,
지갑 속에 말이에요……."

《꿈의 왕관을 쓰고》
신시집. 프리젠한 출판사
라이프치히 1897
〈저자 자신에 의한 책 광고〉

내 책의 발행인이 안내서를 만들어

거기에다 멋진 글을 썼다
(사람들은 그러한 저질 책자를 잘 알고 있지 않은가).
그 글은 많은 현대인들을 경악하게 했다 :
"소녀들에게 적합한 크리스마스 선물용 책."
내가 추구하는 것은 : 고귀함, 순수함이다.
오로지 진실되고 자유롭고 새로운 것이 있다면
그것은 바로 예술이다. 예술은 모든 사람들에게 즐거움을 주며
세상을 변용시키고 우리의 삶을 고귀하게 한다.

동경

너는 정말 커다란 눈을 가지고 있구나, 아이여.
확실히 넌 밤마다 자주 형상들을 보지?
낯설고 창백한 대리석처럼 차가운 꿈의 손에
가장자리에 번쩍임이 그윽이 감도는
붉은 왕관을 쥐고 있는 형상들을.

다른 모든 사람들에게 망상인 소망들이
네 안에서 펼쳐질 때면,
네 눈은 낮에는 마치 장님이 된 듯하고
영혼은 부서지는 것 같을 거야.
넌 날마다 마주치는 어른들 앞에서 불안해질 거야.

육신의 찬가를 알아내기 위하여,
그리고 황량한 하얀 호수 안에서
벌거벗은 신들의 멋진 모습을 보기 위하여
나무 우듬지가 소리를 내며 잔치를 벌일 때,
너의 가슴속에 동경이 일어난다
푸른 밤 속으로 도망가려는.

검은 죽음

"오너라, 애인이여, 성벽 앞으로!"
"너 두렵지 않니?" — "죽어가는
자들이 언제나 우리를 노릴 수 있어."
그들은 성문 앞에서
꿈을 상실한 벅찬 가슴으로 입을 꼭 다물고
석양 안으로 들어갔다.

"저……너 방금 보았느냐?
우리들 곁을 살며시 지나가는 것을……"
"아무것도 못 보았어요" — "그것은 검은 죽음이었어"
"애인!?!" — "맞아!" "너 두렵니?" "그래요."
"나를 꼭 껴안아, 맙소사, 너 비틀거리는구나……"

태양은 그렇게 붉게 사그라졌다.

축제를 위하여

오늘 우리는 드디어 둘만 있게 되었다. 오늘은
손님들에게 강요받는 위험은 분명히 없을 것이다.
너를 치장해, 나의 아이여. 사랑의 축제를 위하여,
붉은 장미가 네게 가장 잘 어울려
붉은 장미를 네 머리에 꽂아.

그리고 할머니 시절의 옷을 꺼내 입어라,
부풀린 소매가 달려 있는.
언젠가 넌 그것을 내게 직접 와서 말했지.
할머니가 결혼식에 이 옷을 입었다고,
그리고 옷주름 사이로 아직도 향기가 남아 있다고.

저녁 산책

우리는 저녁노을 속에
하얀 길을 걷고 있다―주목나무들 사이로.
너는 깊고 깊은 꿈들을 꾸며
하얀 화환을 엮어 만들고 있다.

오너라, 너 피곤하지. 잠시 휴식을 취해라.
불타는 먼 곳으로 미소를 보내는구나.

첫 별들을 향해 미소를 보내는구나.
난 알아, 네가 고통스럽다는 것을.

난 이렇게 갈망한단다…… 너는 이해하겠지.
이 그리움은 겨우 끝날 거야,
네가 가냘픈 지친 손으로
첫 요람 덮개를 바느질할 때.

해질 무렵

나는 다시 한번 보랏빛 방에서
네게 기대고 싶다.
네 칠현금 연주의 갈망 속에
노래의 마지막 선율이 끊어진다.

붉은 석양이 벽들을 허문다.
너의 비단 옷자락으로부터
소녀의 하얀 두 손이 피어난다,
마치 5월 밤 꿈속의 백합처럼.

너의 두 눈은 마치 숲속 호수 위에
밝게 빛나는 별들 같다.
그 안에 동화처럼 먼 축복된

푸른 마법의 시대가 가라앉았다.

꿈들

그대, 나의 꿈이 나지막하게 노래한다.
향수가 창백한 그의 영혼 주위를
조용히 떠돌며 맴돌 때.
잊혀지고 버려진 한 아이가 노래한다.

아이는 소박한 색바랜 잠옷을 입고 노래한다.
길가에서 부르는 그 아이의 노래만이
끝없는 낯선 황야 속으로,
낯선 석양 안으로 들어갈 뿐이다…….

너……

지금 나는 여전히 너를 생각하고 있다.
너를 최근 꿈속에서 보았을 때
넌 손에 상처를 입은 채 왔었다.
피의 골고다로부터.

난 걱정스럽게 네게 외쳤다 : "나의 무례함을 용서해줘!"

너는 검붉은 상처에 손을 뻗었다 :
"나는 네게 장미 한 송이를 선물하고 싶어"
그리고 너는 내게 한 방울의 피를 주었다……

자장가
나의 연작드라마 〈엄마〉에서

수천 개의 작은 별들이 풀을 뜯어 먹는다.
어떤 별도 길을 잃지 않았다.
수천 개의 작은 별들이 풀을 뜯어 먹는다.
하늘의 벌판에서
달은 훌륭한 목동이다.

달은 이 모든 작은 별들을 지킨다.
자기 자리를 운행하면서.
달은 이 모든 작은 별들을 또한 지킨다.
그 별들이 꿈속에서 울 때면
눈물 위에 키스해주면서.

눈물과 작은 별들이 풀을 뜯어 먹는다.
왜냐하면 모든 눈물은 작은 별이 되기 때문이다.
눈물과 작은 별들이 풀을 뜯어 먹는다.
하늘의 벌판에서 :

달은 훌륭한 목동이다.

아베

나는 교회 마당을 발견했다.
해맑은 꽃들이 바람에 흩날리고
또한 황혼녘이 침묵하는
수도자들처럼 지나가는 그곳을.

나는 산비탈의 교회 마당을 안다.
이미 오래 전 마을
아이들이 깊이 잠들었을 때
뒤늦게 등불이 타기 시작하는 그곳을.

우리 앞의 사람들과 우리들
'대지를 덮는 빛—
그것이 우리가 원했던 것이다.'
1884년 옌스 페터 야콥젠.

우리 앞의 사람들은 사랑했다.
섬뜩한 심연에서 부는 폭풍우의 분노를,
거대하게 무리지어 있는 산들을,

범람하는 급류의 빠른 물살들을,
그리고 불안한 만에서 신음하며
미친 듯 사라지는 파도들을.

우리가 원하는 것은 다른 것들이다 :

하늘 가장자리에 이르기까지
멀리 평원을 보는 것이다.
사랑스러운 꿈을
금발머리에게 친근하게 만드는 것이다.
환한 길을 선택하여
어둑어둑해지는 숲을 지나
마치 고향과 같은
기대하던 숲에 당도하는 것이다.
더욱 더 고요해지고
더욱 더 멀리 가는 것이다.
정원의 움직임과
정적을 이해하는 것이다.

환영

나는 오래된 밤의 도시를 지나간다.
난 알고 싶다, 콘스탄츠는 어떤 꿈을 꾸고 있는지.

옛날의 마법이 이미 깨져버렸는가?
등불들이 항구에서 켜졌다 꺼진다.
합각머리 지붕의 집들이 몽롱하게 생각에 잠긴다.
황량한 먼 시절을 향해 골똘히 생각한다.
무엇인가가 도시의 어두움 속에서 흩날린다.
늙은 신부들의 증오에서
나온 불 같은 말과 같은
무엇인가가 희미한 골목에 살고 있다.
회당들 안에 흐르는 영원한 냉기로부터
탐욕이 어둡게 발정한다.
추기경의 긴 예복을
바람이 집 곁으로 끌고 가는 것 같다.
중세 기사의 얌전한 시종처럼 그림자가
어두움의 파편 속에서 몰래 사라진다…….
그런 다음 종소리가 마치 부활절의 종소리인 듯
항구 위로 멀리서 멀리서 울려온다.

난 도시를 회상해본다.
난 알고 싶다, 콘스탄츠는 어떤 꿈을 꾸고 있는지.

까만 성벽 요철문 위로
무엇인가가 거대하게 자라면서 솟아오른다.
그것은 끊임없이 울리는 밤의 종소리를 들으며 자란다.
진동하는 소리로 가득 찬 밤에서 나오면서 자란다.

이상하다. 그것은 성당 탑인가?

그것은 폭풍 속에서 단단해진
청동으로 된 어깨 부분이다.
그 위로 나사로 죄어져,
별잎사귀로 둘러싸인
이교도 모자를 쓴
영웅의 머리가 멋지게 놓여 있다.
요한 후스이다. 논쟁에서,
이전의 종교 회의에서 얼마나 위대했는가.
그때 밤이 운다.
밤은 조용히 고개만 끄덕이며
비웃는다.
황제와 성직자들의 놀이를.

이렇게 나는 밤의 도시에서 영웅을 보았다.
그 영웅은 알고 싶어한다, 콘스탄츠는 어떤 꿈을 꾸고 있는지.

1897년 부활절 밤 콘스탄츠

나의 영혼

나의 영혼은 하얀 도시이다.

냉혹한 폭군들이 하얀 도시에 있는 빛나는
그들 궁전 안에서 계략을 궁리했다.
그러자 행복이 기가 죽은 채 불안을 느끼며
모든 집들에서 떠나버렸다.
하얀 도시의
모든 골목들에서.

죽은 정적 속의 빛바랜 상념들이
버림받은 장소로 기어들어왔다.
그것들은 낯선 법칙들을 가지고
마치 먼지 덮인 회색 걸레처럼
모든 동경의 형상들을 덮어버렸다.

성스러운 불꽃이
오싹해지도록 기다리다가
기회를 노리던 성벽을 넘어서
마치 폭풍처럼 그들이 연주하는 칠현금에 떨어졌다.
            어둠 속에 살고 있는
            탑실의 폭군들이 죽어버렸다.
            그들의 마력은 깨져버렸다.
마치 수천 명의 돌격대에 항복한 것처럼
성문은 행복의 들끓는
의지에 항복했다…….

창조자

완성되고 있는 영원의
고요한 시간들 중 한 순간이
고군분투하는 번잡한 삶으로
기이하게 늘어온다.
살짝 너를 붙잡은 시간이
너의 양손을 꼬옥 잡는다.
　　오너라. 그래서 고독한 나의 축제에
　　유일한 손님이 되기를.

석양의 자식들

난 사랑한다,
대지를 덮은 고요하고 희미한 시간들을.
온 동네 아이들이
집들 앞에 서서
은밀히 서로 손잡는다.

그들은 저 먼 풀밭에서
부르기 시작한 소리를 틀림없이 알아차린다.
그들은 서로서로 이끌고 가기 원한다.
그들의 고향이 아닌

이 어두운 문들에서 나가기를.

청춘

별들로부터 들려오는 듯한 노랫소리가
나를 멀리 시골로 실어간다.
그것은 마치 행복한 시골 사람이 멀리 떨어진
포도나무 덩굴로 휘감긴 술집에
있는 것 같다.

노래는 내가 가는 길에 떠다닌다.
노래는 나를 평온하게 한다.
나는 깊은 정원에 있는 것 같다.
그리고 알게 된다, 모든 꽃들이 그와 같은 기적을
조용히 참으면서 기다린다는 것을.

창백한 소년

그때 아버지가 옛날 이야기를 들려주셨다 : 궁전에서
나는 수년 전 왕의 손님이었다고.
아이들은 모두 귀기울였다.
그때 아버지가 옛날 이야기를 들려주셨다 : 그런 다음 우리는

붉은 비단을 덮은 금빛 의자에 앉아서
휴식을 취했노라고.
아이들은 방을 둘러보았다.
시계소리가 아이들에게 점점 더 작게 들렸다.
그들은 주의 깊게 귀기울이며 동화의 자취를
따라갔다. 한 창백한 소년이 혼자
복도로 살금살금 기어나왔다.
고독한 그의 영혼이 그에게 노래불렀다 : 그것뿐인가?
나의 꿈들은 더욱더 풍성해질 것이다.

수녀의 두 손

수녀의 하얀 두 손은 한번도 빛나는
희생을 위하여 애쓴 적이 없다.
수녀의 하얀 두 손이 피어난다,
봄이 그것을 알지 못한 채.

수녀의 하얀 두 손은 더 이상
그 손을 휘감고 있는 삶을 붙잡지 않는다.
하얀 두 손은 꼬옥 합장되어야 한다,
진정 두 손은 고독하기에.

하얀 행복

열정의 골짜기에 있는 우리로부터 먼, 멀리 떨어져 있는
그곳에서 많은 사람들이 휴경지로 이동하고 있다.
모든 사람들은 화환으로 장식하며 소망한다.
붉은 기운을 얻기위해 거대한 사원으로 들어가기를.

이 많은 사람들은 요란스런 무리로부터 온 자들이다.
그들은 최후의 수수께끼를 낸다 :
그들은 어떠한 기적도 더 이상 체험해서는 안 되며
그래서 그들은 불쌍하다…….

그 때문에 우리는 문턱에 서 있고자 할 뿐,
결코 피 묻은 성체현시대(聖體顯示臺)를 보지 않으려 한다.
우리를 쌀쌀한 봄에 단단히 뿌리박게 하고,
그리고 오랫동안 우리의 하얀 소망이 춤추고 있는
가벼운 파동을 빛 속에서 보고자 한다.

가로등 아래에서

I
그는 언제나 비단옷 입은 여인 뒤에서 오고 있다.
사각사각 소리나는 비단옷 입은 여인 뒤에서.

골목길이 서서히 텅 비어간다,
그리하여 그들 둘만이 이 소리에 귀기울인다.

그녀는 기다린다 그리고
가짜 장신구처럼 천박하게 웃는다.
그리고 그 남자는
나지막한 소리로 말한다 : 나는 괴롭단다,
사각사각 소리나는 비단옷을 입은 여인아, 너는 아는가
너는 아는가, 그 소리는 마치 먼 밤중의
바다 소리 같다는 것을…….

II
물살 속에서 헤매는 모든 사람들은
여유가 있다.
그들은 유리창 안을 살피면서 들여다본다.
네가 요구하기 전에
작은 미소를 보낼 준비가 되었다.
그들은 어둠 속에 머물기를 원치 않기 때문이지.
물살 속에서 헤매는 이 모든 사람들은
두려움을 갖고 있기에.
모든 사람들은 낯선 희열을 맛보고 싶어한다.
그들의 불쌍한 영혼은 간청한다.
보리수나무가 마치 거짓말처럼 서 있는
희미한 빛을…….

III
오늘은 무엇이며 내일은 무엇일까?
난 이것들을 합쳐야 한다고 생각한다.
동경이란 무엇이며, 근심은 무엇이란 말인가?
삶은 바로 이 둘 사이에 있다.

누구도 의심을 해서는 안 된다. 희열은
빛 사이에서 두려워하며 떨고 있는 운명이라는 것을.
소녀들에게 가르쳐라 : 죽음은 때가 있지만
삶은 그렇지 않다는 것을!

폭풍 치는 밤

신은 고독 속에서 경악했다.
신은 어두운 시간에 저 아래 깊은 곳에서 가을날이
지나가는 것을 보았다. 신은 이렇게 무력했다,
마치 그가 쏜 힘없는 화살이
석양의 가장자리에 다다르지 못한 것처럼.
신은 조용히 서서 자주 언덕을 응시했으며
마침내 황량한 풀 속으로 힘없이 쓰러졌다.
그의 영혼을 잡아먹은 축축히 젖은 밤이,
탐욕스러운 독수리가 썩은 고기를 덮치듯이
무겁고 새까만 날개를 달고 그에게로 떨어졌다.

새까만 밤이 죽어버린 낮 위에 앉았다.
신은 경악했다 :
그의 눈길은 한참이나 어둠 속을 방황했다.
그가 구름과 혼돈에서 벗어났을 때
하늘도, 강물도, 들판도 볼 수 없었다.
세끼만 밤이 온 세상을 삼켜버렸다.

그때 두려움에 떨며 아래를 내려다보던 신은 깨달았다.
격렬한 진동 속에서 낮이
이 넓은 세상을 어떻게 경직시켰고 질식시켰는지를.
갑자기 신은 알게 되었다 : 그가 이 세상을 사랑했다는 것을.
그렇지만 자신의 의지가 텅 빈 하늘가에서
아래를 향하여 소리질렀을 때, 밤의 깃털옷은 미동도
않은 채 어두움을 드리우고 있었다…….

그러나 신은 분노 속에서 더욱더 위대해진다 ;
그가 깨어나고 있는 먼 곳을 향하여
한번 고독한 노래를 외쳐 부르면
그의 목소리는 폭풍이 된다.
그리고 바람 속에 실려오는 그의 소리가
달로부터 구름을 낚아챘다.
이렇게 그는 어두움 속에서 영원과 비슷한 것이
통치하는 것을 보았다,
그는 고요한 별들이 거주하는 것을 보았으며,

세상이 변해가는 것을 보았다.
그의 불안은 만물이 조용히 아양떠는 빛 속에서
안전하게 보호되는 것을 보았다.
그러나 밤은 어제와 아침에 대하여
침묵을 지켰으며 미동도 하지 않았다.

그때 신은 어린아이 같았다.
그는 너무 울어 앞이 보이지 않았다.
그는 슬피 우는 바람을 통과하면서
무기력한 손으로 잡으려고 한다.
그 손이 탑의 꼭대기인 해안을
하늘에서 발견할 수 있을는지.

그의 울음은 탄원이며 외침이었다 :
"신, 온갖 상념에 젖어 여름과 태양을 생각한 신이
상념의 정점에서 피어나는 연기, 그것들의 숨결을
결코 잡을 수가 없을 정도로 이 세상은
이렇게 깊고 깊단 말인가?
그곳에는 꽃들을 흩날리게 하는 어떠한 정원도
귀기울여 듣는 어떠한 고뇌도, 깨어 있는 어떠한 기도도
나를 이해하는 어떠한 고요함도 없단 말인가?"
....

땅 위에는 단지 한 점 빛이 있을 뿐이었다.
그 빛은 폭풍우가 울렸을 때,

비로드와 같은 어두움 속
아기 요람 바로 옆에서 깨어
가련한 자신의 현존재를 생각했다.
그때 깜박이는 빛이 향수로 인하여 불안해졌다.
빛은 샘처럼 반짝거리는 잔에서
조용히 솟아올랐다, 마치 샘이 암벽에서 솟아오르듯.
그리고 빛은 커튼의 주름을 따라
소망하면서 모든 벽들을 향하여 뻗쳤다.
발코니가 금이 가며 휘어질 때까지.
그리고 빛은 높이 솟아오른 성난 파도 위에서
요람을, 포근히 잠자고 있는 배를 거세게 흔들어댄다.

그때 세상이 움직인다. 산 중턱으로부터
밤이 승리의 빛 앞에서 두려운 듯 일어난다.
신이 미소 짓는다. 그는 단지 한 가지만을 알고 있을 뿐이다.
세상이 살아 있다는 것을!

한 농가의 여름으로부터

I
우물의 펌프 자루가 시꺼멓게 드리워져 있네,
석양의 얼굴에.

할아버지는 아직도 여전히 일손을 놓지 못하네,
세운 날을 들고서.
할아버지는 관절염을 앓고 있다.
그래서 몸을 조심해야 한다.
할머니는 콩껍질을 까고 있다.
화롯가 희미한 불빛 옆에서.
금발머리를 한 손자는
교회의 저녁 종소리를 들으며
수호천사에게
기도하면서
하늘나라를 확신한다…….

Ⅱ
흔들거리고 있는 길고 가는 넝쿨이
계속해서 쾅 소리를 내며 창가로 떨어진다.
벽들이 서서히 사라진다.
귀기울여라, 은밀한 손들이
장롱을 두드리네.
오늘도 여전히.

잿빛으로 그을린 큰방의
갈라진 깊은 틈 속에서
쥐들이 달그락 소리를 내는구나.
알록달록한 시계함 속에서 기침소리처럼 들리네

농부의 시계소리가…….

III
나는 여름 내내 살고 있다
산중터에.
(그 장소는 찾아내기 어렵다)
가끔 내게 무섭게 보이는
농가에 사는
        농부는 자주 풀을 베러 간다.

나는 언젠가 산골짜기에서
그를 만나 그의 얼굴을
똑바로 볼 수 있었다.
        농부는 마치 거인 같았다.
        그는 낯선 풀밭 위에 서서
        느릿느릿 햇살을 베었다…….

폭풍우 치는 밤은 마치 신이 거대한 몸짓으로
온갖 것들을 주워 모으는 것 같다.
조용한 별들을 당황하게 하는 하늘이 떠 있으며
하늘은 이러한 격렬한 도피 속에서 불변의 것을 추구한다.

그러나 신은 영원함을 원하지 않는다.
숲과 암벽은 요동치며 퇴색되어간다.
지상의 온 거리를 통과하면서
수백 마리의 흑마들이 쫓는다.
그것은 오고 있는 신의 손 그림자이다.

어두움이 마치 재화처럼 방에 가득 차 있었다.
소년이 그 방에 몰래 앉아 있었다.
어머니가 들어왔을 때, 조용한 벽장 안에서 유리잔이
마치 꿈속에서처럼 흔들거렸다.

어머니는 마치 방이 자기를 속인 것처럼 느꼈다.
그녀는 아들에게 키스했다 : 너, 여기 있니?…….
그런 다음 두 사람은 불안스레 피아노 쪽을 쳐다보았다.
그녀는 저녁에 자주 노래를 불렀기 때문이었다.

이 노래는 슬펐을 뿐만 아니라
아주 어두웠다. 마치 사물처럼.

소년은 무서워하며 쳐다보았다.
반지 낀 구부린 그녀의 손이
마치 눈보라 속을 힘겹게 지나가는 것처럼
넓은 하얀 건반을 두드릴 때…….

고아원 소년들이 일요일마다 골목으로 온다.
남루한 옷을 입고.
금발의 아이들은 마치 시든 꽃잎들 같다.
그러나 검은 머리카락의 아이들은
더욱 초라하게 보였다.

그들이 걸어가는 곳은 더욱 쓸쓸해진다.
골목길은 더욱 깊이 먼 곳으로 뻗어 있다.
그리고 마치 양쪽에서 커튼이 내려지듯이
그들 뒤로 가로수 길들이 점점 좁아져간다.

한 아이가 오래된 무덤 옆 남루한 집에서
자주 유리창에 몸을 기대어 생각하고 생각한다.
고아원에 사는 소년들이
이렇게 아름다운 정원을 가진 집이 있음에도
일요일에 집에 머물지 못하는 이유를.

갑자기 너는 다른 순간들 중
가장 어린 소녀가 나타나는 그 순간을 본다.
그녀의 발걸음은 마치 극복한 듯 보이고
그녀의 웃음은 실컷 울고 난 뒤의 웃음이었다.

모든 자매들이 그녀를 피하는 것 같다.

그리고 그들이 다가올 때 어떻게 구별되는지
그때 넌 인식할 것이다, 그들이 낯설다는 것을.
말 잘하는 입을 가진 너는 그 여느 *순간의*
어머니 앞으로 다가갈 것이다, 신부(新婦) 삼게 아이를 달라고
그녀에게 부탁하기 위하여.

음악회에서

나의 두려움은 마치 아이처럼 안정을 되찾았다.
바이올린 선율에 동경이 일어났다.
동경은 깊은 욕망을 무한히 실어 날랐다.

마치 동경은 침묵하고 있지 않은 것처럼
음악회의 좌석을 통과했다,
나는 느꼈다 : 언제나 나를 향해 오고 있다고.

나는 마지막 좌석에 몸을 기대고 있었다.
나의 침묵은 소리들, 외침들을 만들어내었다.
그것은 마치 도망가는 사람처럼 위로 올라왔다.
그것은 위로 그렇게 확실하게 쫓아왔다.
그리고 그것은 바이올린이 노래부를 때 가다가
마지막 바이올린 연주가 끝나자 멈췄다.

다시 나는 수백 개의 문 뒤에 있었다.
모든 문이 굳게 닫혀버렸다.
어떤 문이 열렸는지
나는 거의 기억해낼 수 없었다.
모든 문 중에서
가장 강한 문이었다. 그리고 안쪽에서 소리가 울려나왔다.
마치 누군가 진주 띠로 연주하는 것처럼.

"마리아의 삶"에서

I
공시

천사가 와서 섰다. 사신이라고
말하면서 손에 하프를 들고.
천사가 노래했던 것처럼 들판도 빵을 노래한다,
바람이 밀대 사이로 굽이치며 불 때.

그녀는 소박하고 겁먹은 듯 그 앞에 섰다.
천사가 내린 커다란 축복에 비해 너무나 왜소하게.
천사는 생각했다. 마치 자신이 무겁고 아름다운
케루빔의 옷을 그녀의 가련한 어깨 위에
짐 지우듯 놓은 것이라고.

그러나 천사는 떠났고 그것은 그녀를 창백하고 암울하게 했다.
천사는 이미 그녀를 더 이상 볼 수 없었다.
그러나 그 여인은 똑바로 서서 보았다,
천사가 하늘나라 안 깊은 곳으로 들어갈 때까지.

II
목동들

금발의 소녀에게
성취의 결실에 관해 이야기했던
그 천사가 달에서 다시 지상으로 왔다.
비단 목 칼라의 바스락 소리에 둘러싸여
무척 많은 천사들이 그를 따랐다.

많은 천사들이 목동이 모는 가축떼에게 왔을 때,
풍경은 저녁 정적 속에 놓여 있었다.
"우리를 계속하여 도와라,
왜냐하면 우리는 길을 잃었기 때문이지……."
그들은 낯선 남자들에게 이렇게 노래불렀다.

목동들이 일어섰다.
검은 가축 떼들은 무겁게 몸을 흔들면서 이동했다.
천사들이 뒤에서
주름잡힌 큰 옷을 입고 왔다.

III
도피중의 휴식

두려운 마음으로 도시를 뒤돌아보며
작은 오솔길에서 하루를 보낸 후
모든 불안이 없어졌다.
석양의 은총 안에서
오솔길이 넓게 변했을 때부터.

이 금빛 석양 속에 적은 어디 있을 것이며
은총의 끝이 어디 있을 것인가?
모든 것은 마리아를 감싸고 있는 외투이다.
그녀의 머리를 빛이 감싸고 있다.

창을 든 파수꾼은 긴장하여
어미, 아이, 양떼 곁에 서 있다.
이렇게 그는 그들을 다정하게 보호한다.
마치 그가 거대한 광채 속에서
최초의 그림자를 그들 위에 심는 것처럼.

겨울

내 말을 믿어줘, 사랑하는 사람들아,

너희들이 겨울에, 도시의 높은 집들 속에
있을지라도 : 그것은
대지의 움직임을 멈추게 할 수 없단다.
숲은 외로이 홀로 있다
그의 고독 속에서.

길들이 하얗게 이리저리 나 있고
그 길을 누군가 : 한 낯선 남자가
밟을 때 뽀드득 소리난다.
따뜻한 옷차림의 산책은 그의 건강에 좋다.
모직 모자 위로
까마귀들이 무리지어 날아간다.

까마귀들이 얼마나 오래 살았는지 신은 알고 있다.
숲은 삼백 년이나 되었고
새로운 것은 단지 눈뿐이다.
집들이 서로 훈훈하게 이웃해 있다.
이곳에서 사람들은 사월이 되면 가지고 나올 것이다,
가로수 잎들을.

가로수 잎들이 나뭇가지에 걸려 있다.
처음에는 작던 것이, 점점 더 크게 되어
마침내 커다랗게…….
어린아이들이 그것을 향해 올 것이다.

그들은 이렇게 다시 너와 내가 된다.
모든 돌과 덤불과 더불어.

어린아이들이 웃는다 : 모든 것은
일 년 전, 일 년 전과
똑같다.
어린아이들은 그들 자신이 컸기 때문에
어린 나무가 바람 속에
똑바로 서서 즐거워하는 것을 거의 보지 않는다.

아마도 도시 아이들은 믿을 것이다,
이월까지
어린 나무가 잠잤다고.
나는 아이들에게 말한다 : 곰곰이 생각해봐!
겨울이 깊어가고 있었을 때
무엇이 너희들 속에서 요동치고 있었는지.

신은 독수리의 비상에 대하여 알고 있다.
그리고 폭풍우가 소리칠 때,
고독한 자들은 거짓말하며
신의 사랑 속으로 들어간다.

신은 숲들에 대해서도 알게 될 것이다.
숲이 그의 옷에 닿는다.

신은 태초에 숲들을
그들의 머리에서 뽑아 올렸다.
신이 고독 속에서
아직도 불안해하고 있었을 때.

시연들

그는 모든 사람을 손에 쥐고 있는 사람이다.
그는 마치 모래처럼 손가락 사이로 사람들을 흘러나오게 한다.
그는 왕비들 중 가장 아름다운 왕비를 선택한다.
그리고 그녀를 하이얀 대리석으로 조각하여
멜로디처럼 넘실대는 장옷을 입혀 조용히 누워 있게 한다.
그는 왕들을 그들의 부인들과 똑같은 대리석으로 조각하여
그들의 부인들을 위해 눕힌다,

그는 모든 사람을 손에 쥐고 있는 사람이다.
마치 기분 나쁜 울림과 같고 부서지기도 하는 사람들을.
그는 결코 낯선 자가 아니다. 왜냐하면 그는
우리들의 삶인 피 속에 거주하며
소리를 내게 하고 멈추게 하기 때문이다.
나는 그가 부당한 일을 한다고 생각하지 않는다.
그렇지만 나는 그에 대해 나쁜 말들을 많이 듣는다.

삶에 가장 낯설게 서 있는 자는,
마치 도시 위에 서 있는 종탑지기와 같다.
그는 희미하게 빛나는, 떨어지는 그리고 지나가는
모든 것을 바라본다.
그 사람 주위로 저녁바람이 마치 간청하듯 불고 있다.
그는 사람들을 기도로 이끄는 종을
손에 쥐고 있기 때문이다.

초대

보라, 오늘 우리는 발코니에서
만나고 싶다, 저녁이 다가올 때.
난 네게 시칠리아 시구를
천천히 읽어주고 싶단다, 비단결 같은 말들을.

그 노래가 마치 아득히 먼 곳처럼 사라져버렸다면,
넌 첫 별의 회귀선을 통과하여 밤을 향해 가는
나지막한 빗소리를 다시 들어야만 할 것이다.

너를 놀라게 하지 않을 소음들과
빗물들을 다시 오도록 해야 할 것이다.
그러면 보풀리는 잎들로 덮인 새까만 담쟁이덩굴이
발코니 난간의 돌로부터 아래로 내려져 걸려 있을 것이다.

쇼년의 저녁

공원은 높은 곳에 있다.
난 마치 집에서 나오는 것처럼
어두운 공원에서 나와
평지와 석양 속으로 들어간다.
바람 속으로, 구름들도 같이 느끼는 이 바람 속으로,
눈부신 강 속으로 그리고 풍차날개 속으로,
풍차날개는 천천히 돌면서 하늘가에 서 있다.
지금 나도 역시 하늘의 손 안에 있는 하나의 사물이다.
그것은 이 하늘 아래 가장 왜소한 존재일 것이다. 보아라 :
그것은 *하나의* 하늘인가?

황홀하게 파란 하늘,
그 속으로 점점 더 맑아지는 구름들이 마치 노래처럼
외로이 그리고 율동적으로 올라오면서 몰려온다.
그리고 그 밑에 하얀 것들이 지나가고 있다.
그리고 그 위에 엷은 거대한 회색이 뜨겁게 끓고 있다.
마치 붉은 바닥 위에 있는 것처럼.
그리고 이 모든 것 위에서 가라앉는
태양의 고요한 광채.

멋진 조형물 :

자신 안에서 움직이며 자기 자신에 의하여 멈추며,
형상들을 만들면서, 거대한 측면, 습곡과 첫 별들 앞에 놓인
높은 산등성이와 같은 형상들을 만들면서.
그런데 갑자기 저기 그 먼 곳에 성문이 있다.
그 먼 곳은 아마 새들만이 알 것 같다…….

                              운명들이
서로 엮어졌다가 다시 흩어지기를 계속 반복하면서
저 위쪽으로 전진하고 있지 않은가?
이 모든 것에 대하여 사람들이 전혀 놀라지 않다니.
여기 나와 함께 있는 수백만 사람들이
한마디 말도 하지 않고 있다니 :
저기에서 하늘이 마치 수천 날로부터 오듯이 다가온다.
마치 수백 년으로부터 오듯이, 하늘이…….

                              입들은
그렇게 말할 수 없는 것을 위해 만들어지지 않았다.
그것은 지나가고, 단지 한 순간만이 남아 있다.
너, 대단히 풍요로운 세상이여.
오, 이제 집으로 더 이상 돌아가지 않아도 된다면.
따뜻한 외투를 입고 여기에 목동이 되어 서 있을 수 있다면.
밤새도록 이 모든 것을
주시할 수 있다면…….

결혼

(1901)

그들 둘은 오랫동안 침묵했다.
이제 방이 어스름해졌다.
남편이 말을 하고 아내는 들었다 :

우리는 서로 구속되기를 원치 않아요.
누구나 각자 자신만의 고통이 있지요.
타원형 사진액자에 있는 나의 조부모는
나를 그렇게 여러 번 놀라게 합니다.
당신이 만약 두 사람의 글씨를 본다면 :
훗날 쓰여진 몇 안 되는 편지들 중 나는
단지 비뚤어진 행으로 할머니의 필체를
할아버지의 필체와 구별할 수 있어요.
……인간은 함께 고뇌해서는 안 된다는 것을 알지요.
그것은 고통에 대항하여 무감각하게 만들지요.
당신의 손을 내 가슴에 얹어요.
아니면 내 손에 놓든지 :
당신은 내가 도처에서 무엇을 생각하는지 느낄 수 있어요?
난 당신에게 그것을 말할 수 없어요.
당신은 결코 내게 돌아오려고 하지 마세요.
나도 역시 그것을 막고 싶어요…….

그녀는 잠시 머뭇거렸다. 그러고 나서
아내가 말했다. 남편은 들었다 :

당신은 나와 무척 가깝고 내게 많은 의미가 있는
사람들을 빼앗았어요.
이제 다른 사람들을 신뢰하지 않았던
내 삶이 나에게 올 수 있을 거예요.
이제 난 내 마음을 마침내 닫을 것이며
더 이상 기다리지 않고 내가 무엇인가가 될 거예요.
이제 난 마치 혼자 세상에 있는 것 같아요.
이제 난 고뇌하고 즐기고 싶어요.
그리고 앞으로 당신을 더 이상 보지 않을 거예요.
나는 알아요, 우리들은 *나란히* 서로 같이 흘러간다는 것을,
우리들의 자식은 결코 *우리가* 되지 않을 거예요.

그녀는 침묵했다. 어스름은 더욱 더 짙어졌다,
남편과 아내는 어둡다고 생각했다 :

이제 그들은 더욱 더 고독해질 것이다.
그러나 세상은 이런 식으로 더 넓어진다,
두 번째 사람이
바로 옆에서 시작하지 않는다면.
할머니가 살던 시절
이 세상은 오랫동안 그렇게 넓지 않았다.

그때 여인들은 그들의 자궁에서
가까운 자들이 태어난다고 믿었다.
그러나 그들은 모르는
어린애들이다, 낯설고 이름 없는…….
우리에게서 그 어떤 특별한 것이 밀치고 나왔다.
그것은 그들에게 기쁨을 보장했다,
우리는 결코 설명할 수 없는 그것을
가장 가까운 것처럼 집으로 가져간다.

2

유고시, 헌정시와 시의 초안들

Nachgelassene Gedichte, Widmungen und Entwürfe

생성 시기순으로

(1884~1897년까지는 선별하여,
1898~1905년까지는 완전 수록)

아버지 어머니의 결혼기념일에 부쳐
〈부모님에게〉

貴한 축하의 날이 왔습니다.
난 작은 종이를 마련했습니다.
그 위에다 온갖 축복을
시 형식으로 적도록 허락해주십시오.
행운의 여신이 가까이에서나 멀리서나
언제나 그대를 동반하기를 빌겠습니다.
행운이 어디에서나 그대들을 이끌기를
이 행운은 아버지 어머니를 하니발에게 가시라고 외칠 거예요.
이제 신의 은총으로 평안하게 사시기를,
신이 아버지 어머니를 언제 어디서나 지켜주시기를 빕니다.
아버지 어머니의 삶은 오로지 행복하기만 할 겁니다.
불행했던 삶은 절대 되새기지 마세요.
절대로! 절대로! 절대로!

이제 평안하게 사시기를 빌며 이만 작별인사를 해야겠어요.
그대들에게 어떠한 불행도 더 이상 일어나지 않기를 바라며.
　　안녕　　　　　안녕
아버지 어머니를 마음속으로 사랑하는 아들
　　　　　　　르네

애도

한 장군이 전쟁터에서 쓰러졌다.
그의 명성이 가득 찬 큰 홀에는 침묵이 감돈다.
예전에 그는 위풍당당한 찬란한 모습으로
위엄 있는 용포를 걸치고
그의 가족들과 함께 깨어 있었는데―
이제 관대 위에 누워 있다니―
당당한 휘황찬란함은 황량해지고
그것은 영원한 밤으로 사라져버렸다.
애도하는 소리들 외에
성 가까이에서 아무것도 들을 수 없다.
예전부터 그를 믿어왔던 약혼녀에게도
탄식과 슬픔이 엄습한다.
그녀는 조용히 고향을 회상한다,
처음으로 자신의 행복을 시도했던 그곳을
부모의 품에서 벗어났던 그곳을.

즐거운 노래는 멈췄다.
찬양하는 말은 그쳤다.
그리하여 이곳은 적막하고 황량하다. —
젊은 여인은 애인의 품에서 죽었다—
하늘이 이제 그녀를 불쌍히 여기기를!!—

체념

그녀 없는 나의 삶은
납처럼 무겁게 흘러간다.
즐겁지 않은 마음으로 내가 지금 하고 있는 노력은
오로지 그녀만을 염두에 두고 있다.

아, 내 가슴은 너를 향해 열려 있다,
귀엽고 소중한 아이여.
이제 오로지 침묵 속에서 바라게 해다오,
우리가 행복하기를.

오! 사랑하는 소녀여, 너 없이는
너 없이는 오, 소중한 아멜리여.
삶의 즐거움은 내게 무엇이란 말인가!

전투

濕한 바람이 요란스레 불기 시작한다.
성난 물살을 가로지르며!
바닷가에 접한
그곳 육지에는 아직도 피어 있다,
무척 아름다운 평화의 꽃이.
하지만 평화롭던 작은 마을은
전쟁으로부터 무사하지 못했다.
전투의 사나운 횃불이
평화의 나라로 내던져진다.
　　　　　　　　힘차게.—

난폭한 복수의 여신들이 쳐들어와서
이곳을 방화하고 노략질한다.
그런데 대지의 가장 깊은 곳에
복수의 정령이 계속 살아 있다.
순간이 저주받으며
시간이 저주받는다.
그럴 때 입에서 소리가 울려나온다.
일어나라, 대지의 힘있는 너희들이여,
일어나라, 캄캄한 밤으로부터!

뇌우

천둥이 우르릉 친다.
번개가 붉게 번득인다!
하늘에는 폭풍의 바다가
걸려 있다.
자연은 광란을 부리는 원소에 의하여 움직인다.
그것은 붉은 번개를
세상의 어두운 중심부로 보낸다.

……내 가슴은 이렇단다!
군인이었을 때 나는
내 친구들 중 몇 명을 골라
그들과 함께 강력한 단체를 결성했다.
우리들의 우정과 조국을 위하여, 또 그들을 위하여.
너희들은 진정 내 친구들이다.
우리는 우리 모두를 사랑하기를 원한다.
크리스텐, 부룬너, 쉐디비, 슬라메츠카
그리고 우리들의 애인, 그녀는
아마 결코 쓰러지지 않을 것이다.

⟨어머니에게⟩
(1889년 5월 4일 어머니의 생일에)

사랑하는 엄마!
황금의 문을 통하여 환희와 행복의 하루가
다가오고 있어요.
난 서둘러 펜을 잡습니다,
순간의 영감에 사로잡혀.
멋지고 위대한 넓은 세상이
미소 지으며 들어오고 있는
멋진 잔치의 찬란한 영광을 위하여
황금빛처럼 만개하여 찬란하게 빛나고 있어요!
오늘 당신의 생일잔치를 위하여 가슴에
담을 수 있는 가장 최고의 그 무엇이 드러났어요.
가장 고귀한 것과 가장 우아한 아름다움을 위해
뛰고 있는 자유로운 인간의 심장이 드러났단 말이에요.
넘쳐나는 소망으로 가득 차
가장 높으신 아버지에게 간청하고
기원합니다. 최고의 축복이
나의 간청으로 피어나기를!
주님! 구름 속에 당당하게 구축하신
가장 높이 있는 당신의 권좌로부터 보내주세요.
눈물이 가득하여 하늘을 바라보고 있는
지상의 아들에게 행복을!

나는 간청합니다 : "오 주님! 영원히 행복하게
해주시고 행복과 평화를 주소서.
가장 사랑하는 소중한 어머니께"
하늘은 비천한 가슴이 경건하게 말하는
소망을 들어줄 것이며
자비로우신 아버지는 자식의 소망을
단호하게 거부할 수 없을 거예요!
이렇게 난 확신하며 기대합니다.
나는 신의 도움을 굳건하게 믿을 수 있어요.
왜냐하면, 고귀한 말씀이 이르시기를,
환희와 고뇌 속에서 신을 신뢰하는 자는
진정 모래 위에 집을 짓지 않는다고 하셨어요!
많은 걱정들이 지금 당신을
                                        짓누를 거예요.
나는 당신에게 환희에 열광하여 이렇게 말할 거예요.
먼 곳에서 위안을 주는 형상을 보지 않을 것이라고.
당신의 운명의 별이 높이 비상하는 것을 봅니다.
그리하여 나의 가장 아름다운 꿈들이 성취되었답니다!
이제 귀한 생일 축하잔치를 위하여 아직
말할 것이 한 마디 남아 있어요.
고귀한 생일이 되기를,
고귀한, 언제나 고귀한, 영원히 고귀한!
    고귀한! 고귀한! 고귀한!

〈어머니에게〉
(1890년 5월 4일 어머니의 생일에)

축하!
생일축하연에 부쳐.
오래 전부터 태양의 햇살 속에
드러난 마음속의 소망들이
이제 저의 입에서 울립니다.
당신을 기쁘게 하려는 소중한 마음이 말이에요.
행운의 여신의 금빛 호른이 불러낸
계절의 신의 풍성한 선물은
마르지 않는 샘처럼
당신을 신의 은총 속에서 즐겁게 할 거예요.
환희가 당신을 향하여 손짓하기를,
환희가 언제나 당신에게 돌아오기를,
당신이 가는 모든 인생길에
가장 순수한 행복이 꽃피기를 빌겠습니다.
오래오래 행복과 평화 속에서
시간이 빠르게 흘러가기를,
지고의 복, '천상의 행복'이
당신에게 주어지기를 빕니다.
환희가 항상 당신과 함께하기를,
사랑이 당신을 이끌기를,
신뢰가 당신에게 길을 열어주기를,

어느 곳에서나 당신을 행복하게 해주기를 빌어요!
제가 드리는 축하의 말씀을 들어주세요.
제 말씀을 인내심을 가지고 귀기울여 들어주세요.
그것들은 당신에게
행복의 작은 문을 열어주었기 때문이지요.
이 말들이 비록 장식과 광채로
꾸며지지 않아, 단순하게 들릴지라도
그것들은 마음속에서 우러나온 것이기 때문에
그녀의 화환은 온갖 꽃들로 풍성할 것입니다.
이제 난 더 이상 숨가쁘게 말하고 싶지 않아요.
그러지 않으면 당신은 제 말을 전혀 귀담아 듣지 않겠지요.
"그것은 딱딱한 돌을 부드럽게 녹이고,
사람을 흥분하게 만드는 노래이다"라면서 말이에요.
어쨌든 저는 당신에게 가장 좋은 일들만 일어나기를 바라니,
저의 간구에 꼭 귀기울이세요.
당신의 귀한 생일을 위하여
전 무엇인가를 했답니다!
이제 삶은 오늘날, 지금까지
우리가 살고 있는 지상에서 유한한 존재인
어떠한 인간도 보지 못했던 것처럼,
냉소하는 올림포스 신처럼 되어야 할 것입니다.
내가 이 시행들을 당신에게 건네주기 전에
당신에게 드릴 말씀이 있군요.
당신은 의구심을 더 이상 가질 필요가 없답니다.

믿을 수 있을 거예요, 얼마나 내가 당신을 사랑하는지를.
축하! *축하!* 축하!

〈'30년 전쟁의 역사' 로부터〉

〈I〉
민족들이 야수처럼 고삐가 풀려 싸우고 있다.
아마도 그들의 신앙을 지키기 위한 분노로 불타올랐으리라.
자신들의 종교를 방어하기 위하여
그들은 영웅의 피를 헛되이 희생한다.
위대한 장군들이 모두 자기 편을 지지하고 있다.
거친 시대의 풍랑에 위축되지 않고,
당당하게 소리지르면서 기꺼이 전쟁을 이끈다.
영웅심과 남성의 힘을 과시하면서.
힘의 균형을 계속 유지하면서, 승리의 조짐만이
서로 번갈아가며 비치고 있구나.
양쪽 편에 용감한 장군들이 있다.
'그들은 구스타프 아돌프, 발렌슈타인이다!'

〈II〉
(에그의 발렌슈타인, 1634년)

내게 길을 가리켜달라, 너희들 고요한 별들이여,

온갖 전쟁터에서 나를 이끌어주는 너희들이여,
난 너희들의 부름에 따르는 것을 배운다.
고군분투하면서 근심하는 이 밤에.

오! 어두운 하늘을 내게 보여다오,
나를 지고의 힘으로 높이 이끌이라,
새로운 승전고가 울려퍼지게 해다오,
프리트란트 공작이 아직 쓰러져서는 안 된다!

〈아버지에게〉
(1891년 9월 25일 아버지의 생일에)

가장 소중한 아버지!
오늘의 잔치를 위해 당신 앞으로 나아가는 저를 보세요.
제가 태어났을 때부터 당신은
기쁠 때나 슬플 때나 저를 돌봐주셨어요.
모든 축복을 보낼 수 있는 그분께
진심으로 당신을 위해 기도하게 해주세요!

창조의 봄이 당신의 모든 삶을 어느 곳에서든지
장엄한 의무로 축복하기를, 항상 부지런함 속에서
지칠 줄 모르며 삶을 엮어가도록.
그것은 당신을 황금빛 정점으로 오르게 하고,

당신의 정신을 공간과 시간을 초월하여 숭고하게 합니다.

그럼에도 불구하고 당신은 가벼운 삶의 춤의 온갖 요동을
열린 시선으로 들여다봅니다.
인간은 생동하는 봄을 즐거워합니다.
이때 나는 아마 탐구하는 것 같습니다.
사물은 얼마나 자주 빛날까,
이 외적 광채는 무엇을 숨기고 있지는 않을까?

당신은 제게 많은 고귀한 것들을 배우게 했어요.
저를 학문의 길로 다가가게 해주셨어요.
자, 어떻게 제가 당신을 사랑하고 존경하지 않을 수 있나요.
순수한 진리의 깃발을 위해 선서하게 해주세요.
저는 당신께 보답하고 싶어요, 사나이로서.

저는 제 일을 부지런히 할 거예요.
제가 당신과 재회할 때
그것이 사실이었다는 것을 보여주기 위하여.
근면과 노력을 통하여 많은 것을 펼칠 수 있어요.
그는 당신과 약속한 것을 영원히 지킬 거예요.
고귀한 사랑 속에서 감사하는 당신의 르네가.

그것은 근심을 쫓아버릴 거예요. 그러면 더 이상
저는 비난 앞에서 불안하지 않을 거예요.

하느님, 제가 앞으로도 수년을 똑같은 목소리로
이 아름다운 날을 축하하려는
충동을 따르게 해주세요!

⟨방명록에 실린 글⟩

밝은 햇살 속의 그 무엇이
네게 삶을 축복했다.
가득 찬 술잔을 받아라,
마셔라, 행복을.
삶이 보잘것없는 선물을 제공한다면,
이것들 역시 감사히 받아라.
환희가 너를 기쁘게 하면 할수록
평화가 더욱더 아름답게 꽃필 것이다.
한마디로 즐길 수 있는 만큼 철저하게 즐겨라.
그러나 위기에 굴복하지는 말아라.
"투쟁하며 죽어라 — 남자로서!"
출정하려는 내적 갈망을 따르는 것보다
더 아름다운 것이 또 있겠는가.
경쾌하게 일어나 흐른 소리를 들으며 즐겁게 앞으로 나아가라,
깃발이 거침없이 펄럭이는 그쪽으로, 그쪽으로!

〈폐허 톨렌슈타인의 방문객 서명록에서〉

어떻게 너희들이 거기 서 있느냐, 오래된 높은 성벽들이여,
먼 아득한 시절의 가파른 돌 위에 솟구쳐 올라서서.
어떻게 너희들은 거기 서 있느냐, 사라진 과거의
스산한 소나기에 휩싸여.
너희 흉벽들이여, 너희들은 무미건조한 한 세기를
차가운 시선으로 헤아리면서 바라보고 있구나,
지나간 시대의 증인으로 경탄받으며,
오래 전에 사라진 권력의 증인으로서.
너희들은 하늘을 향하여 우뚝 솟아 있구나, 부서지지 않고,
여전히 미래에도, 앞으로 올 먼 시대에도.
그래서 너희들은 다가올 시대도 선포하는구나,
과거 속에서 ― 과거 속에서 말이야!

〈뵈미쉬―캄니츠의 슐로스베르크
폐허의 방문객 서명록에서〉

나는 늦도록 슐로스베르크에 앉아 있었다.
마지막으로 넘어가는 석양 속에서.
그렇지만 나는 펼쳐진 계곡을
보는 것을 잊어버렸다.
난 보지 않았다, 붉고 환한 광채 속에 있는

멀리 있는 숲들을.
난 보지 않았다, 알록달록한 들판의
울긋불긋한 화환을.
싱싱한 잎으로 단장한 작은 숲들, 평야도,
푸른 들판도 난 보지 않았다…….
난 내 머리 위의 히늘을
보지 않았다, 사랑스런 파란색 하늘을.
왜냐하면 하늘이 두 눈으로 내게
달콤하게 윙크했기 때문이었다.
'이러한' 하늘에서
진짜 천국이 반짝거렸다!

〈위령(慰靈)의 날〉

이 심장이 언젠가 정지된다면,
오! 나를 돌로 덮지 말아라!
나를 서늘한 땅 속으로,
어머니 같은 땅 속으로 가라앉혀라.

왜냐하면 땅의 부드러운 품 안에서,
그곳에서 쉬는 것은 무척 즐겁기 때문이지!
내 심장은 어머니의 품속에서
분명히 다시 따뜻해질 거야.

오래 전에 이미 여읜
감미로운 어머니의 품에서
새로운 삶이 솟아나올 것이다.
봄이 다시 돌아온다면.

너희들은 이렇게 죽은 자와
완전히 분리되지 않았다. 그곳, 그리고 이곳에서,
왜냐하면 꽃들이 심부름꾼이기 때문이지.
너희들과 나 사이에 있는 심부름꾼!

〈발레리 폰 다비드 론펠트에게〉

〈I〉
우리들의 첫번째 만남 이후
1893년 1월 4일

예쁜 두 눈은 빛나고 맑고
치아는 그렇게 가지런하고
장밋빛 입술, 곱슬거리는 머릿결,
손은 이렇게 작다니,
종소리와 같은 웃음소리
너는 순식간에 승리할 거야!
내가 너를 이렇게 오래 칭송한다 해도

결코 충분치 않을 거야.
이렇게 매혹적인 존재가
내게 도대체 선택의 여지를 주다니,
나는 당신을 무엇이라고 불러야만 할까?
이상(理想)!

〈II〉
아침인사

말해줘, 발리, 내가 기도할까?
잠에서 깨어났을 때,
찬란한 아침햇살 속에
구름이 붉게 물들었을 때.

하늘이 보내주시도록,
단아한 여인을—너무나 숭고하고, 너무나 순수한—.
나는 두 손을 조용히 모으고
무릎을 꿇으며 당신을 생각한다오!

이런 생각이 든다, 당신을 생각하는 것이
기도보다 더 많은 것을 의미한다고!…….
왜냐하면 그것은 가슴을, 병든 가슴을
마치 햇살처럼 통과하기 때문이지!

〈Ⅲ〉

쓸데없는, 바보같은 말이,
당신을 우울하게 했다니!
기운을 내, 애인이여, 그리고 내 말을 들어줘, 들어줘,
르네가 당신을 사랑한다는 것을!

그는 당신에게 자신의 모든 삶을
가장 하찮은 선물로 바치고자 하며,
언젠가는 당신에게 가치있는 사람이
되도록 노력할 거예요.

그러니까 애써 내 마음을 달래려고 노력하지 말아요.
슬퍼하거나 울적해하지 말아요.
그 말들이 소리를 지르거나, 경고할 때도
생각해요. 르네가 당신을 사랑한다는 것을!

신앙고백
1893년 4월 2일

입으로만 경건한 너희 기독교인들은
나를 무신론자라고 부르고
내 곁을 피해 달아난다.

왜냐하면 내가 너희들처럼
기독교의 덫에 현혹되지 않았기 때문에.

나는 너희들의 교리를 알고 있다.
개종하게 하고
경건하게 만들고, 그래서 바보로 만드는 교리들을.
그렇게 함으로써만이 너희들이
죄를 짓기 때문에
예전에 너희들에게 복음이 전파되었다.

너희들의 사제들은 노력한다.
오늘이든 내일이든
너희들에게 더 이상 분별력이 생기지 않기를.
왜냐하면 '완벽한' 목동은
자신의 양들을
계명과 징벌로 감시하기 때문이지.

오! 성스럽고 지혜로우신 아버지,
당신은 이 지상에 계신
주님의 조언자입니다.
당신은 첫번째 죄인입니다.
용서하세요, 내가 이것을 완곡하게 말하겠습니다 :
당신은 첫번째 예수입니다.

당신의 어린양들은 가르치고 있군요 :
너희들은 삼위일체를 존중해야 한다.
지금도, 또한 앞으로도 영원히.
(희생양의 숫자만 채워라,
그러면 너희들은 곧 죄의 짐에서
벗어날 것이다.)

교회 종소리가
커다랗게 울리며 메아리칠 때
모든 사람들은 양들을 따른다.
속된 성직자가
설교한답시고 졸면서 중얼거릴 때
그들은 보속되었음을 느낀다.

그는 죽음과 종말에 대해 이야기한다…….
그들은 기도하면서
거의 눈에 띄지 않게 운다.
그런 다음 중얼거린다 : 아멘,
그리고 간다……, 하느님의 이름으로.
그렇지만 그들이 얼마나 행복할는지!

그들의 죄는 이제 사해졌으며
지옥 불로
결코 고통받지 않을 것이다.

예수는 그들을 위해 돌아가셨으며
성스러운 피를 통하여
그들을 구원했다.

그는 그들에게 이러한 삶을 가르쳤다.
모든 것을 희생하기를
인간의 아들인
자기처럼.
언젠가 다른 세상에서
성부는 그것을 갚을 것이다.
그가 할 수 있는 최고의 보상으로!……

너희들은 이렇게 외친다, "그렇다면 너는 몰락할 것이다,
부활하지 않을 것이다, 최후 심판의 나팔이 울릴 때!"
"고맙다, 나는 누워 있을 거야,
나는 만족할 거야
현재 이 *하나의* 세상에.

나는 사람들이 말하고 있는 그 가르침을
믿을 것이다. 그것은 현세
그 자체가 대가일 것이라는 가르침이다.
내가 행하는 가르침은
사랑이라고 불리는 것이며
사랑은 내게 종교이다."

〈십자가의 예수〉

먼동이 아직 트지 않았을 때,
나는 도시를 빠져나와 상쾌한
거리를 가로질러 갔다. 거기에 십자가가 서 있었다.
소박한 나무 십자가이다. 그 십자가에 예수가 매달려 있었다.
조야한 색깔로 단조롭고 아무렇게나 칠해져 있었다.
예술가의 손으로 색칠한 것은 아니었다.
예수는 이른 새벽 빛에 반사되어
초라하게 보였다. 그렇지만 얼마 떨어지지 않은 곳에
한 가엾은 여인이 서 있었다. 그녀 곁에 두 아이가 있었다,
기도를 열심히 바치면서. 그들은 아마도 고통을 알지도 모른다.
더욱이 나는 이 말을 들었다 : '오늘 우리에게 주소서.'
아이들도 함께 말했다. "일용할 양식을."
누가 이들에게서 궁핍한 삶으로 인해 싹틀 때 이미 꺾어지는
희망을 빼앗아갈 수 있단 말인가!
그들의 눈길에는 굳건한 신앙이 담겨 있었고
그들의 기도문에는 강한 신뢰감이 들어 있었다.
이제 그들은 거기에서 일상을 향하여 빠른 걸음으로
서둘러 갔다. 기도는 노동으로 지친
육신에 새로운 힘을 부여했다…….
그때 나는 내가 그들을 부러워하는 것은 아닐까라는
생각이 들었다.
나는 눈에 눈물을 가득 담고 조용히 거기에 섰다.

가련한 가슴은 야릇한 회의로 가득 찼다.

그때 눈앞에서 나는 보았다, 그들이 도와달라고 간청한 그분을.

나는 왜 기도할 수 없었던가? 왜 나는 언제나

채색된 양철판만 보았으며 더 이상은 보지 못했을까?……

그분은 나와 같은 인간이었다, 그렇지만 나와 같은 그분은

사신만의 강력한 힘을 너무나 신뢰했다.

그분은 진정 위대했다. 그분은 고귀한 목표들을 자기

가슴에 달고 있었다. 그렇지만 *한 가지가* 그분을 왜소하게 만든다.

그분은 과잉된 감정으로 소박한

사람이 되는 것을 거부했다…….

바로 그 당시, 그분의 힘이 이 세상

도처에 펼쳐졌던 당시에

그분은 당당하게 말할 수 있었을 텐데 :

나는 인간이다, 이 세상을 완성한 한 *인간*이라고 말이야.

그렇지만 그때 존경받게 되기를 바라는 욕망이

그분에게 일어났다.

위대한 자들이 굽실거리는 것을 바라는 욕망이.

황금의 제단으로부터 그분을 위하여

향내가 하늘로 올라오기를 원했다.

그분은 인간으로서 존경받게 되기를 원치 않았다.

그렇다, 오히려 그는 치욕, 수모와 조롱을 짊어지고자 했다.

그렇다, 그는 기꺼이 고뇌하기를 원했으며 죽음을 원했다,

십자가에서 죽기를, 그러나 여전히 신으로서.

이제 내게 분명해진다. 왜 내가 그분을 사랑할 수 없으며

존경할 수 없는지를, 어떠한 기도도 그분에게 바치지 않는지를.
그분은 인간으로서 그렇게 신처럼 위대하게 남을 수 있었는데
이제 신으로서 그분은 인간적으로는 왜소하게 보이는 것이다!
나는 뒤틀린 시선으로 초라한 십자가에 달려 있는 채색된 예수상을
올려보았다. 오래 전에 날이 밝았다. 나는 그분으로부터 등을 돌리
고 눈물을 닦았다. 그리고 걸어갔다……

〈2행시〉

너, 소중한 아이여, 사랑스러운 너의 발이 예전에 기꺼이
                             디디고 들어왔던
어둠침침한 문턱 앞에서 아마도 떨고 있는 것이 아니냐?
두려워하지 말아라! 거기서 손짓하고 있는 것은 성스러운 환희의
                                 평화이다.
그것은 마치 강렬하게 쏟아지는 잠처럼 부드럽게 너의 사지를
                             감싸 안을 것이다.
거기는 서늘하고 조용하다. 그것은 영원히 새까만 코치트의
                                 절제된
울림으로 소리나면서 너를 흔들며 편안한 꿈속으로 들어가게
                               한다.
그럼 좋은 꿈 꾸어라, 우리들의 사랑이 자비로운 팔로
빛을 향하여 우리를 앞으로 이끄는 신이라는 것이
                             확인될 때까지.

〈사랑과 우정〉

〈I〉

나는 사랑과 우정을 자매간으로
간주하는 것을 너무나 자주 보았다.
그러나 그것은 사랑을 욕되게 하는 것이고
우정을 몰이해하는 것이리라!

너희들은 그것을 구분해야 할 것이다.
어떠한 유사성도 결코 없다.
왜냐하면 그것들은 둘 다
단지 소문으로 서로를 알고 있기 때문이지.

〈II〉

우정에서 싹터 나오는 것은, 단지 우정의
　　　　　　　　　　　　　　　결실일 뿐이다.
그렇지만 사랑에서 꽃피는 것은, 사랑 그
　　　　　　　　　자체가 아니겠는가?

자주 고독할지라도 나는 결코 혼자
이 세상에 있는 것은 아니다.

왜냐하면 오래 전부터 [친한] 여자친구가
있기 때문이지.

그녀는 내가 울 때마다 나를 위로해준다.
그녀는 항상 내게 힘을 준다.
그녀는—내가 누구인지 말한다면 너희들은 당연히 알 거야—
고귀하신 환상이란다.

그녀, 그녀는 거의 눈치 못 채게 하면서
절망한 자를 강하게 하기 위하여
자주 조용히 내 곁으로 다가온다.
그리고 그녀는 자신이 그렇게 할 수 있다는 것을 당연히 알고 있다.

왜냐하면 그녀, 단아한 그 여자는
경쾌한 예술가의 손으로 나에게
삶의 형상들을 남루하며 차갑고 삭막한
감옥 벽에 그려주기 때문이지.

많은 사람들에게

너희들은 계속 새로운 소재들을 찾음으로써
나이든 사람 앞에서 소심해진다.
너희들의 희망은 단 한 가지

독창적이고 새롭게 되는 것이다.

그래, 그것은 아주 높이 살 만한 것이지.
용감하게 감행할 수 있는 많은 것들이 있단다.
그렇지만 질문하게 해줘.
도대체 그 소재에 힘이 들어 있는 거야?

아, 문제가 이렇게 해결되는구나!
단지 아이들만 생각하면 돼.
아이들은 서투른 손가락으로
진흙에서 덩어리의 형태를 만들어내지 않느냐?

그렇지만 똑같은 진흙에 이렇게 커다란 강렬함이 들어 있다니,
보아라, 얼마나 놀라운가,
그 진흙은 조각가 피디아스의 손에서
걸작품이 되었다!!

오, 내가 노래하고 말할 수 없다면,
난 죽어야 할 거라고 생각한다.
도대체 어떻게 침묵하면서 봄을 바라보고
그리고 공기의 중얼거림을 이해할 수 있단 말인가?

어떻게 개울의 중얼거리는 신기한 이야기와

새소리를 알아들을 수 있단 말인가,
대답할 수 있는 메아리가
내 마음속 깊이 존재하지 않는다면.

어떻게 내가 잠시 동안의 행복을 견딜 수 있을 것인가,
애인이여? 그럼에도 불구하고 그런 일은 일어난다!
그리고 모든 것은, 단지 내게
노래라는 신의 선물이 주어졌기 때문이다.

〈파편〉

너 자신에게 스스로 질문하는 순간이 자주 온다.
너는 진정 시인이 되기 위해 태어났는가?
네가 숭고한 예술을 용감하게 감행하도록,
칠현금의 성스러운 현을 더듬도록
축복의 운명이 너를 선택했느냐?
너는 이 세상의 사제로 임명되었고
예언자로 부름을 받았느냐? 아니면 쓸데없는 허영이
너를 살며시 유혹하고 있는지.
수많은 노래를 자유로이 부르며 행복과 불행을
선포할 권리가 네게 주어졌느냐?
그리고 깊은 심연의 수많은 어떤 마음이 이 지상에서의
존재를 어둡게 예감하느냐?

겁에 차서 신을 불경하는 너는
먼지 묻은 일상복 차림으로는
고귀한 사원에 들어가지 않는다.
그래서 너의 정신은 그를 영원히 죽지 않게 할 수 있는
능력을 주는 신의 영향을 받고 있는가?
만약 네가 스스로 위엄이 있다면 결코 총애와
속된 목적이 칠현금을 네게 강요하지 않았다.
언제나 네 가슴으로부터 울려퍼지는 너의 노래는,
자유로운 예술을 위한 자발적인 희생인가?
네 손이 불안하게 떨면서 글을 쓸 때,
네 뺨이 불타오르고
신으로부터 나온 열광이
너의 심장을 치고 너의 맥박을 뛰게 한 것은 기만이 아니었느냐?
너 자신을 잘 인식해라! 너를 ……로부터 지키기를.

〈판타지〉
〈초안〉

이민선! 거기에 사람들이 가득 찼다.
위쪽에는 귀족들이 있다. 웃으며, 유유하게 거닐며, 식사를 즐긴다.
흐린 등불만이 지친 듯 타고 있는
아래쪽 깊숙이 있는 습기찬 선실들에는
가난한 사람들

남자들, 여자들이 있다. 창백하고 언짢은 표정들이다. 몹시 비좁게

뒤엉켜서

막연한 두려움에 사로잡혀 있다. '두려움에 몸을 떨면서.'
무표정한 얼굴들, 기죽고 의기소침해 있다.
한 여자만이…… 창백하고 조용한
촉촉히 눈물에 젖은
깊이 패인 그늘지고 커다란 눈을 하고 있다…….
뜨거운 사랑에 대해 물어보는
간절하게 물어보는 눈을 하고…… 눈물을 삼키느라
실룩거리는 창백한 입술을 하고 있다.
반쯤 풀어진 파마의 금갈색 머리가
이마를 덮고 있다…….
몸매는 호리호리하나 그렇지만 굳어 있고 말이 없다.
단단한 석필로 이마 위에 그려진 슬픔의
주름살이 요구하듯이 말없이.
속이 들여다보일 정도로 마른 두 손은 굳게 모아졌다.
다시 그녀의 두 눈.
마치 묻고 있는 것처럼. 마치 이러한 삶의

비밀에 대한

진지한 해답을 찾는 것처럼.
두 눈이 언젠가는 거기서 그것을 발견했는지! 난 모르겠다.
단지 잠 못 이루는 밤이면 이러한 두 눈이
여러 번 내게 떠오른다. 그와 똑같은 눈들이
피로에 지친, 더없이 슬픈 눈들이…….

〈발레리 폰 다비트 론펠트에게〉

〈IV〉

넌 결코 다른 사람들과 같지 않았다.
이것이 칭찬인지 비난인지 생각해보아라.
선입견과 저속한 생각에서 벗어난
너의 길은 결코 무리들의 길은 아니었다.

넌 정말 강하다. 넌 위험을 겁내지 않고
당당하게 삶의 물살 속에서
고귀하고 순수한 가슴의
성스러운 축복의 향기를 보존할 수 있었다.

너의 달콤한 키스, 네 머릿결에서 흘러내리는 향기는
나를 취하게 하고 순수하게 도취시킨다.
그렇지만 너의 검은 눈이 비로소 내게
네 존재의 수수께끼를 밝혀줄 수 있었다.

힘들었던 시절에 난 그것을 경험했다.
난 그것을 지울 수 없어 내 마음에
새겼다. 그것은 영원히 네 가슴을 고동치게 할 것이다.
너는 결코 다른 사람들과 같지 않았다.

〈V〉
〈문학연감에 바침〉

기꺼이 난 이 책을 사랑의 보답으로 당신에게 바치려고 한다.
그렇지만 내가 이 책을 헌정한 저기 앞에 있는
남작부인은 내 기분을 거의 망친다.
어리석은 헌정, 그래 난 항상 그렇게 말하지,
이 책은 전적으로 여성 취향에 맞는 것들이야라고.
그러면 나의 발리에게는, 무엇일까?
내가 이 형상을 당신의 형상과 바꿀 수 있다면!
낯설게 단장한 작은 문을 통해 책 안으로 들어온다. 다른 사람들은
단어들을 듣는다, 그러나 당신은 진정한 숲의 소리를 감지한다.
당신 혼자 이해할 수 있다, 난 감히 이렇게 말할 수 있다,
당신은 나와 함께 숲 향기의 리듬을 즐긴다고.
당신은 내 영혼으로부터 온 그 영혼이다.
존재도 나의 존재에서 온 바로 그 존재!
                              바친다는 것은 무엇일까?

가젤

네가 무엇에 집중하기를 원한다면
우선 한 가지가 필요하다 : 네가 살아 있다는 것.
창조하기를 원하는 자는 우선 존재로부터 훨훨 타올라야 한다.

그렇지 않으면 아무것도 이루지 못한다.
네가 무엇에 집중하기를 원한다면 결코 광신자가 되어서는 안 되고
무분별하게 자신의 전횡에 몰두해서는 안 된다.
넌 너의 열정의 노예가 되어서는 안 된다.
인간은 곧 그러한 약점들을 간파한다.
넌 너무 착해서도 안 되고 진인해서도 안 된다.
삶의 행로에서 온화함과 인간적인 것이 네게 항상 계율이 되어야
한다.
너의 힘이 약해지지 않고 때로는 약간의 위협이 될지 모른다.
이렇게 넌 살아가면서 활기 있게 움직여야 하며
너의 뺨은 노력으로 빨갛게 상기되어야 한다.
그러면 넌 이룰 것이며 사람들이 너를 존경하게 될 것이다…….

독일에서는 당연히 네가 제일 먼저 죽어야 한다!

그라프 폰 플라텐에게

가벼운 모래 석회정 안에 있는 파란 바다 위에서
당신은 노래 불렀으며 그리고 기대했지요, 그들이 당신을
이해해주기를, 용감한 독일인들이 말이에요. 안개 낀 지형 둘레로
아름다운 시칠리아의 암벽이 당신을 감싸안았어요.

당신은 훌륭하게 만돌린을 연주했습니다.

증오의 불길 같은 사랑의 노래에 맞춰
마침내 한 이태리 사람이 당신의 굳은 손에서
텅 빈 외로움을 꺼냈습니다 : 란돌리나를.

독일인들은 낯선 것을 환호하는 것을 좋아하지 않습니다.
독일인들은 새로운 길을 포기하는 겸손한 자들이므로
당신이 주조한 노래는 독일인들에게 낯설게 보였습니다.

그래요, 아주 훗날 바이에른 사람들이 용기를 내었습니다
이 독일작가를 위하여 기념석을 마련하려는 용기를.
그러나 그는 멀리 떨어진 시라쿠스에서 휴식을 취하고 있습니다.

밤

밤!
너는 다시 가까이
다가온다. 너 성스럽고
온화하고 자비로운 수녀여,
너는 수녀복을 입고
산비탈로부터
무자비한 삶의 격전지를 지나
도움을 주면서
아래로 내려오는구나.

신성하고, 자비로운
고독한
밤!

……새까만 옷이 너풀거리며
신의 사지를 둘러씨고 펄럭거린다.
머리 위 높은 곳의 베일이
어두컴컴해지면서 밑으로 흘러내린다.
관자머리 위 수도회의 모자가
은은하게 비치는 은빛 머리카락을
잡아 묶는다.
그 밑에서 눈이 빛난다.
파랗게
그것은 무척 단아하게 빛난다.
온화함, 자비와 연민.
높이 올린
한쪽 손에 그녀는 로자리오의 반짝이는
                        진주들을
쥐고 있다.
그것은 별이다.
묵주 끝은 표면이 반짝반짝 윤이 나는
                        은화이다.
그것은 달이다.
보아라!

밤에 도취한 자여,
너는
형상을 인식하느냐? 그것은 아기예수를
무릎에 안으신 성모님이다…….
그러나 다른 한쪽 손은
피 흐르는 세속의 상처 부위를 위해
붕대도구들을 조심스럽게
끄집어내고 있다.
은색의 달빛으로부터
붕대들을
그리고 통증을 진정시키는 아편이 가득 찬
다이아몬드 병을. 그것은 꿈이다!
꿈!……
마지막으로 약초를,
그것은 격렬한 시간들 속에서
싹이 트여
삶의 주변에서
희열과 고뇌에 적셔졌다.
죄가 그것을
저주로 덮인 앙상한 손으로
땅에서 낚아챌 때까지, 왜냐하면 죄는 땅 속에서 발견했기 때문이
다.
치유력을.
독!

....
그것을 너는 아느냐?
그것은 떨면서
고통스럽게 발열하는 사지를
누그러뜨리며,
부글부글 끓어오르는 뇌의 광란을 제어하며
가라앉힌다.
차갑게 반짝이는 눈 속에 있는 재앙의 불꽃을.
영원한 정적을
고독한 가슴속에 놓는다.
불안한 마음으로 기대하며
수천 년에 귀를 기울인다…….
넌 그것을 아니?
모든 것과 화해하는
보잘것없는 약초의
굉장한 치유력을 아느냐?
....
....

밤!
자비로운 수녀여,
무엇이 너를
저기 저 오두막집으로 가게 하느냐?
보라! 한 사랑스러운 소녀가
눈같이 흰 아마포에 싸여 까만 함 속에

창백하게 누워 있다.
무엇이 있었나, 말하라!
치유할 수 있는 무엇이
여기에 있었나.
밤!……
말하라! ─ '그것은 삶이다!'
정적─
나직하게 우는 듯한 합창 소리가
너울거리며 떠가는
향연에 가볍게 실려서
이쪽으로 울려온다.
"영원한 휴식을 주소서……."
……………………………

…… 수녀복을 입고
계속 삶의 전쟁터를
지나가는구나, 너, 자비로운 수녀여,
신성하고, 자비로운
고독한
밤이여!

성모 마리아상

······그녀는 높이 있는 교회의 홀을 가로질러 질주하듯
들어와 성모 마리아상 앞에 무릎을 꿇었다.
"당신 평화의 황금 광선이
밍싱으로 황폐해진 이 가슴에 내리게 히소서!"

황금 띠를 두른 성모 마리아는
빳빳한 자세로 조용히 있었다.
눈이 투명하다. 알 수 없는 눈이다······.
이 '성녀'가 어떻게 죄를 파악할 수 있을까?

오리나무 밭에서

나는 알고 있네, 반짝이는 이슬이
진주같이 뿌려진 산비탈을.
나는 알고 있네, 물레방아가 돌고 있는
서늘한 오리나무 밭을.

나는 알고 있네, 침묵이 가득한 땅을.
나는 알고 있네, 그곳에서 마치 아이헨도르프의 노래가
나뭇가지들 사이로 속삭이는 것 같은
일이 내게 자주 일어난다는 것을.

공원에서

커다란 팔을 힘차게 뻗치고
저기 서 있는 떡갈나무처럼,
난 황량한 공원에서
대리석 수호신을 발견했다.

신상이 가시나무 덤불로 완전히
둘러싸였다. 사람들은 신상에 겁을 먹는다.
그 옆 떡갈나무 줄기에 나무로 된
예수 십자가가 단단하게 걸려 있다.

나는 골똘히 생각하면서 한 번은 이교도를 주시하고
또 한 번은 기독교도의 신을 주시한다.
이 숭배받는 자는 고뇌하는 것처럼 보인다.
망각된 자는 조롱하는 웃음을 짓는다…….

벨라스케스

아름다운 나라 스페인은 예술의 힘을
보존하는 것이 허락된 나라인 듯 여겨진다.
30년 전쟁의 질풍 앞에서 예술이 도처에서
거의 타락의 벼랑으로 도주했을 때조차도.

'레판토의 궁중 광대'가 전투복을
입고 부활했다. 야만인에 대한 조롱
그리고 천사들의 무리를 거느린 성모님이 부활했다.
예술가의 거룩한 손이 이렇게 진리를 아름다움과

화해시키리라는 것을 알았던 시절이 있었는가?
그렇다, 색깔은 생명이 가득 찬
색조를 위해 환호하면서 선택된 것처럼 보인다.

궁전에서 그림을 그렸던 다른 예술가들은 언제나
모든 것을 총애와 증오에 입각하여 그렸으나
오로지 한 사람만이 위대하고 진실하게 남아 있었다 : 벨라스케스.

밤의 불안

폭풍을 두려워하는 거세당한 숫말에 쫓겨
양떼들이 초원을 통과하여 달아나는 것처럼,
나는 밤에 두려움이 자주
내 영혼을 관통하는 것을 느낀다.

나는 땀에 젖어 벌떡 일어나며
불안한 가슴은 용기로 두근거린다.
뜨겁고 격렬한 거친 피가

뺨에 달아오른다.

그렇지만 마법은 깨어지네,
밤이 운명을 어떻게 피해가는지를 내가 볼 때.
종달새가 어떻게 하늘에 이르기까지 계속 노래부르며
화해하는지를 내가 볼 때.

분열의 시간에

썩은 무덤과 같이 지친 가슴에
어떠한 초록빛 기억도 도대체 솟아나지 않는단 말인가?
내 마음속에는 고통스러운 밤에 떠오르는
어떠한 별도 도대체 깨어 있지 않단 말인가?

나의 커다란 고통을 깊은 동정심으로 완전히 이해할 수 있는
어떠한 고통도 도대체 없단 말인가,
어떠한 파렴치한 행위, 어떠한 죄도
내 삶의 과오와 같을 수 없단 말인가?

운명은 언제나 토어신의 망치를 두들겨
내 가슴이 누그러지기를 원하는가?
아 저런, 토어신의 일격으로 떡갈나무에 재앙이 닥칠 수 있단다.
나의 힘은 갈대의 힘이다.

회상

너, 어스름한 새벽이 올 때까지 밤을 지새우며
골치 아픈 부담스러운 일로 가득 찼던 시절이여,
넌 나의 입을 거의
완전히 다물게 했었다.

나의 입은 힘들어서 달라붙었다.
정신과 사지는 지쳐버렸다.
너, 어떠한 노래도 부르지 못했던 시절이여,
내가 어떻게 살았을까?

나는 결코 노래를 상실한 것은 아니었다.
난 지쳐서 외출하고, 지쳐서 들어왔다.
그것은 나의 시를 위한 회교도의
라마단과 같은 단식기간이었다.

〈엘라 글레즈너 양을 위하여〉
〈기념첩〉

내 작품 《황금 상자》가
이 책 속에 씌어져 있는 것을 내가 발견했을 때
꿈의 나라에서 온 나비가 내 영혼에

둥지를 틀었다는 생각이 들었다.

클라인 빌리의 소박한 운명이 당신의
마음을 사로잡을 수가 있었으며 어머니의 고통이
당신을 감동시킬 수 있었다 : 이러한 생각으로
나는 마음속의 여름을 즐겼다.

나는 단 한 가지 축복만이 내리기를 간청한다.
어느 작품이든 성공을 거두어
달콤한 메아리로서 아름다운 여인의
가슴에 계속하여 울리기를.

이네스 데 카스트로
〈사포체의 시연〉

이네스는 지나치게 아름다웠다. 페드로의 사랑으로
더욱더 아름다워졌다. 그리하여 알퐁소의
진노가 갑작스럽게 그들에게 닥치게 되어
탐욕스런 살인자의 검이 그들을 찔렀다.

그렇지만 죽은 그녀는 돈 페드로를 무덤으로부터
권좌로 불러내었다. 장엄하게 몸을 돌리면서 이네스는
희미하게 빛나는 무거운 왕관을 살해당하여

잠자고 있는 그 위에 기대어 세워놓았다.

대공귀족들이 창백한 제후의 부인 앞에서
두려움에 떨면서 머리를 조아렸다.
그러나 어떠한 명령도 더 이상 그녀의
푸르스름한 입술로부터 내려지지 않았다.

그 누구도 더 이상 권좌에 접근하지 않았을 때 비로소
그녀의 머리는 아주 조용히 애인을 향하여
힘없이 숙여졌다, 마치 그녀가 그의 귀에 대고 깊이
그녀의 명령을 속삭이는 듯.

모두들 전율했다. 죽은 자의 명령이 성취되었다.
그녀는 곧 남편을 자기에게로 데려갔다.
둘은 이제 꿈에서 벗어나 알코바자에서
영원히 한몸이 되어 편안하게 잠들 것이다.

아돌프 프리드리히 폰 쇄크 백작에게

(1894년 로마에서)

당신은 정말 위대했습니다! 시기와 몰이해에도 불구하고
당신은 당신의 이상을 가슴에 지녔습니다.
백작님, 당신이 당신의 손을 단 한 번만이라도

내 머리에 축복하면서 얹으신다면 얼마나 좋을까요.

당신은 사제였습니다. 예술의 제대(祭臺)에서
당신은 나의 삶을 위해 축성을 할 수 있었습니다.
당신은 내 머릿결에 발라줄 수가 있었습니다.
성유를, 숭고한 세계를.

성 베드로 성당

미켈란젤로가 로마에서 거대한 원륭형 건축으로
그의 명성을 떨치기 전에,
브라만테는 기념 주화에서 보는 것처럼,
그가 성당의 초석을 놓을 때
돔을 염두에 두고 있었다.

비록 예술가적 꿈의 도취 속에서 불길이
그의 마음속에 불타올랐다 할지라도,
자신의 독창적인 것이라고 명명했던 그의 작품의 진가는
비로소 그 사람이 죽은 후 시간의 흐름 속에서 점점 고조된다.

한 예술가가 그가 장중하게 시작한 것을
성공적으로 끝맺지 않았다고 해서
그의 너무 이른 죽음을 슬퍼해서는 안 된다.

손자가 그 소명의식을 받아들인다.
이렇게 정신의 샘이 신이 축복한 유산 속으로
더욱더 풍부하고 강렬하게 계속 솟아오르게 된다.

변테 고행자들

붉은 햇살이 격정의 봄을
불태워 없애버렸다.
변태 고행자들의 물결이 요란스럽게
플로렌츠를 통과했다.

"함께 따르지 않는 자는 멸망할 것이다!"
높은 창가에서
한 무리의 원로원 위원들과
모든 신사들이 거칠게 소리질렀다.

많은 어머니들이 그들의
자식들을 행렬에서 알아보았다.
많은 젊은이들이
자신들의 가슴을 때리는
약혼녀들을 알아보았다.

어떠한 권위 있는 명령도

그 무리들을 복종하게 할 수 없었다.
계속하여 무시무시한 노랫소리가 그들에게 울려퍼졌다.
"경고자의 말을 들어라, 죽음의 말을 들어라."

"예술가가 끌을 가지고
작품의 형태를 만드는 것처럼,
날카로운 채찍을 가지고
탐욕이 가득한 정신을 쇄신하여라.

그리하여 너는 끌의 날로 살을 짓이겨
다른 고통들을 잊어버리리라!"
뜨겁고 붉은 살점덩어리는
외치는 자의 진지함을 보여주었다.

어떤 한 사람이 종탑으로 질주해서
종을 세게 잡아당긴다.
"안심해라, 죽음이라는 목적지에서는
모든 찢어진 상처가 치유될 것이다."

저기 발코니 시의회 위원 옆에
서 있는 그의 우아한 부인이 말한다.
"죽음이 개선장군처럼 온다면
그들은 그런 방법으로는 죽음을 이기지 못해요.

왜냐하면 운명이 채찍질로
우리에게 상처를 입힐지라도
동정과 사랑은 우리를 새롭게
희망을 가지게 하고 건강하게 만들기 때문이지요."

그들의 온화한 눈은
사랑의 봄을 아래로 보냈다…….
그렇지만 변태 고행자들의 행렬은
플로렌츠를 요란스럽게 통과한다.

분위기……
보도 빌트베르크에게 바침

반이 썩은 산비탈의 포도밭은 분위기가 있다.
지친 저녁하늘을 스치며 지나가는
격렬하고 첨예한 선도 분위기가 있다.
5월 밤의 별들을 향해 뻗어나가는
커다란 검은 소나무도 분위기가 있다.

금발머리 애인의 속삭임도
크리스마스 트리에 놀란 어린아이의 눈도 분위기가 있었다…….
또한 무덤 위에, 갈색 흙덩이 위에
아네모네 화환이 하얗게 놓여 있던

여름날도 분위기가 있었다…….

〈오틸리에 슈틸러 부인을 위하여〉

삶이란
많은 사람들에게 텅 빈 노트이다. 사람들의 양심은
모욕과 저주를 깨끗한 종이 위에 기록한다…….
사랑스럽고 신비로운 동화책은
올바르고 경건하게 읽을 줄 아는 사람들을 위한 책이다.

환상

일상이 너무나 시끄러울 때
네가 도망가려 하는 그 도시가
내게도 역시 보였다.
나 역시 그 도시에 기꺼이 도취되었다.
그리고 그 도시의 골목길에서 안식일의 평화가
내 영혼을 건강하게 데워주었다.

너의 노래가 내게 친숙하게 울린다…….
나는 고리 모양의 요철형 성벽들과
그 안에 있는 은빛 분수의 물줄기를 알고 있다.

꿈이라고 생각된다,
어린아이들이 노래하는 곳에서
석양이 질 때 내가 너를 만난 것이······.

노래

친숙한 가락에 맞추어 노래한다
'독일 조형예술가들' 모임을
위해 씌어졌다

기분이 황홀해질 때
우리는 술자리 노래를 부르지 않는다.
그래도 잔 부딪히는 소리는
노래를 맞추는 박자라고 하네.
예술을 노래하고, 장미를 노래하라.
그것들은 너희들에게 사랑의 보답이 되었다.
간단히 말하자면 황량한 선술집에서
용감한 한 예술가 모임이 만들어진 거야.

이봐, 동지들, 학생이든
스승이든 존경받는 이들이여,
서민의 일상을 힘들게 하는
암울한 시름을 쫓아내라.
과꽃이 장미꽃에 이어서 피어날 때

꽃이 피는 것은 언제나 *우리*를 즐겁게 한다.
그러므로 우리는 혹평가가 아니라
다정다감한 예술가들이다!

우리는 미소를 담은 눈길을 보낸다,
그리고 우리가 마음속으로 꿈꾸었던 것을
형상으로 만들 때,
우리는 고귀한 규칙들을
무의식적으로 따른다.
그 사람을 잡동사니 연구가가 되게 하라,
그들이 그렇게 해서 행복하다면…….
보아라, 세계는 경이로움으로 가득 차 있다.
예술가는 아이로 머문다!

가슴과 뺨에 뜨겁게 달아오르는 붉은 빛…….
그렇지만 그들은 분별 있게 생각한다.
수많은 막대기 위에 모자들을 씌우고
사람들은 세상을 빙빙 빠른 걸음으로 돌아다닌다!
이때 허리 굽힌 기사들의 울부짖는
온갖 경멸에도 불구하고
용감한 모임이 형성된다!

옛날 이야기

옛날에 한 소년이 있었다. 그는 자신의 작품에
당연히 그리고 기쁘게 몰입할 수 있었다.
마치 예술가들에게 그것이 가능한 것처럼 그는
할 수 있다는 생각에 기꺼이 골몰했다.

그래서 그는 다리를 만들려는 꿈을 가졌다,
태양을 향해 기어오르려는 그의 생각에
모두들 놀라서 그를 주시했다,
이모들, 고모들, 사촌들이…….

그 소년이 벅찬 가슴으로
이글거리는 눈을 하고 왔을 때,
그들은 속삭이지 않았다. 그 아이가 당당하고 젊다고…….
그들은 '그 아이는 술에 취했어!' 라고 말했다.

그래서 명망 있는 신사들과
숙녀들이 함께 앉아 충고했으나 허사였다.
그들은 소년에게 차가운 '삶의 냉혹함' 에 관하여
기꺼이 무언가를 줄 수 있었는데.

그 영원한 소년은 그들을 비웃었다,
그들은 소년이 신화와 아름다움에 눈멀지 않았다는 것을

결코 받아들일 수 없었다.
누구나 마음속으로 기도했다 :

"신은 알 것입니다! ……난 죄가 없다는 것을. 나는 장래에
그 소년이 폭 좁은 불편한 모자와 고루한 생각
그리고 매끈하게 빛나는 가르마를 가지게 되기를 원했어요.
하지만 나의 노력은 허사로 돌아갔어요."

〈라스카 판 외스테른에게 보낸 편지에 실린 시들〉

〈I〉
〈베레스라빈, 1896년 3월 16일〉

좌우명 :

예술가 모임의 기획에
열광하는 당신을 얻기 위하여
내가 성에 가까이 가려고 했을 때,
온화한 3월의 아침이
마치 금박으로 베레스라빈의 지붕들을
둘러싸고 있는 것처럼 보였어요.

난 이미 클라르 박사에게서 들었어요,

당신의 심장이 항상 얼마나 뜨겁게
순수한 예술을 위하여 뛰고 있는지를.
그 때문에 발걸음을 용감하게 이쪽으로 돌렸어요.
남작의 따님이신 당신에게
이러한 문제들을 문의하기 위해서 말이에요.

나는 우울한 일상사에 염증이 나서
예술가의 도시를 추구하고 있어요.
이 오래된 도시 프라하를 새롭게 만들기 위하여
젊고 능력이 있는 *사람들*이 모여야 합니다.
고귀한 목표를 지키고 가꾸기 위하여!

이들은 똑같은 성향을 가진 예술가들이어야 되겠지요.
스스로 창조하고자 하는 독창적인
현대성으로 가득 찬 자들이지요.
이들은 마음을 열고 태양을 바라보며
푸른 동경의 다리를 짓습니다.
밝게 빛나는 모든 별들을 향하여.

이들은 때때로 서로 만나서 창조자의 희열로
많은 대담한 기획들을
서로 나눌 수 있을 것입니다.
가령 한 가지는 향기 가득한 걸작들을 위해
창립한 '자유무대' 가

그런 것이 될 수 있을 것입니다.

또 한 가지는 할베 씨에 대하여 토론하는 것입니다,
(그것은 '전체가 된다는 것'에 해를 끼치지 않는다고
한 익살꾼이 최근에 내게 외쳤습니다.)
아마도 우리는 또한 슈니츨러의 《사랑의 유희》에 대해서
자유롭게 토론하고 그리고 대가 슈니츨러에게
월계관을 씌울 수 있을 것입니다!

토론거리가 많을 것입니다.
예술의 목표에 확실히 동감하면서
우리는 더욱더 가까이 결속하게 될 것입니다.
열 개의 눈으로는 두 개의 눈보다 더 많이 보는 법이지요.
창조의 오월에 우리 모두
태양의 감시자가 될 것입니다.

나는 개인적으로 오늘 이것을
전하고 싶었어요…… 지금,
당신을 여기서 더 이상 볼 수 없는 것을
얼마나 내가 유감으로 생각하는지.
이렇게 난 지금 대기실에 앉아 있습니다.
당신에게 이상에 관해 알려주기 위하여
내가 창조한 이상에 관하여.

자, 남작의 따님이시여, 받아주세요
최고의 호의를 표현하는 것을.
그리고 나를 용서해주시기를
내면의 충동을 쫓아
당신에게 무례한 글을 쓴 것을.
그렇지만 예술을 위해서입니다. 그것은 나의 삶!이지요,

〈II〉

〈프라하, 1896년 3월 23일〉

〈가수 줄리 코파치 양을 위하여〉

이 노래들은 불을 삼킨 듯
힘이 가득 실리고 활기에 가득 차,
마음속에 타고 있는
불꽃을 깨어나게 했다.

가슴이 은밀하게 열렸을 때,
헝가리 노래가 용감하게 들어왔다.
마치 사나운 망아지가
넓은 초원을 가로질러 달아나는 것처럼.

최근에 이 가수가 투쟁을 좋아한다는
소문이 나돌았다.
그렇지만 그녀는 오늘 내게 보였다,

마치 한 평화의 천사처럼.

〈III〉
〈한스 올덴을 위한 즉흥시의 마지막 연〉

……내가 그의 눈, 맑은 눈을 볼 때,
한 소망이 내 마음을 헤집고 다닌다.
그가 '본 부인'과 함께
진정 행복해지기를.

〈IV〉

가련한 시인나부랭이가
시를 짓느라 자주 골머리를 앓고 있으면,
재판관 앞으로 데려가는 것이 최선일 것이리라.
오직 진실되고 순수한 시인에게만
창작이 성스러운 의무이기를!

성체를 넣는 감실인 당신의 영혼 속에
티없는 작가의 성스러운 힘이 불타고 있다.
이렇게 당신은 당신의 충동을 따라야 한다.
신이 당신의 마음속에 새겨넣었던
그 신탁이 이 세상에 선포되기를!

⟨V⟩

⟨프라하, 1896년 5월 6일⟩

이렇게 너는 누군가를 사랑하기를
간청했다, 아무도 그것을 모를지라도.
당신의 간청은 뜨거운 불꽃처럼
당신의 눈에 씌어져 있어서
그가 당신을 만날 때,
그는 그것을 거의 알지 못하지만,
그는 당신을 마치 꿈처럼
오래 쳐다보면서 당신을 축복할 것이다!

⟨VI⟩

⟨프라하, 1896년 5월 21일⟩

강력한 힘이 담긴 당신의 글에서
난 태양의 당당한 동경 소리를 듣는다.
모든 아름다움을 향한 그러한 충동을
무미건조하다거나 차갑다고 말할 수 없을 것이다!……

⟨VII⟩

⟨프라하, 1896년 6월 16일⟩

프라하에서 벌써 편지가 온다. 난 여전히 항상 끼여드는 운명과 화해할 수 없는 것 같다.

화해할 수 없다, 없다, 인간은 친근한 꿈을 만들어서도 안 되고

희망으로 빛나는 둥근 천장으로 장식해서도 안 된다.

프라하로 보낸 전보가 나를 불렀을 때,

최근에 쓴 내 편지가 희망에 대해 이야기해서

이 희망이 현실이 되었기 때문이다

삶이 인간을 무리지어 살도록 강요하면서 얽어매고

의무가 의지의 당당한 자유를 감싸고 있기 때문에,

나는 이 '의무'의 잔을 마셔버렸다. 이 음료수가

내 속을 역겹게 할지 모르겠다.

나는 급히 집으로 돌아와서 포기해야만 했었다.

당신을 만나러 가는 것을, 내가 기꺼이 원했던 것을,

나의 계획과 환영의 신기루가 변용되어 아름다운 동화처럼

당신의 생각 속에서 발견할 수 있으리라는 것을, 남작의 따님이여.

이것은 '너는 해야 한다'라는 말로 저지되었다.

나는 이제 프라하에 다시 앉아 헤아릴 것이다.

나의 고요한 날들의 상실을,

오래 전부터 바라던 아름다운 환담 시간의 상실에 대하여.

댁의 어머니에게 이제 나를 소개해주세요.

이 새로 생긴 상처를 누그러뜨리기를 원한다면.

내게 말해줘요, 베레스라빈으로의

우아한 이주의 시간이 가까워졌다고.

울타리 쳐진 숲이 공주님을 학수고대할 것입니다.

봄 단장을 하고. 그녀가 곧 올까요?

그때까지 난 당신의 경이로운 친구로 머물 것입니다.

〈VIII〉

〈프라하—바인베르게, 1896년 7월 9일〉

이른 봄에 언젠가 성으로 들어가보고 싶었다.
사라져가는 겨울의 잔재가
나를 놀라게 하고 길을 위태롭게 할 수도 있었다.
여름은 포동포동하게 대지 위에 놓여 있다.
그 당시 내게 꿈처럼 보였던 것들이
이제 실재가 되고자 한다…….
행복한 시간, 왜냐하면 꿈이 현실로 되니까.
나는 일요일에 베레스라빈으로 갈 것이다.

〈IX〉

〈프라하—바인베르게, 1896년 7월 13일〉

그것은 내게 귀한 행운이었다.
그녀의 성에서의 환상적인 계획에서
아름다운 여류시인에 가까워지고
고귀한 사람들의 모임에 가까이 갈 수 있었던 것은…….
그것에 대한 기억은
내 암울한 현재의 일상 속으로
마치 금사로 엮은 동화처럼 아름답게 솟아오른다…….

성은 넝쿨 뒤에서 희미하게 빛나고
탑은 바로크식으로 휘어져
오래된 나무들로 빙 둘러싸여 있다…….
그 안의 홀들은 장중하며 눈부시다.
그곳에서 사람들은 체면차리거나 뻣뻣해질 수 없다.
요정처럼 가늘고 가벼운 손을 가진
감정이 영혼을 잡는다.

신비스러움. 바로 이것이 화려함과
진기하게 짝을 이루며 결합하고 있다.
주인이 특별한 유형일 경우에만
손님들에게 은총이 될 것이다.
난 낯선 듯 이 세계를 돌아다닌다.
그리고 두 배로 감사한다―유목민으로서
내게 이런 우아한 은총이 내려진 것을.

여기에 당신의 정신, 당신의 통치가
비엔나의 성벽 안에서 한층 더 많이 각인되었다…….
여기는 단지 동화 속의 왕자님만이
들어갈 가치가 있다. 그 때문에 나는 남루한
옷을 입고 가지 않는다. 그것은 무례해 보였다.
나는 당신의 총애를 통하여 간다.
베레스라빈의 성 시인으로서.

⟨X⟩

⟨프라하―바인베르게, 1986년 7월 20일⟩

나는 무엇을 경탄해야 할지 모르겠다…….
그 공원의 친숙한 그늘,
홀들은 호화찬란하고 세련된
예술적 감각으로 가득 차 있다.

그곳에 머무는 사람들, 이들은 용감한
예술가들의 투쟁적 논쟁을
선택된 순수한
영혼과 조화시켰다.

그래, 난 마치 아이처럼 놀라워한다.
신들이 사는 밝은 에덴 동산에서
일주일 동안 매일매일
논쟁을 경험하면서.

'진리의 동화 같은 꿈이'
내 가슴속으로 힘과 명료함을
마치 태양처럼 비쳤다.
그것의 이름은 : 베레스라빈이다.

난 햇빛 속에서 부유하는 먼지들의 유희와

낚아채려고 애쓰는 반사를 관찰했다.
대가 베리가 거주하는 방이
내게 비밀스러운 도주의 방이 되었을 때.

내가 위쪽을 향하여 눈을 깜박거릴 때,
거기 아주 환한 빛 속에서 해골을 보았다.
해골의 탐욕스런 얼굴을 향해
빨간 태양이 음흉하게 비웃고 있었다.

그때 난 바로 눈길을 돌리고 싶었다.
저기 위쪽에서 화려하게 빛나고 있는 소녀의 머리를 향해.
태양이 그의 금발 머리카락 안으로 소심하게 손을 뻗는다.
마치 어린아이의 손처럼……

———

저주받은 봄, 당신은 언제나 올 것인가……

그것은 마치 숨막힐 듯한 장미의 향기처럼
역사 위에 놓여 있다. 동경은 봄의 흔적을
쫓고 있다. 눈물이 마른 동경이
변용된 두 눈은 언제나 묻기만 한다.
저주받은 봄, 당신은 언제 올 것인가?……

동경이 세차게 휘몰아치는 폭풍 속에서
서서히 사라져 자연의 품 안에서
평온하게 죽어갔다면…… 그렇다면 비로드 같은 이끼로 뒤덮인 동
경의 무덤은 화려하게 빛날 것이다.
순수하고 아름다운 들판으로 장식되어.
저주받은 봄, 당신은 언제나 올 것인가?—

———

그렇지만 '소문'은 '법정'에 의하여 만들어진다는
분리된 방 이야기는 매력이 있다
(이 이야기는 가장(假裝)과 같은 단어를 사용한다).

———

나 역시 망상의 소리를 듣는다. 망상은 비웃으며
모호한 글자로부터 나와 모든 독자를 소름끼치게 한다.
마를리 교수가 《시대를 만들면서》란 책에서
다른 연구자들처럼 '그의 대상'을 발견했다.

그렇지만 '대상'만을 찾는 학자들은
이미 드물다. 실제로
오늘날은 누구나 훈장과
잘 해야 '폰' 같은 '귀족 칭호'나 추구한다.

—

그래, 당신은 다음과 같은 말을 듣는 것이 기분이 좋은가요,
많은 사람들이 공허한 뿌연 연기에 기뻐할 때,
외스테른의 고상한 여인들 같은
예술에 호의적인 사람들이 드물어진다는 것을.

당신의 *성*은 꽃이 만발한 섬이며
이 성은 결코 이해할 수 없이 사라지지는 않을 것이다…….
예절 지침서조차도 가장자리에 장식이 가득 되어 있으며
헤르베겐이 그것을 그의 대가다운 화필로 그렸다.

모든 고귀한 자들에게 홀은 열려 있다.
그러므로 기쁨의 부드러운 숨결이 그 안에서 불고 있다.
즐거움이 당당한 기둥둘레로 휘감기고 있으며
흩날리는 향내 속에 희망이 떠다닌다.

난 마치 타쏘처럼 베레스라빈으로 가서 꿈꾼다.
나를 이중으로 경건하게 하는 그 무엇을.
나를 꾸짖기 위하여 어떤 안토니오도 오지 않기 때문이지,
내가 요란한 환호로부터 억제할 수 없을 때.

내가 비록 *예루살렘*을 해방시키지 않는다 할지라도…….

난 노래불러 영혼을 *자유롭게* 할 것이다.
외스테른 여인들의 말이 그들의 *성의 시인*들에게
보답이, 그리고 축복이 되기를!⋯⋯

⟨XI⟩

⟨프라하―바인베르게, 1896년 7월 28일⟩

⋯⋯이렇게 사람들은 시인을 용서했다.
그리고 그를 축제의 규범에서 해방시켰다.
소박한 일상적 옷차림으로 방금 왔다.
그렇지만 원래 뮤즈신들은 짜주어야 한다.
*성의 시인*들에게, 유니폼을.

그때 비로소 뮤즈의 신은 성공적으로 옷을 만들었을 것이다.
그것은 축제의 목적에 기여하는 옷, 바로 그 옷⋯⋯.
난 현대적으로 말하고 노래하기 때문에,
나의 노래는, 내가 *성의 시인*이 된 이래, 오로지 울려야 했다.
'적색과 청색의 교향곡'으로.

적색 교향곡

난 여전히 저녁노을 문턱에 서서
붉은 노을에 화려하게 불타오르는 여류 시인을 보았다.

나는 양귀비처럼 새빨간 작별의 인사를
일요일의 불그스름한 노을 안으로 외쳤다.
난 공원에 있는 진홍색 카네이션을 생각했고
온통 붉은 홀 안의 은은한 적색 양탄자를
유명 상표의 붉고 신선한 빛깔의 포도주를
이슬 젖은 빨간 장미를 한번 생각했다.

청색 교향곡

기차가 계속하여 굴러 들어갔다.
담청색 밤의 푸른 안개 속으로.
국화가 담청색 열을 지어 반짝거렸다.
풀밭의 회청색 으스름으로부터.
하늘은 창백한 청색을 녹이는 것처럼 보이며
푸르스름해지는 갈대밭으로 별의 여인이 왔다.
난 결코 지치지 않았다, 수많은 청색 기적을
기적의 청색으로 만드는데…….

나는 꼼꼼하게 서로 접합시켰다.
적색의 너울대는 뜨거운 불꽃에
옅어져가는 청색을.
난 그 둘에다 썼네, '교향곡들' 이라고,
난 그것들에게 같은 뿌리의 연결고리를

창조자로서 부여했다.

이렇게 그것들은 지금 깃발을 만든다.
여주인의 명예를 위해 외스테른 가문의 색깔로…….

〈XII〉

모토 :

종소리가 나면서…… 오, 그것은 재미있는 광경이었다.
그것은 콩고에 파견된 고참 신부의
타이투 여왕에 대한
매우 심사숙고한
멋진 계략이었다.
우체국장의 경탄이 이렇게
여왕의 경탄과 들어맞다니!……

———

그는 왔다, 홀루투구를 쓰고, 금 혁대를 차고
마치 전투장에 가는 것처럼 무장하고.
그녀는 그 앞에서 거의 '전율' 할 뻔했다.
왜냐하면 그 고참 신부는 마치 바다가 끝나는 곳에서
은밀하고 영원한 고향을 발견한 사람처럼

보였기 때문이었다.
그는 자기의 선교사적 임무와
사람들에 관하여 말했다, 어떻게 그들이 사는지를
전혀 문화도 없이 양말도 신지 않고
어떻게 그들이 콩고에 정착했는지를.
그는 그것을 이야기했고 그런 다음 콩고 발음으로
트럼프 게임에서 마지막 패라 할 수 있는 이야기를 꺼냈다.
마치 그 말은 운명의 여신의 의지가
선언된 것처럼 진지하게 들렸다. 검은 안경이
이 말의 권위를 더 높였다.
그곳 사람들은 닭고기 맛을 전혀 모른다고 한다.
왜냐하면 인육(人肉)으로부터 모든 종류의 요리를
만들기 때문이다.
그녀는 우체국에서 위임받은 일을 염두에 두지 않았다.
그녀는 자신이 이미 레몬 소스로 양념한
로스구이가 된 것을 보는 것 같았다.
고참 신부는 열대의 나날을 묘사했다.
마치 호메로스의 《오디세이아》에 나오는
키클로포스를 쳐부순 것처럼
그는 자신의 마력을 증명하고자 했다.
그는 커다란 동물 재규어에 관하여 이야기했다.
낮과 마찬가지로 한밤중에도
재규어로부터 자신을 지키는 것이 어렵다고.
그에게 새롭게 용기를 지피는

수많은 모험들에 관하여 그는 이야기했다,

그 모험들은 그를 자랑스럽고 위대하게 만들었기 때문이다.

그는 풀밭의 덤불 숲에 걸려 있는

거대한 뱀들을 묘사했다.

혓바닥 하나가 일 미터나 긴

위에 아무린 부담 없이

새끼 염소 한 마리를 배가 부풀도록 삼켜버린

그 뱀을 대낮에 볼 수 있었다고 한다.

그런 다음 그는 제후의 궁전으로 왔다.

비록 약간 밉게 생겼지만

부채를 부쳐주거나 먼지를 솔로 털어주는 시녀에게로.

그것은 타이투 여왕을 불쾌하게 한 것은 아니었다.

그녀의 검은 피부색과 비교하여 그가 신은

양말은 크게 눈에 띄지 않았다.

그녀는 질문했다, 그의 입지가 박탈당하여

그 좁아진 바티칸에서

교황은 어떻게 지내는가 하고 :

"교황은 잘 지내고 있습니다. 적대자들,

그들은 점점 사지에 힘이 없어지고 있어요,

그들이 *당신의* 나라에 결코 가까이 오지 않는 것처럼 말이죠!"

그러나 일은 더욱더 잘 되었다. 그녀가

점심 때 페퍼리지 요리를 하면서

어려운 질문을 했을 때.

그녀는 말했다 : "고참 신부여, 천천히 말해요,

이 세상을 만들 때, 하느님은
계란을 먼저 만들었어요, 아니면 닭을 먼저 만들었어요"
질문받은 고참 신부는 당혹스러워하며 침묵했다.
승리를 기대할 수 있는 좋은 대답을 궁리했다.
그녀는 다시 물었다 : "말해 봐요……."
"내가 창조 계획을 지금 말한다면,
우선 수탉 그리고 암탉
그리고 작은 새끼 수탉을 만들었다고 생각하는데……."
그는 그녀에게 이상적인 대답을 한 것 같았다.
그녀는 그것을 구웠다, 남편에게 가져가기 위하여.
그리고 그에게 진심으로 축복의 말을 했다, 축복……
"틀렸어요, 그가 정말 진지하게 궁리했어요!
그렇지만 난 이렇게 내기에서 이겼어요,
왜냐하면 그는 반대로 말했기 때문이지요"
그녀는 이렇게 한숨 돌릴 여유를 염두에 두면서
손님에게 주는 풍성한 선물을 그에게 주었다.
친절! 그는 이것을 유럽인의 망상적 양심으로는
거의 헤아릴 수 없었다.
그녀가 한 입 베어 먹은 사과를
그는 지금 끝까지 먹을 수가 있었다!

오랫동안 우체국장 일을 보았던 그녀는
그러한 음식에 열광하여
온 귀를 손가락 끝에까지 바짝 갖다 대고

(물론 너무 멀지 않은 데까지)
생각했다, 모든 여성들이 생각하는 것처럼
문명화된 나라에서는 결코 그러한 소재를
발견할 수 없을 거라고.
더욱이 번쩍거리는 무기를 찬 신부는,
그때 그녀의 목이, 마치 보통 때는 정상이던 기린의 목이
물을 마실 때면 길어지는 것처럼, 길어졌다.
그녀는 무화과의 속삭임을 들었다.
그리고 그녀는 고참 신부를 압박하는 위험에 대한
속삭임에 귀기울였다.
이제 호박자갈이 깔린 황무지를
흔들리는 낙타를 타고 쏜살같이 달려가는
고참 신부에 대한 커다란 경외심이
그녀의 영혼 속으로 들어갔다.
이것은 콩고에 대한 황당무계한 이야기였다.
확실히 그녀는 그 이야기를 오늘도 조용히 듣는다.
이 이야기는 여느 다른 모임에서도 사람들이
매우 재미있다고 여겼다. 너무 길다고 생각하지 않았다.

(여왕 타이투에 대한 이야기, 신부의 말에 입각하여
성의 시인에 의해 불가능한 시의 형식으로
이야기되었다. 연보에 기록된 장.)

〈XIII〉
〈프리드리히 베르너 판 외스테른을 위하여〉

나는 자주 생각했습니다. 당신은 당신일 뿐이라고.
말의 몸체 길이, 여자 무용수의 나이, 또한
자유분방하고 나비처럼 자기를 펼치는 삶을
가치 있게 여기는 귀족은 삶을 고상하게 만드는
이런 것들을, 결코 잊어버리지 않는다고.
나는 자주 생각했습니다. 《구약성서》의 〈시편〉에서
내가 당신의 원래 형상을 보는 것 같다고.
그 형상은, 미안하지만 반기독교도적 형상이었습니다.
때로 당신은 내게 엄격한 이론가처럼 보였고
또 어떤 때에는 실천가로 보였습니다.
내가 시인들에게서 당신을 본 이래로
당신은 최고의 깃발을 지금 게양했습니다…….
친구여, 당신은 유명한 우화 시인입니다!

무엇을 당신은 할 수 없을까요! 나는 생각합니다 : 수천 배나
되는 힘을 당신은 내면에 가지고 있으며,
당신은 기적을 만들 수 있으며
이 세상의 모든 여자들을 매혹시킬 수 있습니다.
당신은 운명의 큰 입 속으로 주먹을
집어넣습니다, 당신은 단조로운 당신의 나날을
사랑의 신을 위하여 바꾸어놓을 것입니다. 당신은 삶이란 용무에서

가장 어려운 일을 할 수 있습니다 : 삶을 비웃는 일을!

⟨XIV⟩
즉흥시

내게 거의 기능을 들리지 않는다.
옛부터 익숙했던 친숙한 노래풍이.
남쪽의 따스한 소리들 속에서
모든 노래가 거의 다 이미 불렸기 때문이다.

우리는 활처럼 둥근 문을 통하여
온화한 저녁 분위기 속의 공원을 본다.
귀족은 이 오래된 성을
*트리아농*이라고 옳게 불렀다.

나는 생각한다, 그는 정말 똑바로 맞췄다고,
왜냐하면 여기 함께 모여서 가리키기 때문이다.
미래 인류의 희망이, 찬란함이,
아름다움과 정신이!

⟨지그프리트 트레비치를 위하여⟩

거친 아스팔트길 위에서 강하게 부딪치는

소리를 내며 빨리 달리는 마차가 밤의 정적을 통과했다.
그때 나는 네가 조용히 시를 읊고 있는 것을 들었으며
그 시 속에 모든 영혼이 놓여 있었다.

나는 더 이상 바퀴들의 박자 소리를 듣지 않는다.
시인은 세상을 에워싸는 커다란 목소리로 말했다.
등불을 밝히고 강연했던 이전보다도 더욱더
그의 순수함이 나를 매혹시켰다.

그것은 파란 밤이 내게 울려퍼지는 것 같았다.
별들이 그 밤을 순례자처럼 경건하게 통과했다.
그리고 내 꿈들은 꿈의 날개를 펼쳤다.

이러한 숭고한 시간에 성스러운 감사를 바친다.

〈포리츠키를 위하여〉

……한 일기책. 그것은 우울한 날들의 이야기를 담고 있다.
안개가 무겁고 답답하게 그 위에 드리워졌다.
인생은 이렇게 슬프고 공허하다.
우리는 불안스레 묻는다. 인생은 단지 이 '어디'로부터
영원히 변하지 않는 '어디'에까지 이르고 마는 걸까?……
별빛이 꺼졌다. 한 방울의 별이 바다로 가라앉았다.

병든 가슴은 지쳐서 남모르게 두근거렸다.
결국…… '사람들은 어떠한 카도쉬어도 말하지
                    않을 것이다…….'

⟨고이제른의 물레⟩

난 고요한 물레를 안다네
그 안으로 옛 전설이 들어가네
푸른 보리수 그늘에서
난 꿈꾸듯이 옛 전설들을 보았네.

한 쌍이 성문 앞에 앉아서
구름을 바라보며 생각에 잠겼네
여름은 동화를 짰다네
낡은 잿빛 지붕을 둘러싸면서.

⟨리하르트 초츠만을 위하여⟩

……나는 당신의 입에 기꺼이 귀기울이며
친숙한 노래들이 바람에 실려오는 것을 듣습니다.
난 내 마음의 심연을 찾아 들어가며
사랑하는 노래의 친숙한 발견을 고백해야겠습니다!

'그렇기 때문에 난 모든 시간을 이용하려고 합니다',
대가의 길을 따르기 위하여.

피아노 즉흥곡

헤쳐가고 있는 운명은 요동치는 파도이다.
영원한 밀물, 영원한 썰물.
승리하는 동경, 동경하는 승리는
죽은 순간들을 깨어나게 하고 변화시킨다.
우리는 태양 아래에서 아래위로
마치 풍랑 위의 나룻배처럼 흔들거린다.
조개는 때로는 고통, 때로는 환희를 의미하며
진주 같은 눈물들을 탄생시켰다.
오늘 우리가 자부심에 가득 찬 별들을 강렬하게 추구하려는
그리움의 충동을 느낀다면
내일은 날개의 손상을 두려워할 것이고,
사소한 것에 매달리는 것을 행복하다 생각할 것이다.
오늘 우리가 깊고 풍요로운 우리의 영혼 속에
세상이 숨겨져 있다고 생각한다면
우리는 우리 자신을 감히 모기와 비교하려 하지 않을 것이다,
우리는 매일 아침 우리를 말짱한 정신이 들게 할 것이다.
오늘 사랑이, 빛나는 온화한 사랑이
우리의 이마에 서늘한 화환을 씌우면,

내일 화환은 가시가 얽혀
상처가 나서 발열하는 뇌 속으로 깊이 파고들 것이다…….
당신이 창틀에서 꽃을 돌볼 때
그 꽃에 키스하여 당신의 입술은 빨개진다.
누가 그 꽃을 희망의 손길로 보호하든 간에
내일은 올 것이고, 그 꽃은 죽을 것이다…….
꽃들, 별들과 함께 낮이 당신에게 가까이 올 때,
당신의 행복은 당신이 이해하기에 너무 클 것이다.
당신은 제일 먼저 굶주리며 사는 것을 배울 것이고
인내하면서 빈민굴을 통과하게 될 것이다.

———

그러나 당신은 품위 있게 견딜 수 있을 것이다.
불행은 단지 소인배들만을 소심하게 만들 뿐이다.
거지들은 당신에게 형제라고 말할 수 있지만
당신은 또한 왕이 될 수도 있을 것이다…….
신의 침묵이 당신의 이마로 오든
붉은 금띠가 중단시키지 못하든
아이들은 당신 앞에 고개를 숙일 것이고
환희에 넘친 도취자들은 당신에게 경탄할 것이다…….

낮은 빛나고 있는 태양의 햇살을 엮어
당신에게 진홍빛 옷과 족제비 무늬 박힌 옷을 만들어줄 것이며

밤은 손에 비애와 기쁨을 들고
당신 앞에 무릎 꿇으면서 놓인다…….

———

이것이 밤이다. 너희 투사들이여, 창들을 내려라,
너희들의 깃발의 증오가 밤의 빛줄기 속에서
바래져가는 것을 보아라. 지금 일시에 사라진다.
욕망으로 가득 찬 수천 개의 두개골 속으로
멋진 타란텔라 춤을 추고 싶은 소망이…….
낮이 향연의 술에 취해 살그머니 빠져나가며
밤은 낮의 불협화음을, 평화를 축하하는
피날레로 조용히 녹인다…….

———

평화가 온다, 낯선 순례자가 온다,
태양의 나라로부터 우리에게로
그리고 남 몰래 모든 사람들의 마음속으로
아베마리아의 저녁 종소리를 조용히 떨어뜨린다.

그가 우아한 집을 발견했다면
그는 손님으로 머물 것이며 누구의 집인지는 묻지 않을 것이다.
그리고 그는 이마의 가시 박힌 상처를

백합 이마 장식 띠로 가라앉혀줄 것이다…….

———

심한 상처가 너를 화끈거리게 하기 때문에
나는 상처가 치유되기를 원한다.
기쁨이 너를 좀처럼 알지 못하기 때문에
기쁨을 나누기를 내 마음은 원한다.
슬픔은 결코 기쁨과 분리되지 않기 때문에
서로 함께 살기를 원하는 마음이 내 마음속 깊이
살고 있다. 그것을 사랑이라 부른다…….

———

사랑도 역시 파도와 비교할 수 있다.
동경은 목표를 향해 파도치며 빙빙 돈다.
달아나면서 접근하며, 접근하면서 달아난다.
무척 성스러운 진지함 그렇지만 가장 아름다운 유희.

속삭임과 장미와의 힘든 투쟁
그리고 비너스와의 힘든 투쟁은 파도로부터 솟아오른다.
달콤하게, 은밀한 애무의 눈에서
승리의 봉인(封印)인 키스에 이르기까지.

난 이것을 네게 이야기하고 싶다.
키스는 노래이다.
말없는 노래.
키스를 한다!
두 영혼의 개별 연주를
완벽한 하나의 화음 속에 용해시킨다 :
키스해줘…….
키스해줘―얼마나 달콤한지
입에 키스해줘, 아이여…….
그래, 그러한 키스는 이것을 그리고 저것을 드러내주지…….
내 입술이 부르트도록 키스해라…….

오랫동안 키스해줘, 몇 분이 되든지
내 뺨이 빨개지도록 키스해줘.
지금 난 이미 사랑 때문에 병들었어
죽도록 키스해줘…….

사랑, 빛나는 사랑이 우주 가장자리에 이르기까지
멀리 비상하여 뻗쳤다.
누구나 단테가 되어 사랑의 손을 잡고
천당과 지옥을 방랑한다.

밝은 눈에 달콤한 계명을 담고 있는 자들은 누구나
어떻게 사랑이 하늘에 다가갔는지를 알 것이다.

생각하라, 지옥의 문에서 사랑을 위협했던
'모든 *희망을 포기하라*' 라는 그 글귀를.

유황으로 가득 찬 지옥은
공포와 고통의 내 죽음을 고대하지 않을 것이다.
언젠가 네가 잊어버리게 될 지옥은
아마 발열하고 있는 영혼일 것이다…….

———

난 그들이 내 이름을 칭송하는 것을 원하지 않는다,
원하지 않는다, 그들이 내게 기념비를 바치는 것을.
나의 노래, 나직한 노래들은
단지 너를 위해서만 불려야 한다.

제멋대로 소리지르는 인간의 칭찬을 얻기 위해
나는 내 날들을 수고스럽게 하고 싶지 않다.
오로지 당신 마음의 고요 속에서
영원한 희생이 내게 불타오를 뿐이다.

나의 삶은 피어오르는 희생의 연기이다.
성스러운 대리석 신상들이 있는 작은 숲에서
나의 삶은 달이 만들어낸 꿈으로 들어간 침잠이다.

그것의 가장자리에서 커다란 독꽃들이
나의 소망을 경탄하며 바라본다.
희미하게 빛나는 나의 자갈길 위에서
어떤 방랑자도 나를 만나지 않는다.
어떠한 집도 초록색 대문들 뒤에 숨기지 않는다.
의자와 목욕탕, 빵을
나는 아베마리아를 갈구하며 저녁노을 안으로
들러오는 어떤 종소리도 듣지 않는다.
단지 멀리서 우는 물소리만 들을 뿐이다.
구름이 나의 세계를 덮는다.
구름의 원망으로 희미하게 빛나는 빛이
아주 드물게 나의 길에 비친다.
그렇지만 균열의 틈에서 솟아나오는
어두운 나의 길 위에 나의 동경은
마치 비바람에 시달린 오래된 마돈나상처럼 서 있다…….

———

동경, 동경은 흔들거리는 요람이다.
동경이 침묵하는 영혼들을 깨뜨릴 때
행복한 자는 빛나는 승리의 이륜마차를 타고 웃으면서
동경의 자취를 쫓으며 달려간다.
불행한 자는 못박힌 손으로 샌들을 신고 가는
동경을 따라간다. 그리고 어디로 가는지 불안해하지 않는다.

영원히 행복한 골짜기에서 상처입으며
성취 앞에 무릎꿇기를 바라면서…….

태양 아래에서 위쪽, 아래쪽으로 가면서
우리는 변화한다, 때로는 행복했다가 때로는 몸을 굽히면서
그것이 너를 놀라게 하는구나. 고통과 희열이.
그것들은 한 *아버지*로부터 나왔다.
그 둘은 동등한 힘을 갖고 있다…….
우리는 자매들 곁에서 쉰다.
오늘 우리가 고통의 왕국에 있다면
내일은 고통의 저편에서 손님이 될 것이다.

오로지 왜소한 사람
빛과 결합할 수 없는 사람만이
변하는 자의(恣意) 속에서 망상을 본다.
모든 운명은
변화하는 예술작품으로서
영원한 계획을 성취한다는 것을 알아라.

오로지 일상적인 것
견딜 수 없는 것만이
더러운 흙덩이에 용접된 듯 달라붙었다.
비교할 수 없는 것
이를 수 없는 것

영원히 변하고 있는 것은 바로 정신이다.

변화를 고양시키는 노래를
듣고자 노력하는 자는
행복하다. 이해할 수 없는 것이
그에게 떨어진다.
그리고 무한한 것이
그에게 고향으로 세상의 수인이 될 것이다.

* * *

구불구불하게 놓여 있는 합각머리 집이
굽은 가로수 길로부터 펼쳐져 있다.
골목길에서 일상에 지친
지나간 시절들이 커다란
술주정뱅이 신발을 신고 간다.

우리의 청춘을 위한 아름다운 집!
젊은 피를 위한 신선한 공기.
도처에 낡아빠진 미덕
오로지 왜소한 상투만이 광채나는
실린더 모자 아래로 들여다보인다.

일상의 나날은 차갑고 단단한 발톱을 가지고 있다.
일상의 나날이 나를 꽉 잡는다면
나의 동경은 울음이 되고
나의 노래는 희미해지며
나는 벌거벗은 채 몸이 얼 것 같은 기분이 든다.

일상의 나날은 답답한 골목길에 살고 있다.
그 때문에 나는 나가야 한다,
소름끼치는 이 좁은 곳으로부터,
사랑하는 것과 증오하는 것이
싸늘해져가는 봄에 나의 영혼을 말라
　　　　　　　죽게 하기 전에.

〈라스카 판 외스테른에게 보낸 편지에 실린 시〉

〈XV〉

　　　　　　　　　〈드레스덴, 1896년 9월 15일〉

나는 또다시 드레스덴에 왔다. 화랑이다.
그곳은 결코 잊지 않고 찾아가는 곳이다.
왜냐하면 나는 테니에르의 〈술집농담〉이란 진기한 작품을
바라보는 것이 결코 피곤하지 않기 때문이다.
그리고 오스타데의 〈농부의 장〉이라는 울긋불긋한 작품

그리고 루벤스의 작품, 그는 그것의 색깔에
사랑의 찬가 멜로디를 부여했다.
라파엘의 매혹적인 〈마돈나〉,
렘브란트의 반투명한 갈색의 흐릿함,
그 작품에 대해 많은 비평가들이 열광하여 소리질렀다.
그라나흐의 작품도 역시 있다, 나는 연옥불 속의
채색무늬를 결코 용서하지 않았다.
반 나이크의 작품도 있다, 왕의 옷 가장자리 장식무늬를 좋아했던
그를 나는 작품 〈칼 왕의 아이들〉로 평가한다,
코레조, 나는 그의 현실에의 심취 때문에 그를 결코 잊지 않는다.
저기 벨라스케스도 있다,
그는 초상화 기법을 최고도로 발전시켰다.
지옥 이론의 고야 그리고 무릴요의 달콤한 포도송이 그림.
그 다음 뒤러, 그는 그의 판타지를 위하여
컬러잡지를 필요로 했다⋯⋯
⋯⋯⋯⋯⋯⋯⋯⋯⋯⋯⋯⋯⋯⋯⋯⋯⋯⋯⋯
⋯⋯⋯⋯⋯⋯⋯⋯⋯⋯⋯⋯⋯⋯⋯⋯⋯⋯⋯

이 모든 것에서, 남작의 따님이시여,
난 아마도 당신을 생각하는 것 같습니다⋯⋯.

학실히 티치안 아니면 사스키아의 눈이
그에 대해 책임이 있습니다, 여기 예술가들의 기획에서
그러한 사랑스런 생각들이 내게 다가온 것에 대한⋯⋯.

여기서 당신은 보고 있잖아요. 생각했고 실행했습니다 ;
벌써 당신에 대한 시가 나를 엄습하는군요!

———

바로 이곳에서, 수세기 동안 사람들이
미를 칭송한 곳,
바로 이곳에서, 사람들이 언제나 경탄했던 곳
형식과 정신을, ─
바로 이곳에서, 나는 아직 행복한 소리를 듣지 못합니다.
심장의 소리를,
바로 이곳에서, 나는 매혹적인 것을 생각합니다
트리아농을!─

* *
*

아스라엘
〈헤르미오네 폰 프로이센을 위하여〉

불꽃처럼 타오르는
꽃들의 넘실대는 향기 뒤에서
바다가 어두워진다…….
그 휘황찬란한 봄에
아스라엘은 영원한 죽음의 신화인

화석의 알을
품고 있다…….
어두움이 무겁게 흐른다.
마치 불안한 꽃의 위험이
무섭게 펼쳐진 아스라엘의
양 날개로부터 오듯이.

이렇게 아스라엘은 너를 뚫어지게 응시하며
그의 눈은 너의 목을 조를 끈을 요구하는 것 같다.
이렇게 그것은 너를 응시하고 그의 눈은
너의 영혼을 마신다…….

일상적 삶이 내 귀에 대고 가끔
세속적인 말을 했을지라도,
내 마음속에서는 노래가 사라져버렸다.
나는 이 노래를 골똘히 생각한다.

나는 집중하여 내면을 향해 귀기울이며
쓸데없는 말은 마음속까지 교란시키지 않는다.
왜냐하면 푸른 꿈들이 마치 거미처럼
나를 둘러싸며 짜고 있기 때문이다.
성스러운 기적의 그물망을…….

〈크리스티안 모르겐슈테른에게〉

저녁은 '아베 산타마리아'를
비상하여 데려온다…….
난 날이 어두워질 때까지 책을 읽었다.
쾌활한 애인은 너의 *핀다*이며
너희 둘 다 용감하고 젊다.
그녀는 너를 푸른 창공으로 이끌며
구름 위에서 휴식하게 한다.
너, 행운의 아이여, 내가 알아맞혔느냐
너는 주머니에 가득 별을 갖고 있고
영혼은 환호로 가득 차 있다는 것을.

가라앉은 성벽은 네게 무엇을
불쾌하게 하는가―그것은 죽은 사람들의 잔해이다…….
너는 이마 위에 아이의 손을 느낀다,
*핀타*의 손을, 그녀는 노래로 화환을 꾸민다.
너, 멋있는 동화 속 왕자여!……

사람들의 행렬에서 얼룩이 묻었을 때
내 구두의 먼지를 털어라,
그렇지만 내가 동경하는 방랑은
별들을 목표로 한다.

몸을 파는 창녀
무리가 나를 비웃든
꿈의 화환을 쓴 나의 이마는
당당하고 자유롭다.

아가테
《*좋은 가문출신*》을 쓴 가브릴레 로이터에게〉

이것은 책이다! 멋진 울림들.
어린 영혼은 그토록 강렬한 희망을 안고
하얀 날개를 움직여 불안한 일상의 삶으로부터
멋지다고 생각되는 빛을 향해 가려 하는가.

그렇지만 여기 인간들은 차갑고 공간은 비좁다.
어린 영혼은 자신이 열광했던 그것에 곧 절망한다.
그리고 알지 못한 채 어린 영혼은 꿈을 꾼다.
그리고 알지 못한 채 지치도록 고뇌한다…….

이미 땅에 내려앉은 자신의 작은 길에
잃어버린 젊음의 행복 대신
이제 사교와 인습이
마치 밤이 불러낸 유령처럼 서 있다.

이때 타오른다! 어린 영혼은 동경 속에서
행복을 갈망하며 힘 있는 억센 팔 안으로 가라앉기 원한다.
그리고 오로지 한 번만 행복에 취해서
커다란 열정을 마시고 죽기를 원한다……
………………………………………

광기가 어린 영혼을 움켜잡는다…… . 어린 영혼은
광기의 팔에서 벗어나 더 이상 갈망하지 않는다.
어린 영혼은 조용히 그리고 지쳐서
하얀 시간 속으로 들어간다,
어떠한 환희도 고통도 없는…… .

나는 안다. 어렸을 적 일을 : 장난감이 땅에 떨어졌다.
난 몸을 굽혔다. 그때 뼈마디만
남은 차가운 손이 바람을 뚫고 들어와
그것을 향해 뻗었다. 내가 그 손의 목표였다.
얼마나 자주 뼈만 남은 죽은 자의 손이
고뇌하는 지친 자에게
칠현금을 연주하라고 손을 내미는지.

우리는 생소한 의문이 많은 민족이다.
우리를 몽상가라고 비난하는 것이 자랑스럽다.
푸른 꽃이 핀 밤에 우리는

하얀 신상 주위로 모인다.

은빛 송진이 몽상에 빠진 메마른
나무줄기 아래로 흘러내릴 때
그리고 어딘가에서 귀뚜라미가
끼륵끼륵 소심한 소리를 낼 때,

그때 동경의 푸른 제물이 나무 꼭대기를 향하여
피어오를 것이다. 연기를 소용돌이치듯 내뿜으며
영원으로 축성된 작은 숲에서.

그때 우리들의 영혼은 일상의 삶으로부터
노래부르며 나타날 수 있으며
마치 별과 같이 될 수 있을 것이다.

〈빌헬름 폰 숄츠를 위하여〉

나는 당신에게 말해야 합니다. 당신 책이 있어서
내가 얼마나 즐거웠는지.
보세요. 그것은 드러내고 있어요
순수하고 고귀한 예술가의 기질을.
독서는
멋진 봄 여행이었어요.

⟨어머니에게⟩
《꿈의 왕관을 쓰고》를 헌정하면서

고군분투로 가득 찬 시간들이었습니다.
온갖 고뇌의 추구였습니다……
리일락 주위를 나는 나비처럼
광기가 검은 날개로
내 소망의 눈꽃 주위를 돌며 날아갔습니다……
그렇지만 난 그것을 극복했습니다. 그리고
내 마음속 깊이 평화와 완성을 봅니다.
내 주위에 종소리가 울립니다.
마치 내가 일요일을 보낸 것처럼……

⟨아버지에게⟩
《꿈의 왕관을 쓰고》를 헌정하면서

이렇게 나는 계속하여 말을 타고 달립니다.
유년기의 골짜기 계단들을 통과하여
멀리 있는 산을 향하여.
내가 나의 말을 부를 때마다 거기서
들리는 메아리는 나의 멜로디를 소리냅니다.
우리는 젊습니다. 나의 말은 불꽃과 같은 말굽을 가지고 있지요,
말의 콧구멍은 재스민 숲에서 격하게 벌렁거립니다.

동경이 손짓하고 있어요 ; 동경이 하얀 손으로 손짓합니다.
언제나 봄의 평원을 따라서.

어떤 기적인가요, 내가 눈과 귀를 잃어버려 여러 번
그대를 더 이상 이해하지 못한다면.
나는 이 세상을 내 말의 귀를 통하여 봅니다.
이 세상은 온통 눈꽃으로 덮여 있군요.
고삐를 소이기를! 환호가 말에 박차를 가하고
일상의 고뇌가 멀리 뒤에 남게 됩니다.
나의 어린 감각이 수천 개의 봄 불꽃을 내뿜습니다,
하루하루가 그에게 모험의 날들이 된답니다.

이렇게 난 계속하여 달려갑니다. 꿈과 노래에서
나는 나와 그리고 이 세상과 화해합니다.
왕의 도포가 나의 사지를 간지럽히며
봄의 자비로 이마가 화환으로 장식되었습니다.
비누 제조인과 넝마주의의 합창이
나의 환호를 비웃든
난 내 영혼 속에서 시대가 무르익는 것을 느낍니다.
우리가 여전히 파악하지 못하는 새 시대를 말이에요!

아버지, 그대는 나의 가장 좋은 친구입니다. 그리고
그대는 나를 염려하고 계시지요. 아버지는 말씀하시지요
나는 항상 오늘부터 내일을 걱정해야 한다고.

아닙니다, 그대는 보게 될 거예요 : 내가 원했던 것이 나를 행복하
게 한다는 것을.
나는 오늘 별들에게 은을 빌릴 것입니다.
태양이 스스로 와서 내게 금을 선사할 것입니다…….
그러나 태양은 그것을 *교수*에게도 아닌, *판사*에게도 아닌……
단지 고맙게도 그대의 귀한 아들—시인에게 가져옵니다!

〈데트레프 폰 릴리엔크론에게〉
〈I〉
《꿈의 왕관을 쓰고》를 헌정하면서

우리 인간이 먼지를 먼지떨이로 털어내는 것처럼
노래를 불러 근심을 당신으로부터 털어내십시요.
당신은 아직도 젊습니다. 수많은 소녀들이 여전히 당신을 좋아할
거예요.
당신의 노래들이 이곳저곳에서 돌아다닙니다.
나는 당신의 책《포그프레드》를 읽고 당신을 존경하지 않는
그들의 머리를 때릴 거예요, 내 말대로 할 거예요!
그 패거리들 누구나 다 그것을 알아야 합니다 :
우리가 다시금 '독일 시인' 을 가지게 되었다는 것을.

나는 그것을 바벨론의 그들에게 내동댕이칠 것입니다 :
우리의 시인에게 보수를 많이 주십시요.

우리의 데트레프와 그의 처 아벨에게 주십시오.
그래서 그가 근심 속에서 입을 다물지 않아도 되도록.
천박한 소리는 집어치웁시다!
여전히 당신은 단검을 쥐고 있습니다,
노래와 칼이 결국에는 승리할 것입니다.
공격! 증오와 조소에 대항하여 앞으로,
우리는 당신의 깃발을 위해 서 있습니다, 릴리엔크론!

〈데트레프 폰 릴리엔크론에게〉

〈II〉

당신의 글에 대해 진심으로 감사합니다. 그 글은
내게 충분한 보답입니다. 나는 당신의 목소리에
그 울림이 여전히 머물러 있는 것을 보았습니다. 그 울림은
마치 눈부신 단검의 일격처럼 강력하고 고귀합니다.
당신의 글은 마치 푸른 밤을 꽃피우려고
서두르는 왕의 양초와 같습니다.
당신과 같이 이렇게 편지 쓰는 사람을 난 결코 알지 못합니다.
당신의 노래 때문에 난 당신을 사랑한답니다.

얼마나! 얼마나 내가 고단한 하루가 끝난 후
기꺼이 《포그프레드》의 8행연시로 도주했었던지요.

이렇게 소년은 학교 책상으로부터 꽃 핀 관목숲과
참새들의 지저귐을 향하여 돌진했습니다.
아, 얼마나 내 뺨이 달아올랐는지.
나는 이 시집 《포그프레드》에 감사드려야 합니다.
이렇게 벅찬 심장의 박동이 여름 내내
내 가슴속에서 신나게 뛰었습니다.

환호처럼 그것은 우리를 사로잡습니다.
그 환호는 오래된 전나무 숲에서 다가왔습니다.
개울은 심연의 비밀 속에서 나지막하게 노래부릅니다.
태양은 우듬지 틈새를 통하여 새어나오며 우리는 무의식적으로
두 손을 모으고 침묵하면서 거닙니다.
우리는 계속 걸어가면서 감지합니다.
창조자의 숨결이 이마 주위에 흩날리는 것을 :

당신의 8행 연시의 운율이 풍성한 독일의 화려한 꽃으로
내 주위에 필 때면 언제나 나는 이런 생각을 합니다.
지금 소녀들이 감동받고 미소짓습니다, 창이 번쩍입니다,
지금 숲을 통하여 오월이 일찍 다가옴을 봅니다.
꿈에 꿈을 꾸면서. 무지개가 화해하듯
전체를 팽팽하게 덮으며 펼쳐지고 있습니다. 용감한 다리처럼
그것은 완벽한 남자의 연륜이 쌓인 성숙함입니다,
그는 잊지 않았습니다. 별을 향해 손을 뻗는 것을.

그때 나는 전쟁터의 유탄 속에 있는 당신을 봅니다
많은 남자의 생명을 치유하고 있는 당신을,
그때 나는 당신을 봅니다. 오월의 천둥 속에서 당신이
사냥개와 함께 숲을 지나가는 모습을.
나는 당신을 사랑합니다 무덤 울타리 옆에서
떨지 않고 부드럽게 웃으며 서 있는 당신을
당신은 용감하게 싸우는 선발된 남성이며
우리는 당신을 환호합니다. 사랑스러운 처녀들은
그것을 감지할 것입니다.

그래요, 하지만 '그녀의 이름은' — 인용하지 않았습니다. 나는
《포그프레드》에서 실제로 인용하기 시작할 것입니다!
좋은 친구들이 이미 오래 전부터 과도한 표절을 하려고
숨어서 기다렸으나 헛수고였습니다.
이제 때가 왔습니다! 저돌적으로! 난 불안하지 않습니다.
당신의 《포그프레드》로부터 고귀한 씨앗이
내 마음속 깊이 떨어졌습니다. 나는 '친구들' 에게 외칩니다 :
마침내 나는 내가 발견한 곳에서, 좋은 것을 취할 것입니다!

다시 한번 감사드립니다! 당신의 이름은
나의 길에서 순금의 은은한 빛을 쬐게 될 것입니다.
빈약한 말보다 더 커다란 감사를 당신의 손에 놓기를 원합니다.
대가여, 그래, 난 그것을 원했습니다.
어쨌든 우리는 당신의 명예를 위해 신경을 쓰고 싶습니다.

나 그리고 슐츠 씨가 말이지요,
슐츠 씨는 젊고 용감하며 신의가 있는 사람입니다.
그가 당신에게 안부를 전해달라고 하는군요.

언제나 매끄럽게 다듬은 시를 짓는
시인들, 그들을 마침내 몰아내십시오!
좋은 방— 책상, 학교 교실의 의자에서
난 시인을, 나의 릴리엔크론을 보기를 바랍니다,
당신들은 그의 시를 당신들의 딸들에게 안심하면서 선사할 수 있을
것입니다.
진실한 울림은 역시 '좋은 울림'이기도 하지요!
그것을 나는 설교하기를 원합니다, 영원히 설교하기를 원합니다!
그치겠습니다! 난 당신의 손에 가득 숭배를 바칩니다.

〈판 외스테른 부인을 위하여〉
《꿈의 왕관을 쓰고》를 헌정하면서

나는 고독한 자의 잃어버린 꿈들을
이 책 속에 넣었습니다.
꽃들의 미동 속에 일어나는 조용한 변화를
그리고 햇살을.
그런데 봄의 몽상가의 온갖 축복이
이 노래들의 화환 속에 생동해야 한다고 하는군요.

그렇다면 나는 당신의 손에 그것을 놓아야 할 것입니다.
당신의 손이 그것을 성스럽게 할 수 있을 테니까요.

〈오토 율리우스 비어바움을 위하여〉

이런 말이 있습니다 : 선하면 선할수록 더욱더 까다롭다.
그들은 현세에서 행복하다고 느꼈습니다.
그때 자부심에 찬 낭만주의자인 당신은
티롤의 고독한 당신의 성으로 도피합니다.
거기서 당신은 대지를 바라보는 행복한 사람이 되었습니다.
그리고 푸르러가는 그 밤에 바이올린을 연주합니다.
그럼에도 불구하고 자부심에 찬 낭만주의자는 아침이
오는 것을 바라볼 것이라는 생각이 드는군요.

〈나탄 슐츠베르거를 위하여〉

…… 당신도 역시 창조자의 온갖 즐거움을 모르고
살아감에 틀림없습니다.
하지만 즐거운 창조를 이해하기 위해
독(毒)이 당신에게 주어졌던 것이 아닌가요!

애인에게

당신은 언덕 높은 곳에서 나를 향하여 오고 있군요.
축제의 옷 하얀 옷을 입고.
부드러운 물결처럼 넘실대는 옷주름이
소리를 내며 저녁 종소리의 고독으로 들어가는군요.

인사가 당신의 입가에 피어납니다.
당신의 손짓이 바람결에 실려갑니다.
그리고 당신은 저녁의 황혼을 통과하여
행복을 서늘한 땅으로 이끌고 가는군요…….

바다의 빛
〈루드비히 강호프를 위하여〉

당신의 문학에는 정신이 거룩하게 빛나고 있습니다.
육체노동자는 그것을 결코 파악하지 못할 것입니다,
당신의 노래와 멋진 말씀은
바다의 빛과 같은 문학이라고 할 수 있습니다.

당신의 문학에 드라마의 기교가 결여되어 있다니요.
경이로운 의미에 대해 걱정을 하다니요.
당신은 감동하는 가슴을 얻기 위하여

살아 있는 진실한 시를 쓰고 있습니다.

불평꾼이 당신을 비난하게 놔두세요! 도대체 누가 판단을
한다는 거예요. 기술자의 무리가 순수한 시인에 관하여 대관절
무엇을 아는가요. 바다로부터 온 당신의 빛을
모든 비열한 인간이 고향으로 돌아오도록 비추세요!

〈카를 뒤 푸렐을 위하여〉

나는 희미한 먼 곳에서
어두워지는 울타리 숲 안으로 들어왔습니다.
희미한 별을 향하여 동경이
내게 길을 이끌어줍니다.

사람들 중 그 어느 누구도
나의 원대한 목표를 파악하지 못할지라도
난 조용히 노래부르며 방랑할 것입니다.
그리고 나의 영혼은 성숙해갈 것입니다.

내 마음속에 그리고 우리들 시대의 깊숙한 곳에 내 자신도
여전히 파악 못 하는 새로운 것이 들어 있습니다.
그리고 커다란 힘이 들어 있습니다. 나는 하얀 영혼의
날개옷을 입고 꽁꽁 언 모든 것을 스치면서

앞을 향해 둥둥 떠갑니다 그리고 떠가면서 성숙할 것입니다.
고통과 화해한 행복을 향하여.

이렇게 독수리는 고통과 자욱한 연기로부터 몸을 일으켜
양 날개에 아침을 실어 가져옵니다.
독수리 아래로 울타리 숲, 나무줄기 그리고
작은 오두막집과 작은 근심들이 깊이 가라앉습니다.
독수리는 이렇게 위대합니다 그리고 광채를 품은
그의 넓은 날갯짓은 마치 시편처럼 요란하게 소리나기 시작합니다.

〈헤르미오네 폰 프로이센을 위하여〉
〈콘라드 텔만을 회고하며〉

그는 위대하고 심오한 사람들 중 하나였습니다.
그는 고뇌를 통하여 세계적인 예언자로 축성되었습니다.
슬픔에 지쳐 화해한 섬세한 광채가
그의 승리 위에 놓였습니다.

그는 거창한 말을 목이 쉬도록 부르짖는
어중간하게 위장한 무리를 미워했습니다.
그는 자유로이 창조했습니다.
어떤 위대한 사람도 그보다 더 당당하고 순수하게
그의 시대의 동경을 지나가는 사람은 없었습니다.

〈빌헬름과 이름가르트 폰 숄츠를 위하여〉
〈결혼축하연에 부쳐〉

즉흥시 :

나는 잔치 모임에서 자주
짧은 노래를 즉흥적으로 짓습니다.
그러한 노래는 가볍고 살며시 오기 때문입니다.
마치 가볍고 살며시 가버리는 것처럼 말이지요.

오늘 난 다시 그런 기분이 들었답니다.
그러한 짧은 노래를 선물하고 싶은 기분 말이지요.
그러나 짧은 노래들은
고귀한 잔치에는 어울리지 않습니다.

그 때문에 나는 사랑하는 한 쌍에게
말해야 한다는 느낌이 드는군요.
소박한 말들을 적어보았습니다.
경건하게 기뻐하는 성실한 친구의 인사말로서.

———

난 이 순간을 가장 좋은 시간으로 여깁니다.
내가 쉬는 시간을 위해 비축해놓은 시간을.

그렇지 않으면 나의 날들은 잔치로부터 멀어졌을 것입니다.
하지만 이 잔치는 내게 이 날을 축복하게 하는군요.
왜냐하면 용감하고 자유로운 젊음의 힘이 영리한 우아함을
동반자로 삼으려는 이 잔치는 역사 자체를 변용하면서 기록하는
이 세상에서 가장 오래된 축복이기 때문이 아닐까요?
오늘은 바로 그런 날입니다. 나의 눈길이 그녀를 스칩니다.
그녀는 아름다운 모습을 하고 행복해합니다.
그녀는 행복해질 것이고 알게 될 것입니다.
예술가란 이해되기를 원한다는 것을.
그녀 스스로 예술에 헌신하며 힘들게 살아가리라는 것을
알고 있습니다,
아침노을로 들어가는 먼 길을
완성을 향한 끝없는 환호를
그리고 결코 만족하지 못함을.
그녀 스스로 예술가의 목표를 위한
뜨거운 순교자의 띠를 자신의 이마 위에 붙였습니다.
그녀는 포도넝쿨의 휘감김만으로도 얼마나 신기하고
즐거운 희열이 그를 덮치는지를 잘 알고 있습니다.
그 때문에 태양의 순환에 자신의 운명을 내던졌던
친구를 보완하려는 마음에 그녀는 충실하게 따를 것입니다.
친구가 왕의 화관을
그녀의 사랑스런 손으로부터
가져도 된다는 것은 어떤 행운인가요.
자신의 행위가 언어를 빌리는 지금

겸손을 지킨다는 것은 잘못일 것입니다.
두 사람 다 고귀한 왕관에 대한 권리를 가지고 있습니다.
머지않아 미래가 그것을 증명할 것입니다.
왜냐하면 친구는 강렬한 투쟁을 하도록 배울 것이기 때문입니다.
투쟁함으로써 친구는 자신의 자유로운 길을 터나갈 것입니다.
애인의 눈의 그 온화함은
베풂이고 포기입니다.
그는 아내 곁에서 자랑스럽게 자유로이 성숙할 것입니다.
그의 예술은 용감하고 동시에 감미로워질 것입니다.
친구를 위하여! 수많은 축복이
오늘 당신의 가장 아름다운 봄 여행에 동반할 것입니다:

                    *   *
                       *

〈폰 숄츠 부인을 위하여〉

나는 펜을 들고 추억의 시를
순수하고 고귀하게 완성합니다.
나의 소망은 이렇게 순수하게 가까이 다가서는 것입니다.
심오한 예술로 축성된 편안한 고향에…….

우리는 손을 잡고 서서 침묵을 지켰습니다.
당신의 눈은 환하게 꿈꾸고 있었지요.
벌써 밤이 고요한 계단 위에서 고독한

저녁의 성으로 들어왔습니다.

수천 개의 작은 문이 닫혔습니다.
옷에서 신기하게 바스락거리는 소리가 났습니다.
별들은 마치 색바랜 꽃처럼 장벽 가장자리에
높이 걸려 있었습니다.

언어가 모두 고갈되었습니다.
나는 이 모든 단어들을 심오하게 만들고 싶습니다.
경건한 종탑이 태양에 흠뻑 젖어
은은한 은빛의 산비탈 올리브나무로부터
어떻게 드러나고 있는지를 표현하기 위하여.

갈색의 거지아이들이 있는
깊숙한 골목길을 묘사하기 위한
순수한 소리를 나는 얻을 수 없습니다.
이 바람 속에 떠돌아다녀도 되는
어떠한 작은 노래도 나는 생각해낼 수 없습니다.

나는 깊은 통로가 나 있는
호숫가의 회색빛 성을 알고 있습니다.
멀리 떨어져 있는 나의 요정, 당신이시여,
나는 모든 문들에서 당신의 옷주름 소리를

들고 있는 것 같습니다.
호숫가의 회색빛 성에서.

나는 호숫가의 잿빛 성과
고요한 정원을 알고 있습니다.
부드러운 올리브나무 뒤로
난 당신의 손짓을 보는 것 같으며
그래서 나는 외로이 기다리고 싶습니다.
호숫가의 회색빛 성에서.

당신은 불안한 밤 잠자리에서
내가 종종 무엇을 골똘히 생각했는지 아시나요?
나의 뺨은 더욱더 창백해졌습니다.
그리고 아침에는 갈망으로
두 눈은 열망에 가득 차게 되었습니다.

이렇게 골짜기는 향내 나는 숨결로 가득 찼습니다.
그 안에 개울이 조용히 흐르고 있습니다.
밝은 구릉 뒤에서 평화를 뿜어내는
동네들 고독한 성들이
나타나기 시작합니다.

우리는 그때 조용한 아이들처럼

언제나 개울을 따라서 우리를
홀가분하게 하는 목가적 풍경으로 깊이 들어갑니다.
나의 거친 의지는 청원이 될 것이고
나의 동경은 순수한 감사가 될 것입니다.

수채화
하인리히 폰 레더에게 바침

밝은 날이 저물어 잠들었습니다.
조용한 골목길들이 귀기울입니다.
나는 분수대의 물 흐르는 소리에 귀기울입니다.
종들이 은은하게 울립니다.

'고뇌의 마돈나' 가
분수대로부터 지친 듯 쳐다봅니다.
구리 양동이를 든 예쁜 아이가
물살 안으로 미소를 던집니다.

〈보도 빌트베르그를 위하여〉

우리가 꿈꾸는 모든 성들을
발견하기 위해 나는 가며, 그리고 봅니다.

영원한 꽃나무들 뒤에서
석양이 바다 위로 넘어가는 것을.

석양에 물든 빨간 돛들이 소리를 내며
고요한 파도 속으로 부풀며 들어갑니다.
나의 모든 꿈들이 귀기울입니다.
진한 꽃향기의 깊은 밤을 향하여.

베네치아

⟨1⟩

운하에 밤이 깃들인다. 원륭형 성당의
은총의 대리석이 희미하게 반짝인다.
불빛이 조용한 작은 길에 미끄러지고
어두운 곤돌라들이 힘겹게 호흡한다.

곤돌라들은 마치 먼 나라에서 오는 것 같다,
그것들은 갑자기 나타났다가 사라지며
낯설고 이해할 수 없이
위대한 영원 속으로 들어가는 것 같다.

〈II〉
여행

……나의 소녀의 꿈이었던 네가 고향으로부터
나의 삶으로 들어오는구나,
나는 너를 위해 수많은 축제를 열기를 원한다.
너를 곤돌라 안으로 들어올려 나는
너와 함께 달아나기를 원한단다.
불빛이 해안가에서 조용히 떨고 있다.

이렇게 우리는 아직도 결코 외롭지 않았다.
세레나데가 서서히 그치게 된다.
노를 대는 선착장에서 물소리만 들릴 뿐이다.
멀리서 부르는 소리 그리고 깊고 작은 길은
우리를 끝없는 은총 속으로 들어가게 한다.
낯선 섬의 밤 안으로…….

〈III〉

깃발이 누구의 색깔을 가졌든
그들은 권력을 장악하지 못할 것이다.
총독의 유령들이 여전히
잠자고 있는 도시를 돌아다닌다.
멀리서 물살의 숨쉬는 소리가 들려오고

배를 기다리는 계단에서는 노랫소리가 울린다.
모든 것이 마치 외치는 소리 같다.
한 사람뿐인 훌륭한 주인을 향해.

두 사람이 봄 속 깊이 있다고 느낀다면
그것은 사랑의 방랑임에 틀림없다.
모든 말들은 보조수단일 뿐이며
먼 길은 셸코 끝이 없으며
작은 숲에는 수천 갈래의 깊은 곳이 있다.

단지 조용한 정자만이 기다린다.
오로지 온화한 공기만이
속삭이면서 보드라운 자작나무 가지들 안에서 움직인다.
왜냐하면 동경이 까치발을 한 채 가볍게
꽃밭을 헤매기 때문이다…….

성의 창가 의자에 앉아
나는 바깥을 마지막으로 바라본다.
꽃이 피어나는 분지 속에서
뒤처진 양떼들이 석양녘에
붉게 물든 물통으로부터
집을 향해 몸을 흔들며 간다.
작고 둔탁한 종소리가

골짜기 속으로 밤을 유혹한다.

그것은 자꾸 나의 조용한 시선을 끄는구나.
그것은 성의 작은 길을 따라서 마치 창백한 여인들의
행렬처럼 조용히 온다.
은회색빛 관 속에 하루를 싣고
죽은 풀밭으로부터
고독한 신뢰가 감도는
예배당으로 옮기기를 원하는 행렬처럼.

〈8행시〉

나는 내 마음속에 수천 가지의 거친 의문들을 품고 있다.
내가 그것을 외칠 때 단지 메아리만 돌아올 뿐이다.
대답이 내게 오지 않는다. 그렇지만 그것들은 나의 날들에
마치 성벽의 망루처럼 서 있단다.
나는 성벽 위의 요각에 동경이 솟아오르는 것을 보며
높이 우주에서 그것이 별들에 부딪히는 것을 본다.
언젠가 별들 속에서 종소리가 깨어난다면
축제의 날이 내게 나타나게 될 것이다.

그래서 나는 종을 울리는 사람들을 찾을 것이다
숨겨진 새끼줄을 잡을 수 있는 사람들을.

무리들이 나를 선동하는 곳에서는 더 이상 찾지 않고
낯선 새로운 길을 소심하게 갈 것이다.
내가 그 길을 발견한다면 그것은 잔치를 의미할 것이다.
하늘로부터 나는 잔칫날을 낚아채어,
그 날을 땅의 기슭으로 내려오게 할 것이다.
나의 희열에 의해 수많은 외치는 사람들이 깨어날 것이다.

탑과 성곽 위의 요철들이 어두운 꿈을 꾼다.
옛날의 고통을 꿈꾸고 있다.
지금 한밤중의 호수에서
종소리가 울리기 시작해야 한다.
지금 강가에 있는 여러 집에서
울음이 시작되어야 한다.
어떤 밤의 작은 배도
항구로부터 나가는 길을 찾지 못하는구나…….

옌스 페터 야콥젠에게

그는 고독한 시인이었습니다.
창백한 달의 시인이었으며
돌진을 포기한 조용한 사람이었습니다.
그 사람 앞에서 동경은
큰 소리로 떠드는 사람들 앞에서보다 더 빛났습니다.

축성은 그를 병들게 했습니다.
그는 화해하듯이 그리고 원망없이 바라보았습니다.
얼마나 일찍 낯선 것이 그의 가느다란
손을 삶의 넝쿨로부터
풀어내기 위하여 그에게 왔었는지…….

〈루 안드레 살로메를 위하여〉
《꿈의 화환을 쓰고》를 헌정하며

중세는 그것을 속였습니다 : 수녀들을
습기찬 골방에 틀어박히게 하여 겁먹은 희열의 깊은 도취 속에서
예수님의 상처의 흔적에 골몰하게 했습니다.
그 골방에서는 마치 샘물처럼 사랑이 병들었습니다.
그 샘물에서 지친 자는 용기와 냉정함을 한번도 마셔본 적이
없었습니다. 중세는 그것을 속였습니다.
일상생활에서 강요를 받으며 수녀들은 모든 시대를 걸어갑니다.
그들이 하는 행위들은 마치 준비하는 것과 같습니다.
낯선 자들에게 새로운 길을 열어주고
그리고 투쟁을 통해 평화로 이끌고
죽음을 영원으로 이끕니다.
이러한 소외된 자들은 무의식적으로
예수님의 상처의 반점들을 자신들의 육체에 지니고 있습니다.
상처로 없어진 발들, 고통에 아픈 손들

그리고 가슴에 요동치는 피들을…….

나는 자주 조용히 노래부르고 싶어요
내가 고뇌했던 것에 대한 노래를.
떡갈나무 고목 위로 높이
구름들이 여행하듯 떠갑니다.
그리고 소망도 함께 떠나갑니다.

소망이 끝없이 방랑합니다.
그것들은 자신들이 어디로 흘러가는지 모릅니다.
그것들은 돌진의 소리를 외치며 갑니다.
아래에서는 여왕의 왕관에서
장미꽃이 피어납니다.

많이 고통스러워요? 난 당신의 머리를
살짝 쓰다듬어주고 싶어요.
그리고 어두운 꿈을 당신에게 건네주고 싶어요
희미했던 나의 밤에
사라져버렸던 꿈을.

그 남자의 바랜 꽃이 당신 이마의
열의 고통을 식혀주기 바래요…….
후텁지근한 여름 어디에선가

하얀 물레방아가 돌고 또 돕니다…….
잠들어요, 사랑하는 사람이여, 잠들어요.

한 병자의 자장가

당신은 많이 아픈가요?
당신의 머리 위에 손을 얹고 싶어요.
아직도 알고 있나요, 우리들이 밤을 향하여
걸어갔던 조용한 그 길을.
'그것은' 사랑스러운 동화였어요.

벌써 서늘함이 축제의 작은 숲으로부터
인사의 손짓을 하는군요.
어두운 저녁 무더위 속에
하얀 물레방아는 빨갛게 달아오른 시간들을
가루로 빻았습니다…… 잠들어요.

〈낯선 영혼으로부터〉
루 안드레 살로메의 늦가을 이야기

'천상의 사제'의 온화한 자비는
한송이 뿌리 없는 꽃이었다.

심오한 삶의 품에서
젊음이 거친 진실을 꽃피웠을 때
돌진하는 봄이 그의 감정을 사로잡았다.
이러한 돌진은 순수하고 위대했다.

돌진은 갑자기 힘이 꺾여버렸다.
모든 사람들에게 도움이 되고
피난처였던 사제의 설교와 말씀에서
그리고 돌진은 천상의 집으로부터
거짓 신앙의 모든 가벼운 기쁨을
마치 썩은 조각처럼 낚아채었다.

교구의 간청과 목자의 위로를 단단히 묶었던
신뢰의 약한 사슬을
부숴버렸다……
지금 나는 바베테와 함께
'천상의 사제'의 마지막 장소로
내 방식으로 기도하러 가고 싶다.

천상 사제의 소박한 비석은 다음의 문장을
담고 있는 것 같다 : 그는 많은 행복을 가져왔다.
가난한 자들에게. 그런 다음 마치 그는 천천히
그의 어깨로부터 옷을 떨어뜨리듯이
위대한 거짓말을 철회하고,

그러고 가버렸다. 한 위대한 사람이 밤 속으로.

동경의 노래들
〈루 안드레 살로메를 위한 순환시〉

동경이 노래 한다 :

I

당신이 처음으로 고뇌한 이래
난 당신과 함께 갑니다.
당신은 나를 알아볼 수 있겠습니까?
오늘 우리 두 사람이 꿈을 꿉니다.
나는 고독한 여인입니다.

당신은 나를 아직 인식하면 안 됩니다.
나는 동경이에요, 그렇지 않아요?
언젠가 당신은 나를 부를 것입니다.
그때 조용히 타오르는 성스러운
장미를 내 머리에 놓으세요.

이미 당신은 내 머리에 씌우기 위하여
몰래 화환을 엮을 수 있을 거예요.

화환이 다 만들어졌을 때 당신은 조용히
눈을 뜨고 아름다운 나를 보게
될 거예요, 당신이 생각했던 나를.

Ⅱ

당신은 벌써 내 옷을 알아보고
내 목소리를 알아들었나요?
봄이 올 거예요. 우리는 함께 거닐 거예요.
바람은 마치 비단결 같고
모든 초원들이 벌써부터 기다립니다.

하얗고 넓은 길로 나를 이끌어주세요.
아마도 나는 감미로운 불안감으로
나중에 가장 은밀한 울타리 숲에서
당신이 꿈속에서 내게 뻗은 손을
당신의 이마 위에 놓을 거예요.

Ⅲ

당신은 내 눈을 들여다보면 안 됩니다.
당신은 내가 누군지 모를 거예요.
그렇지만 우리는 봄의 들판을 함께
지나갈 것입니다.

아마도 내 눈이 뜨이게 될 것입니다.
우리 둘이서 멀리 갈 것입니다.
목동들이 있는 골짜기 속으로
당신이 나를 이끌고 가나요, 아니면 내가 당신을
이끌고 가나요?

IV

— : 당신은 자주 내게 이렇게 묻습니다 : 여전히 오랫동안
내 옆에서 당신은 그렇게 낯설고 창백하게 갈 것인가 하고.

그것이 마력으로 나를 깨울 때까지
아마도 노래가 그의 선율로 나를 깨울 때까지
아마도 5월의 찬란한 광경이 나를 깨울 때까지
아니면 작고 고요한 그 무엇이 나를 깨울 때까지.

어느 저녁 여름 연못가
어딘가에 있는 한 섬에 도달하는 것 :

그러면 나의 베일을 조용히 벗기고
내 두 눈은 당신에게 거리낌없이 인사할 거예요.
먼 곳의 축제에 이르기까지
저를 그 길로 이끌어주세요, 그리고 그렇게 묻지 마세요.

V

동경이 노래한다 :
　　나는 마치 준비한 듯 당신 곁에 있으며
　　당신이 길을 잃을 때면 나는 조용히 미소짓습니다.
　　당신이 고독으로부터 커다란 행복을 향해 가고
　　그리고 내 손을 발견하리라는 것을
　　난 알고 있답니다.

　　나는 당신과 함께 모든 산문들을 섭렵하면서
　　당신이 이해하도록 조언하며 당신에게
　　모든 운명의 심오한 가치들을 가르칩니다.
　　그것은 : 모든 작은 장미에서
　　위대한 봄이 되는 것을 보는 것입니다.

　　　　　　*　　*
　　　　　　　*

나는 외딴 길에서 장미를
발견했습니다. 그렇지만 어떻게
잡아야 할지 모르는 가지를 들고
나는 당신을 만나고자 합니다.

마치 고향을 잃은
창백한 아이들처럼

나는 당신을 찾습니다.
나의 불쌍한 장미에게 당신은
마치 어머니와 같았습니다.

〈루 안드레 살로메를 위하여〉
성령강림제의 인사

오늘 그들이 종을 울리고
시골과 도시에서 축제를 열었기 때문이 아니라
이 봄은 나의 모든 날들에 의미를 가지기 때문에
나는 장미축제를 즐겁게 영접하며
그리고 나를 위해 축제를 열어주었던 그들에게 인사한다.
그들은 고향 없는 피곤한 자들의 지친 손에서
방랑의 지팡이를 빼앗았다.

———

당신, 선한 사람이여
당신의 위대한 광채 속에서
내 영혼이 완전히
순종하게 하소서.

내 영혼을 어두운 파문으로부터

구해주소서.
내 영혼을 당신의 자비에
사슬로 이어주소서.

생각하세요,
내 영혼은 당신의 오월에 핍니다.
내 영혼에게 감미로운 순종을
선사하소서.

———

나는 아직 어떤 오월도 느끼지 못했습니다.
얼마나 이 세계가 울림으로 가득 찰 수 있을까요.
봄이 모든 시간들을 건드리고,
모든 시간들이 소리를 내기 시작합니다.

그것들은 그들의 커다란 행복 작은 행복을
석양이 질 때까지
그리고 메아리는 박자에 맞춰 소망하는 춤을 추며
밤 동안 되돌아옵니다.

———

저기 나의 옛 근심이

마치 황폐한 정원처럼 있습니다.
그 안으로 나는 다가올 소망들을 심었었지요.

나는 그것들에 꽃이 필 때까지
기다리고 싶지 않았습니다.
지금 그것들은 쉽게 너무 늦게 피는군요.

———

행복이 울립니다. 행복은 멀리서 피어나며
나의 고독을 휘감으며 올라갑니다.
그리고 마치 금장신구처럼
내 꿈들을 엮기를 원합니다.
나의 가련한 삶은
이른 서리로 불안해하며 고뇌하며 내리는 눈 속에 있습니다.
성스러운 시간이 나의 삶에
축성의 봄을 주어야 합니다…….

———

나는 비 오는 골목길을 지나 너에게서
이렇게 급히 몰래 빠져나와
길을 걸어가는 모든 사람들이
내 두 눈에 성스러운 속죄의 영혼이

타오르는 것을 보게 한다.

난 여행하면서 불안하여
행복을 사람들 앞에서 숨기기를 원한다.
난 그것을 빠른 걸음으로 집으로 가지고 갈 것이다.
밤이 깊어질 때 비로소 나는 그것을 살짝
금궤짝처럼 소중히 열 것이다.

그런 다음 난 황금보물을
어두운 심연으로부터 차례차례 들어올린다.
무엇을 보아야 할지 모르겠다.
그것은, 내 방의 모든 공간이
꽉 차 있기 때문이지, 꽉 차 있기 때문이지.

그것은 비교할 수 없는 재산이다.
밤이 그것을 결코 볼 수 없었던
밤이 그것을 결코 적신 적이 없는 것처럼
 옛날 제후의 신부(新婦)가
사랑의 표시로 받았던 것보다 더 많았다.

저기 무수한 왕관을 장식하는 가지들이 있다.
별들이 그 속에 보석으로 박혀 있다.
아무도 그것을 알아채지 못할 것이다, 당신이여,
나는 마치 황제처럼 나의 보물들 곁에 있으며

그리고 내 왕비에 대해 알고 있다.

*　　*
*

빛바랜 순간들이 우리를 멀리할지라도
우리는 언제나 꿈속에 함께 있다.
마치 꽃나무 아래에서처럼
(그리고 우리는 거의 속삭이지 않는다).
우리는 커다란 소리들을 잊어버리고
꽃과 별들을 선물할 것이다.
커다란 소리들을 잊어버릴 것이다.
마치 꽃나무 아래에서처럼.

〈루 안드레 살로메를 위하여〉

…… 난 자줏빛 덮개를 펼치고 싶다.
그리고 대지를 빙 두르면서 금주전자의
발삼 기름으로 꽃등들을 맨 위쪽
가장자리까지 가득 채우고 싶다.

꽃등들은 모두 오래 타야 한다.
붉은 날에 눈이 먼 우리가
우리의 영혼이 별이라는 것을

희미한 밤에 인식할 때까지.

하느님, 용서하세요.
아무도 당신의 기도대 위에
무릎꿇기 원하지 않는 것을.
누군가가 무릎을 꿇는다면 그 사람은 당신이 매달려
솟아오른 나무십자가를 보고 또한 고통스러워하는 당신을 봅니다.
그렇지만 그 사람은 쉬고 있습니다. 이렇게 숲을
꽃피는 것을 그리고 위대한 날을 바라보면서 말이에요.
그 남자는 오랫동안 쉬고 있습니다.
하느님, 이해해주세요.
아무도 당신의 기도대 위에
무릎꿇기 원하지 않는 것을.

〈하얀 행복〉
　〈초안〉

열정의 골짜기에 있는 우리에게서 멀리 멀리 떨어진
그곳에서 많은 사람들이 휴경지로 들어오려고 서두른다.
모두들 화환으로 장식하고 모두들 붉은 기운을 얻기 위해
거대한 사원으로 들어오려고 한다.

그들은 먼 곳에 있는 무리에게서 온 수많은 사람들이다.
그들은 최후의 수수께끼를 내놓는다.
그들은 더 이상 어떠한 기적도 체험해서는 안 된다.
그래서 그들은 이렇게 가련하다.

그들의 낮은 황량하고 밤은 후텁지근하다.
그대여, 우리는 우리의 손을 이렇게 싸늘하게 서로 붙잡는다.
우리의 나지막한 말들은 소심하게 키스하네,
마치 아이들이 키스하듯이.
이렇게 나는 당신을 사랑한다오.
우리는 언제나 이처럼 우리를 사랑해야 할 것이다.

열정의 계곡에 있는 우리로부터 멀리 멀리 떨어진
그곳에 붉은 기운을 위한 희생의 제물이 활활 타오른다.

《그대의 축제를 위하여》에서

난 참 피곤합니다. 나의 앞날에는
노래하는 어떠한 소망들도 더 이상 오지 않을 거예요.
언젠가 난 화환을 머리에 씌웠지요
그러나 그 화환은 시들어 무거워졌답니다.

내 머리카락에서 나온 색바랜 초가을이

피흘리며 가는 내 발걸음 앞으로 바람에 실려왔어요.
당신의 손에 자비를 잡으세요 그리고 그 손으로
화환을 벗은 나의 이마를 쓰다듬어주세요.

〈알렉산더 엥겔스를 위하여〉

당신의 멋진 편지가 내게 얼마나 깊은 보답을 했는지
그것은, 편지에 씌어져 있는 과분한 친절한 말들에
순수함이 들어 있었기 때문이지요.
마치 내 머리에 가득 쓴 화환처럼
난 감사를 표명하는 당신을 느꼈습니다.
난 화환을 쓰는 것에 익숙치 않습니다.

용서하세요, 내가 이 환하고 화려한 화환을 벗을 때
그것은, 여름 향기의 축복이
나를 취하게 만들기 때문이에요.
나의 방랑은 먼 길입니다. 내가 길을 잃고
한밤중에 지치게 되면
그때 내 이마에 화환이 놓이게 될 거예요.

〈루 안드레 살로메를 위하여〉

나는 혼자 있습니다. 내 앞 탁자 위에
어린 시절 당신의 작은 사진이 느슨하고 색바랜 채 세워져 있어요.
난 그 안에서 지금 내게 꿈과 동경으로 여겨지는
그 무엇을 인식합니다. 조용히 꿈꾸는 듯한 잃어버린
미소, 이마 아래 움푹 패인 안구의 .
눈이 온화하게 깨어납니다.
그 눈은 그 당시 벌써 먼 곳을 향해 삶을 찾고 있었으며
그 눈은 이미 수많은 자비를 사람들에게 나눠줄 수 있었습니다!

판타지

…… 그녀는 피아노 곡을 청아하게 연주했다.
그때 귀기울이며 듣고 있던 푸른 방에
무더운 남쪽의 후텁지근한 분위기가 감돌았다.
피아노 연주 소리에
그녀의 영혼이 방에서 살그머니 빠져나갔다.
그녀는 그 영혼을 바라보았다. 그녀의 지친
세칠리아 손은 이미 잠들었다.

삶은 사랑스럽고 빛난다.

삶은 금빛 골목길들을 가지고 있으며
우리는 그것을 꼭 붙잡기를 원한다.
우리는 삶을 두려워하지 않을 것이다.

우리는 정적과 질풍을 사랑한다.
그것들은 우리 둘을 만들고 형성한다.
정적은 당신에게 비단옷을 입히고
실풍은 나를 탑으로 만든다.

3운구법
답례로서 당신에게
〈빌헬름 폰 슐츠에게〉

당신은 아시나요, 우리가 얼마나 자주 눈부신 창을
태양을 향해 던졌는지. 이 태양은 낭랑하게 울리는
하프로 온갖 찬가를 바치면서 오래 전부터 인식했던 우리의 목표물
이다.

당신은 아시나요, 활짝 펼친 날개를 가진 우리의 영혼들이 얼마나
자주 그 어디에서도 자신들을 발견하지 못했으며 그리고 얼마나
자주 우리들의 모든 오두막이 깊은 일상 속에서 불타버렸는지를.

당신은 아시나요, 우리가 얼마나 자주 소망을 성취하여 땅에 내리

기를 간청했었는지.
그때 당신은 부탁했었지요. 당신의 노래와 유사한 광풍들이 곧장
당신의 나무들에 부딪쳐 부숴지기를.

멀리 왕국의 떡갈나무 가장자리에 이르기까지
당신의 동경은 수천의 잿빛 나무 꼭대기에서 노래부릅니다.
그때 난 골짜기를 부탁했었지요, 나의 꿈들이

저녁 무렵 환한 양떼들 곁에 거주할 수 있도록.

그것은 대지 속에서 귀기울이는 것입니다.
당신은 모르실 거예요. 그것이 어떻게 되기를 원하는지.
보세요, 지친 풍차 날개가 조용히 서 있는 것을
마치 하늘을 향한 희생의 두 손처럼.

처음에 밤은 석양의 가장자리에 희미한 선이 보이는
하나의 작은 자욱한 연기와 같았지만
지금은 밤이 수많은 풀줄기들과 더불어 깊어가며
풀줄기들의 무르익은 이삭들은 쐐쐐 소리를 냅니다.

가을

명상에 잠긴 비단결과 같은 날들
가을은 결코 증오할 줄 모른다.
버들가지가 누군가에게 손짓하며
과꽃들은 색이 바래져간다.

온 대지가 고요하고 텅 비어 있다.
단지 멀리 떨어져 있는 들판에
형상들만 있을 뿐 마지막 추수한 곡식들은
어떤 노래도 더 이상 알지 못한다.

당신은 그런 생각이 안 드나요? 시계가
더 이상 머뭇거리며 종을 치지 않는다고.
마지막 불빛들이 마치 속이는 것처럼
달밤의 또렷한 윤곽 앞에서 보이다가
그리고 골짜기에서 조용히 꺼져간다.

지금 이 고요하고 진지한 자명함이
모든 사물들 위로 엄습한다.
하나가 다른 것을 향해 가는 것처럼 내게 보인다.
이런 식으로 위대한 것과 보잘것없는 것이

화해되어 영원으로 흘러 들어가는 것처럼 보인다.

나는 하나의 정원이다. 봄눈이 흩날린다.
내 영혼은 어떤 심연도 알지 못한다.
내 영혼은 조용히 그리고 멀리 퍼지는 파문을 가진 연못이다.
반짝이는 대리석 연못가에서
새가 아직도 여전히 영혼의
고요한 시간을 고독을 응시한다.
이때 새는 고요한 물 속을 바라본다.
풀밭, 한 조각의 오솔길
그리고 흐릿한 한 여인의 형상,
마찬가지로 흐릿한 모습의 자기 자신을.
새는 그것들을 보는 것이 즐겁지 않다.
새는 놀라서 단지 몸을 약간 흔들 뿐이다.
그리고 생각한다. 저기에서 내가 수백 년을 저렇게 한결같이
쪼그리고 앉아 있구나.
새가 깊은 연못 속에서 본 것은
모두 다 흐릿하다. 마치 그것들은 한가한 나른함 속에서
달콤하게 막 잠든 것처럼.
새는 그것을 자신의 그림자 안에서 본다.

갑자기 새가 고독 앞에서 놀란다.
수면 '에' 비친 여인의 형상은

더 이상 흐릿하지 않다. 창백한 꽃이
하얀 옷을 입고 온다.
새는 이러한 기적에 경탄하여 넋을 잃고
몸을 앞으로 굽힌다. 그리하여 새의 그림자는 더욱 짙어지고
새카맣게 된다. 그렇지만 옷은 점점 환해지며
청아한 목소리가 그에게 들린다 : "당신이여"
새는 빛을 향하여 눈을 깜박인다. 환한 덤불로부터
하얀 기적이 실제 가까이 오는 것을 본다.
하얀 기적은 놀라 멍청해져 겁먹은 커다란 새의 눈을 향해
살짝 미소짓는다.
그리고 꽃처럼 하얀 기적의 손이 아래로 내려온다.
하얀 기적의 손은 봄처럼 그의 깃털 위로 살랑거리며 불어온다.
그때 새는 찬란한 휘광 앞에서 두려워진다.
겁나는 공포에 질려 새는 날개를 펼친다.
새는 도망간다. 멀리 떨어진 언덕으로부터 작은 모습이 되어
새는 대지의 봄에 다시 귀기울인다.
하얀 옷을 입고 그녀는 살짝 미소짓는다.
그리고 부채질을 하며 동그랗게 파문이 이는 연못을 향해 몸을 기
댄다.
파문은 희미하게 반짝이면서 그것의 아름다움을 비쳐준다.
그리고 그녀를 해방시킨 모든 빛을 반사한다.

이렇게 될 것이다. 여전히 시간은 나의 새의 비탄에 젖은 근심스런
몸짓 앞에서 흘러가기를 주저할 것이다.

나는 귀기울이며 여름이 오는 것을 믿는다.
나는 하나의 정원이다. 봄눈이 흩날린다.

바깥, 그곳에서는 바보들의 번잡스러움이
내 모든 날을 가득 채우고 있다.
나는 애를 태우며 삶을 잃어버릴 것이며
기쁨은 내게 매우 낯설 것이다.

비로소 당신의 벽들의 어스름 속에서
이전의 세계가 다시 기다릴 것이다.
이전의 세계가 성스러운 손들을
내 귀향을 향하여 내밀 것이다.

회색빛 낮의 먼지와
장터의 노고가
후텁지근하게 내 관자놀이에 놓였을 때
얼마나 당신의 정적이 나를 강하게 만들었는지.

내가 너의 아름다움에 소심해져서
투쟁에서 나와 냉철해져
네게 속삭이면서 간청했을 때 : 울려라!
그러면 너는 멋지게 울릴 것이다.

깊은 고요의 노래를.
그 노래에 행복하게 되고
승리하려는 내 소망의 격렬한
의지가 달라붙었다.

의지의 광란이 조용한 춤사위로
진정될 때까지, 그리고 분명히
의지의 창의 모든 반짝거림이
평화의 축제처럼 될 때까지.

그것은 삶의 길의 아픔이었다.
그의 날들은 공직에서 서서히 시들게 되었다.
그는 환희와 축제를 저주했다.
저녁마다 낡은 우단 소파 위에서
뿌우연 연기가 펄럭이면서 피어오를 때
그는 차가운 카페로 갔다.

그는 다른 사람들처럼 역시 이곳으로 와서 머물렀으며
저주하고 놀고 염탐하고 이야기했다.
웃고 깨달았고 골똘히 생각했으며
짙은 연기막을 통해
수많은 거울들을 들여다보았다. 매끄러운 유리 안에서
수천 번이나 보았다. 그가 얼마나 자기 자신을 잃어버렸는지.

그것은 마술일 것이다. 빈약한 말들을 발견해서
조용히 그것들을 가르쳐서 시로 만드는 것은.
그것은 마술일 것이다. 머리를 보리수 잎으로 장식하고
마치 여왕처럼 서 있는 것은.

그것은 마술일 것이다. 환희의 성수가 담긴
항아리를 갈증나서 열망하는 것
삶에서 깊은 틈새를 발견하는 것
그리고 영원의 나라 '로' 들어가려고 망보는 것은.

나는 아직도 여전히 문 옆을 서성거리며
고대 그리스 청년의 복장을 하고 기다린다.
왜냐하면 나는 삶의 길을 아직 한번도 찾지 못했기에
난 그것을 오래 전에 잃어버렸다고 떠벌렸다.

나의 조각배는 지금까지 한번도 해안에서 나온 적이 없었다.
바람이 평온한 해안 가장자리에 조각배를 멈추게 했다.
파도가 배를 요동시켰다. 단지 꿈속에서만이
나의 슬픔은 행동할 뿐이었다.

나는 여전히 한번도 현재에 존재한 적이 없었다.
당신의 연주가 내 마음속의 하프 뒤에서 기다리는
나의 메아리를 밖으로 나오게 할 때 나는 비로소

가장 고귀한 것을 위하여 깨어날 것이다.

나의 어머니는 매우 젊었다.
동경으로 가득 차 있었으며 좀처럼 웃지 않으셨다.
그녀가 부르는 조용한 노래들은
무척 슬프게 황혼 속으로 물결처럼 퍼져나갔다.

난 가을에 자주 보았다.
얼마나 온화하게 그녀의 손이
창틀에서 애를 쓰고 있는지. 그럼에도 불구하고
가련한 철쭉꽃은 그녀를 위해 결코 피지 않았다.

나의 어머니가 시원한 옷을 입고 저녁에
내게 키스하러 왔을 때 난 이 아름다운
여인에게 감사와 내 생각을 선사하려 했었다.
그러나 그녀는 손짓만 하고 멀리 가버렸다.

나는 팔을 뻗었다.
나의 그림자는 벽에서 자랐으며
사랑은 무기력한 어린아이 손 안에서
꽃다발처럼 시들었다.

《그대의 축제를 위하여》에서

나의 신뢰가 어머니를 향하도록 몰아댔기 때문에
그리고 그녀의 존재가 내 의지를 가로막았기 때문에
사랑은 내 마음속에 머무르게 되었다.
나는 나 자신을 떨쳐버리는 데 소심했기 때문에
같이 놀 수 있는 그 어떤 친구도 가지지 못했다.
그리고 나는 금발 아이들을 결코 좋아하지 않았다.

오월과 소녀가 나를 스치며
지나갔을 때 내가 느꼈던 동경이
자주 지친 날개로 내게 되돌아왔다.
봄이 사랑의 은빛 결투를 위하여
온화하게 비행을 시작하기 전에.

이제 난 당신에게 모든 것을 가지고 갈 수 있다.
내가 가진 것은 이렇게 아무도 손대지 않았다.

———

나는 요즈음 비로소 그것을 알게 되었다.
내가 머리에 화관을 쓰고 있었고
그리고 화관 쓰는 것에 능숙하게 되었다는 것을.
그 화관을 감지하기에는 난 겁쟁이었다.

난 화관을 결코 물 속에서 다시 보지 않았다.
난 모른다, 화관이 장미꽃 테를 둘렀는지.
단지 난 화관을 예감할 뿐이다.
당신의 손이 뺨 아래 내 관자놀이를 스칠 때.

_____

나의 고뇌로 인해 당신이 고뇌하게 되었다.
그리고 하루는 불안으로 시작되었다.
황야가 뜨거운 하늘 아래로
메마른 손들을 갈증나듯 내밀고 있다.

기도대 뒤 십자가의 길에서
이해할 수 있는 한 사람이 죽었다. 조용히 그리고 자랑스럽게.
후텁지근한 무거운 공기가
나무십자가의 그를 더욱더 꽉 누른다.

그의 얼굴에 전율이 흘렀다.
마치 비가 법정에 오는 것처럼.
너의 영혼은 조용히 커져가는
뇌우의 얼굴을 보았다.

_____

그는 아직 내려오기를 원하지 않았다.
그는 그녀를 사랑했으며 그녀를 놓아주었다.
그녀의 갈구는 그녀의 품속에서 죽었다.
그렇지만 그녀는 그것을 극복했다.

그녀는 소녀에게 맹세하기 위하여
두 손을 낯선 지에게 내밀었다.
그리고 남편과는 단지
물과 벽만을 함께 나누었다.

이렇게 그들은 몇 해를 보냈다.
그때 그는 먼 지방에서 병이 났다.
그가 회복되어 즐거움을 되찾았을 때
가을은 그의 새진 머리카락에서부터 발견되었다.

그때 그는 고향으로 돌아왔다.
그녀는 색바랜 신부(新婦)의 고급 비단옷과 같은
정적의 화려한 옷을 입고 말없이
그를 영접했다.

———

⟨순환시로부터 : 소녀들의 노래⟩

이와 같이 축제의 날을 시작하게 하라
태양은 높은 권좌에 살고 있으며
바람은 귀기울이고 포도주는 흘러내린다.
우리는 모두 여사제들이다.
모든 심벌즈가 벌써 울리기 시작한다.

마치 밤의 둥지에서 종달새의 노래가
지저귀며 정적을 향하여 올라오는 것처럼
우리들의 노래가 올라온다. 나를 잡아라 소녀여,
나는 날고 싶다. 나를 더욱더 단단히 잡아라
내 이름이 나에게 들려올 때.

누가 하늘 흉벽으로부터 내 이름을 보냈는가
그것은 나를 황금화살처럼 발견했다.
나는 날고 싶다, 내 밧줄을 풀어라.
그리고 나를 따라라 너희 여사제들이여
태양의 환희를 원한다면!

* * *

무엇이 이 작은 소녀를 이렇게 자랑스럽게 하는가
어제 이 소녀는 사람들 속에서

장미꽃을 머리에 달고 있었다. 오늘은
나무십자가의 예수가 이 소녀를 데리고 있다.

그 소녀는 여전히 언제나 미소짓는다.
소녀는 안다. 그녀가 어제 행렬 한가운데서
동정녀 마리아 옆에서 걸어갔다는 것을.

'소녀'는 커다란 마르치판과
비단옷들을 날랐다.
불평하는 시기꾼들이 오늘 소녀를
여전히 놀라움에 차 바라본다.

《그대의 축제를 위하여》에서

어렸을 적 난 자주 무엇인가를 무서워했다.
까만 장롱 안에서 그것이 살짝 움직이는 소리를 들었다.
그것은 방에 있었다. 그것은 걸어왔다,
그리고 꿈속에서 나를 향해 다가왔다.

난 내가 도망쳤다는 것만 기억할 수 있다.
그럼에도 불구하고 가련한 소년은 그것을 사랑했다.
난 내 영혼 어디가에 그가 호의로 준
옛 선물을 가지고 있음에 틀림없다.

우리에게 금발 아이들이 있다면
꿈을 꾸고 춤을 추라고
나는 그 사내아이들에게 왕관을
계집아이들에게는 화환을 선물할 것이다.

그런 다음 난 그들의 대화를 엿들을 것이다.
밤중에 단 둘이서 비밀리에
나의 선물을 교환하는 그 두 아이들은
내가 가장 사랑하는 사람들이 될 것이다.

한 무리의 아이들이 맑은 목소리로 노래한다.
자작나무들이 몸을 떤다 :
'우리를 네 품에 따뜻하게 안아다오,
사랑스럽고 밝은 삶이여.'

알 수 없는 삶이 누각 안으로
빛이 이르게 한다.
누각들은 아마 알 수 없는
삶의 자비를 믿을 것이다.

상냥한 자비는 삶의 옷에
기꺼이 꼭 맞을 것이다.
가슴과 손이 열릴 것이고

하늘이 거기로부터 나와 저 먼 대지를 향해
비상할 것이다.

《그대의 축제를 위하여》에서

나는 아이들과 함께 가는 것을 좋아하며
아이들과 함께 웃고 우는 것을 좋아한다.
나는 아이들의 경탄하는 눈을 부러워해야 한다.
여전히 항상 기적을 보는 아이들의 눈을.

기적은 머리에 어떤 왕관도 쓰고 있지 않다.
어린아이들 방에 있는 기적은
아이들의 서툰 언어를 말한다.
그것은 기적을 정말 경이롭게 만든다.

기적은 전혀 우쭐대지 않는다. ─전혀─
마치 구두쟁이와 목수 형제처럼 온다.
아니면 기껏해야 우리처럼 온다,
그렇다면 역시 우리와 똑같다.

기적이 한 가지 일을 갑자기 할 때까지
힘센 자들은 그 일을 결코 이해하지 못할 것이다.
기적은 그것을 꾸밈없는 손으로 한다.

마치 그들이 그것을 날마다 완성할 수 있는 것처럼.
기적은 나지막하게 웃으며
아이들에게 몸을 돌려 질문한다 : "이제 무엇을 하지?"

나의 하느님이 내게서 돌아가셨을 때
폭풍우가 가을밤의 음계를 노래했다.
그때 난 오랫동안 죽은 자 곁에 앉아
나의 붉은 생각을 그의 윤기 잃은
머리카락 안으로 살짝놓았다.

난 누군가가 죽는 것을 한번도 본 적이 없었는데
이제야 알았다 죽음이란 이런 것이라는 걸.
미소는 사라지고, 손가락은 간청한다.
모든 시간들이 멈춰 서며
그리고 침묵하며 그 어느 곳도 응시하지 않는다.

그는 그들이 생각했던 것보다 더 위독했다.
그렇지만 그에게 작별은 힘들었다.
죽음이 돌처럼 굳은 얼굴에
이미 드리워 있었다. 그가 울먹이며 말했을 때 :
"난 당신의 영혼을 매우 사랑했어요.

지금 마치 꽉 찬 이삭에서 나오는 소리처럼
영혼의 품에서 소리가 납니다. 그리고 당신은 빵을 필요로 하지요.
영혼은 당신에게서 나의 아들을 낳을 것입니다.
당신은 내 아들에게 삶을 가르쳐야 할 것입니다……."

그때 그의 입술은 죽은 채 있있다.

합일이라는 철칙 같은 강요 속에서
둘은 오로지 하나를 기대한다.
그는 겁을 준다 : "고통스러운가?" "전혀 그렇지 않아요. "
그는 등잔 불빛 속에서 웃기만 한다.
왜냐하면 영혼은 기적이 일어날 것을 알고 있기 때문에…….
- - - - - - - - - - - - - - - - - -
기적이 차갑고 초라하게 손 안에서
그의 하늘과 함께 마침내
여인의 벽 안에 꿇어앉는다.
그의 어머니는 그의 관이다.

오 믿어라, 기적이 당신에게 일어나는 것을
그렇지 않으면 당신의 영혼이 빼앗긴다는 것을 생각하라.
기적이 당신 앞에 무릎을 꿇고 간청한다.
당신이 기적을 믿을 때만이 기적이 일어날 수 있다.

기적은 당신의 모든 문 앞에 서 있으며
이렇게 눈부시고 장엄하다.
당신이 기적을 축제로 이끌기를 원한다면
당신은 바로 잘못 생각하고 있는 것이다. 기적이 당신을 이끈다.

도대체 어린 시절은 어떠했었나?
겁에 질린 심장의 두근거리는 소리
소나무 위의 금박장식
그리고 소나무의 양초들
소나무 향내의 어두운 축제
그 속에 선물들이 희미하게 반짝이면서 놓여 있었다.
도대체 어린 시절은 어떠했었나
그 시절은 다시 살아나게 할 수 없다.

이렇게 그 시절은 바람 속에 날아가버렸음에 틀림없다.
왜냐하면 그것은 더 이상 신비스럽게 울리지 않기 때문이다.
아니면 슬퍼하고 알지 못하는가,
아니면 소망의 형상인가.
누구나 다시 아이가 되고 싶어한다.
그렇지만 소망은 너무 오래되었다.

모든 교회에서 나와 만나는 낯선 자인 당신은

불안하고 창백해 보인다.
당신이 와서 아이들에게 축복하는 지금
내게도 역시 무엇인가를 가져온다 :

당신의 미소가 나를 이끌었던 그 시절을.
그렇지 않으면 오래 전에 잊어버렸던
내가 당신에게 선사했고 그리고 당신이 내게
선사한다고 믿었던 그 날들을.

우상은 무엇이며 이념은 무엇인가.
당신은 그것들의 사제가 되어
그것들과 함께 이 집에서 저 집들로
이 가슴에서 저 가슴들로 돌아다니고 싶지 않은가?

싫다. 나의 기도를 필요로 하는 하느님은
군중의 신이, 장터의 신이 아니다.
오, 난 그것을 느낀다. 정적을 통하여 강력해진 그의
머리가 깊은 꿈으로부터 나타날 때.

그대 봄날이여, 그대 속에서 모든 나무들의
흔들림을 모든 정적들의 소리를 알게 되었다.
여전히 그대가 있기 전에 왜냐하면 나의 심오한

꿈이 있는 모든 골짜기에서 난 그대를
내 자신으로 불렀기 때문에.
그것은 재회이다. 그대는 그것을 감지하느냐,
갈망하는 내 손이 그대를 얼마나 차갑게 애무하는지?
내 영혼은 그대의 장미 안에 살고 있으며
그대의 언덕에서 나를 향하여 밝게 손짓한다.

우리가 저녁에 정원에서 나올 때
순수한 감사의 마음을 마음속에 지니게 될 것이다.
태양에 대하여, 소년의 노래에 대하여
그리고 그들의 고요한 영혼들이
수많은 화단 속의 모든 장미들을 우리에게 주었던 것에 대하여.

우리는 이러한 감사의 마음을 헛되게 하지 않을 것이다.
그래서 우리는 마지막 빛을 침묵하면서 통과하여
그곳으로 갈 것이다.
멀리 있는 산들이 더 이상 우리를 눈부시게 하지 않을 때까지.
그런 다음 우리는 우리에게 방향을 돌려
깊이 감사하는 마음으로 우리 자신들에게 서로 베풀 것이다……

슈테판 게오르게에게

내가 나를 당신처럼 결코 장터에 섞지 않고
고독의 고요한 은총을 추구할 때
나는 절대 심오한 책 속에 있는 색바랜 형상들의
엄숙함 앞에 고개 숙이지 않을 것입니다.

형상들은 그것들의 어두운 구석에서 경직되었습니다.
그들의 이마는 당신의 맹세에 침묵합니다.
유향의 파장이 형상들을 사라지게 할 때만이
빛이 그들의 입술을 건드리는 것처럼 보입니다.

그렇지만 형상에게 영혼이 팔을 펼치는 것은
그들의 미소를 마비시킬 것입니다.
형상들은 언제나 그렇듯이 도로 형상이 될 것입니다.
그들의 눈같이 희고 명료한 형상들은 소심한 팔의
부끄러움으로부터 차갑게 자라날 것입니다.

나의 꿈들은 벽을 따라가며 기다릴 것입니다.
그 꿈들은 수줍은 아름다움 안에서 감동적인 것이 될 것입니다.
나의 꿈들은 여전히 침묵한다. 내가 소리낼 때까지 기다립니다.
그들의 모든 하프에서 나는 울림이기 때문입니다.

그런 다음 꿈들은 노래한다. 꿈들의 말은
당신의 '말과' 똑같다. 단지 몇 마디만 흐릿할 뿐.
꿈들은 고요한 물 속 깊이 있는 형상들이다.
그래서 꿈들은 바람 부는 수면에서 고개 숙인다.

〈데트레프 폰 릴리엔크론에게〉

〈III〉

나는 기꺼이 나의 사진과 함께 가고 싶습니다.
아직도 여전히 사랑이 가득한 축복이 내게 부족하기 때문이지요.
사진은 나처럼 당신의 눈에도 보이지만
사진에서는 어떠한 손도 당신의 손에 놓을 수가 없습니다.

장미에게

너는 그들의 일기장으로부터
이 낯선 일기장 안으로 들어오는구나.
너는 그들을 잃어버리지 않았다. 찾아라,
너는 그들을 모든 경구들에서 찾을 것이다.

모토

그래, 너희들은 어두운 굴에 사는 오소리의
현존재에 제약을 가할 수 있을 것이다.
그러나 빛 속에 사는 우리는
빛을 향하여 디욱더 키져나갈 것이다.

고독한 겨울 반호숫가에 있는
하인리히 폰 클라이스트의 비석에 부쳐

우리는 결코 분명하게 보는 자들도 아니지만 장님도 아닙니다.
우리는 모두 찾고 있는 자들입니다. 당신은 알고 있지요.
이렇게 아마 당신은 발견한 사람이 되었을 거예요.
초조하고 어두운 클라이스트여.

당신의 나날은 얽매였고 두려웠지요
당신의 고뇌가 마지막 고뇌를 갈갈이 찢을 때까지.
우리는 모두 당신의 탄식을 애도했으며
당신의 암담함을 느꼈답니다.

그곳에 이미 밤이 드리워졌을 때
우리는 자주 깊은 연못가에 서 있었습니다.

그리고 우리는 떡갈나무와 작별했으며
우리의 신부(新婦)들에게 마지막 해의
마지막 장미를 건네주려고 왔습니다.

우리는 시간의 가장자리에서 머뭇거리면서
나지막한 소리를 사랑하는 것을 배웠습니다.
우리는 조용히 깊이 귀기울이며 삶 속에 머문답니다.
그리고 젊은 충동으로 상처가 나며,
그리고
그때 우리들의 뿌리가 퍼지게 되었습니다.

최초의 하느님

—최초의 인간이 자신의 미소를 자유롭게 보내고
그것이 구릉의 가장자리에 이를 때까지 뒤에서 바라보면서
말했다: "나는 예감했다. 그것은 날개를 가지고 있어"
그리고 그는 가라앉았다 — 흙의 품속으로.

그의 아들들은 그가 잠든 것에 놀랐다.
그래서 그에게 다가와 그의 이름을 부르며
사랑에 무기력해진 창백한 그의 입술에 오랫동안
귀기울였다. 그가 아무도 부르지 않을지라도.
춤추다 온 그의 딸들도 와서

꿈을 꾸는 그 앞에서 깊이 머리 숙였다.

그런데 그들이 밤을 지샌 후 그를 보았을 때
조용히 헤져가는 주름잡힌 옷 위로
여전히 어제처럼 누워 있었을 때
그때 그들은 말했다. 그는 날을 불신한다고.
꿈은 그에게 행복을 약속했는데
고인은 꿈의 약속을 이해하지 못했으며
그리고 그 약속에 귀기울이고 있다고.

이렇게 그들은 그가 오랫동안 귀기울이게 두었다.
여인들이 음식을 가지고 와 조용히 그를 둘러섰다.
이렇게 시간은 흘러갔다. 아직도 여전히 그의 의지는 침묵했다.
마치 그것은 그가 무수히 많은 것을 생각하는 것 같았다.
소심한 시간들이 머뭇거리면서 도착하여
경탄하면서 그의 침묵을 둘러쌌다.
그때 그 무리 속에 있던 아들들이 진지하게 일어섰다.
한 아들이 말했다 : "휴식은 하나의 여행이다 :
그에게는 아닌 것 같아. 그는, 이 노인은 우리들을 떠났어,
바치는 것을 원하지 않고 음식들도 원하지 않고 그대로 있다,
그의 모든 감각이 이렇게 조용하구나."
두 번째 아들이 그의 말을 중단시킨다 : "그는 지혜로워요―
자기가 무엇을 원하는지를 알게 될 겁니다."

그런 다음 이렇게 아들들은 그를 떠나버렸다.

그는 버려져 누워 있었다. 단지 겁먹은 눈길로
여인들 중 한 명이 아버지 곁으로 한번 다가왔을 뿐이었다.
그녀는 황혼 속에
아버지에게서 도망쳤던 여자였다.

산비탈과 울타리 숲으로부터
명랑하게 아이들이 조상을 깨우려고 왔다.
용감한 손으로 돌들을 두드리는 한 무리의 아이들이 왔다.
아버지, 당신은 충분히 주무셨나요?

작은 돌멩이 부딪히는 소리가
귀기울이면서 자신을 망각해버린 노인의 귀에
마지못해 들려왔다.
그가 몸을 거대하게 뻗기 시작했기 때문이다.
　　　돌에서 울려퍼지는 놀라운 소리로부터
　　　축제의 불꽃이 태어나게 되었다.
　　　불꽃은 그를 따뜻하게 품속에 안았다.

그때 환호소리가 아이들에게서 나왔다.
성공이다!

움직이기 시작하는 혀의 마술 앞에서

구슬에 떨고 있는 호랑이가 도망쳤다.

최초의 희생에 의해 정복되어
최초의 신이 몸을 움직였다.

〈미하엘 게오르그 콘라드에게〉

당신의 시간들 중 한 순간을 함께 사는 것이
처음으로 내게 부여되었던 그 당시 벌써
나는 기쁜 결실의 여름을 추구하는 가지들을
내 마음속으로부터 들어올려야 한다는 생각이 들었습니다.
그리고 내 뿌리의 가치를 찬란하게 느꼈습니다.
이번에도 역시 그렇습니다. 공허한 날들을 보내면서
나는 황폐해졌고 너무나 보잘것없게 되었습니다.

그때 난 당신을 봅니다. 당신은 기둥처럼 서 있습니다.
당신 곁에서 나는 조용히 뻗어 올라가며 자랍니다.
당신의 확고함은 당신에게 기대게 만드는군요.
내가 당신의 명석함 속에서 나를 발견하는 것처럼
난 당신의 표피에서 쉬면서 강해집니다.
난 내가 삶을 갈망하고 있음을 느낍니다!

아래로 미끄러져 내리는 당신의 머리카락,
그것을 낯선 바람 속에서 붙잡아
우리가 키스할 동안
가까이 있는 자작나무에 묶으세요.

우리는 원래 침묵하면서
소리로 가득 찬 가지에서 배웁니다.
어떻게 우리가 오월의 작은 입을 향해
더욱더 가까이 고개 숙일 수 있는지를.

너희 소녀들은 마치 사월의
석양에 있는 정원과 같구나.
　　　수많은 발자국을 좇는 봄
　　　그러나 어디에도 목표는 없다.

　　　확실히 아직도 몸이 얼 것이다.
　　　아마도 너희들은
　　　너희들이 삶에 이르기 전에
　　　삶에 대한 사랑을 상실할 것이다.

지친 마리아여, 그들은 당신을
골목길에서 완전히 잊어버렸구나.

언젠가 부여받은 천성이 당신을 만질 것이다.
그때 당신은 누구의 천성인지 모를 것이다.
　　당신과 결코 닮지 않은 한 여인이
　　당신의 미사 한가운데에서
　　온화하게 어머니처럼 미소지었다.

…… 은총의 종소리들이
성스러운 은밀함 속에
둥근 천장과 다리 위로 퍼져갈 때
모두들 기도하려는
마음과 손과 함께 저녁미사로 서둘러 간다.

나는 붉은 우단 안에서 꿈꾸고 싶고
그리고 마지막 광채에 휩싸여 달아오르면서
황량한 골목길을 걸어가고 싶다.

〈데트레프 폰 릴리엔크론에게〉

〈Ⅳ〉
나는 원래 봄의 대지에서 당신을 축복하는
꽃의 인사를 따기를 원했습니다.
그래서 나의 편지들은 더 가벼워져야 했습니다.

나의 글은 꽃이 되기를 원했기 때문입니다.
우리는 그렇게 되기를 기대하면서 뜨거운 화로 곁에 쪼그리고 앉아
우리들 숲의 모든 나무를 집어넣어 불을 때어
빛과 대지를 우리들의 화로 안에 들여놓습니다.
황량한 겨울이 뜰에서 기다리기 때문입니다.

8행 연시를 지을 때 내 손가락은 굳어집니다.
그 동안 발싸개 안에 있는 내 발은 얼고 있습니다.
두 행씩 쓰고 그 사이에 나는 춤을 추어야 합니다.
삶의 즐거움을 상실하지 않도록.
공원의 종려나무들을 비호하고 돌보는
허풍선이들이 심은 봄은
추위에도 불구하고 당연히 아무것도 상실하지 않았습니다.
그래서 그 봄은 자랑스러워합니다 : '높은 신분으로 탄생하신, 귀한
봄님.'

그렇지만 난 이 봄으로부터 당신에게 무엇인가를 선물하고 싶지
않았습니다. 그 봄은 압박 속에서 자부심에 찬 자신을 나타내고
있습니다. 그 봄은 더 이상 아무 생각 없이
조용한 사랑 속에 자신을 기대려고 하고
또 마치 움푹한 땅 속에 있는 동경과도 같으며
그리고 마치 아이처럼 캄파니아로 올라가려 합니다.
그 봄을 우리는 문장(紋章) 안에 새겨넣고
꿈속으로 또 잔칫날로 나르려고 합니다.

그렇지만 내가 모든 감각으로 봄을 어떻게 찾고 있는지
어떠한 비탈길에서도 난 봄에 이를 수가 없습니다.
어떠한 주문으로도 그것을 불러낼 수가 없군요.
어떠한 묘책으로도 난 그 봄을 손에 넣을 수 없습니다.
차라리 단편소설을 손에 잡는 것이 좋을 것입니다.
당신은 그 책 속에서 그것과 똑같은 것을 볼 수 있을 것입니다.
자, 내게 말해주세요, 그것은 신뢰 속의 위안이라고.
왜냐하면 멀리 있는 당신의 즐거움이 나를 즐겁게 하기 때문이지
요.

이것은 지나간 이야기에 대한 책입니다.
내 마음속의 조용한 삶이 그 내용입니다.
체험한 미래, 부드러운 체념,
어떻게 종들이 마지막으로 진동하였는지
어떻게 정원이 시가 울려퍼지는 가운데
가장 아름다운 꽃을 피웠는지
이것들이 이 얇은 책의 이야기들입니다.
나의 데트레프, 당신이 이 책을 사랑할 수 있을지.
사랑하도록 해보세요!

그렇다면 내게 편지를 보내주십시오.
그리고 당신이 프라하로 갈 것인지
난 무척 궁금해요(그것은 굉장한 의문이었어요).
거기 당신이 없음을 애석해하는 사람들이 있습니다.

그렇지만 헤르만 바 씨 집에서의 저녁모임은 증명했지요.
대화자들의 목소리를 중단시키는 수많은 방해물들이 있다는 것을.
나는 내 편지에 이렇게 당신에게 솔직하게 씁니다.
오월은 나의 희망 속에서는 아직 멀지 않습니다.

도대체 언제 그들은 왕을 인식할 것인가요.
그리고 언제 단정하게 꾸미고 그 앞에 나아갈 것인가요.
그리고 언제 고개를 숙이면서 그의 이름을 부르며
간청할 것인가요 : "높은 통치자여, 여기 머무르십시오!"
당신이 신호를 하면 우리가 세운 다리들이 활활 탈 것입니다.
우리는 당신과 함께 섬이 되기를 원합니다.
우리는 모든 다른 사람들과 분리되기를 원합니다.
우리의 사랑은 당신을 비단으로 휘감게 할 것입니다.

우리는 당신의 왕국과 당신의 복수를 원합니다.
그리고 당신의 창 손잡이처럼 단단하고 강하게
기대합니다. 당신의 야수와 같은 말씀이 깨우게 하고
그리고 사랑을 또는 열정을 가르치기를.
넓은 각목들은 당신의 지붕이 되고
용감한 포고자는 왕이신 당신의 세력이 될 것입니다.
우리들의 권리가 용감하게 당신을 사랑하는 것이기 때문입니다.
우리는 당신 자신이 썼던 노래들입니다.

우리는 더 이상 오래 책들 속에 머무를 수가 없었습니다.

왜냐하면 당신이 너무나 많은 열정을 우리에게 부었기 때문입니다.
우리는 책들 속에서 머무는 것을 두려워했습니다.
우리는 사납게 되었고 갓 담은 포도주처럼 신선하게 되었습니다.
마치 창문을 통과하는 것처럼 책표지를 통하여
우리는 순수한 삶으로 뛰어 올라갔습니다.
성벽처럼 당신을 지키며 에워싸기 위하여, 그리고
영웅처럼 머리를 높이 들어올리기 위하여!"

〈헌정〉

환한 초원의 축제 위에서
너희들의 노래들은 마치 펄럭이는 깃발처럼 되었다.
깃발들은 대기하고 있는 입구를 지나
온화한 서쪽을 향해 펄럭인다!

〈에른스트 폰 볼초겐에게〉

트로이루스와 크레시덴의 명성이
기쁜 징조로 멀리 있는 내 귀에 들려왔습니다.
얼마나 내가 피렌체의 평화와 축제의 즐거움에
깊이 빠져 나를 잃어버렸는지.
마찬가지로 한 목소리가 나의 휴식처에 이릅니다.

친구들이 멀리서 행동할 때
이렇게 지금 밝은 소식이 내 귀에 들려
나의 한가로움과 혼합되었습니다.
즉 경탄이 결코 행위로서 감지되어서는 안 될 때에만
한가롭다는 것을 의미합니다.
왜냐하면 나는 시를 중얼거린다는 것을 잊고
침묵하면서 나를 기적의 품속으로 던졌기 때문입니다.
자신의 생각을 숨기는 것이 한가롭다는 것을 의미할 때만이
나는 한가로울 뿐입니다.
이러한 사원의 정적 가까이 있는 위대한 하느님 앞에
절을 하기 위하여.
난 시간의 온갖 마력을 느낍니다.
이 마력은 형상과 동작에서 위대했습니다,
이것은 환한 이마를 하고 자유롭게 그리고 멀리
무리들의 서두름으로부터 최초의 고독 안으로 들어오면서
성장해가는 남성들을 깨웠습니다.
그러므로 공허한 칭찬이 그들을 소심하게
신의 은총에 묶었던 것이 아니었습니다.
그들 스스로가 깊이 그리고 내면적으로 신과 닮아서
사랑으로 성스럽게 그리고 대가의 손으로
그들의 가슴으로부터 높이 대지로 마돈나를 들어 올렸습니다…….
이렇게 그들이 해방시킨 모든 형상들은
이러한 고요한 힘으로 가득 차 있습니다.
그리고 스스로 언제나 새로운 작품을 만듭니다.

사랑 속에서 축성된 형상으로부터.
그 형상들은 명랑하고 무척 밝습니다.
교회조차도 다른 어떤 곳에서처럼
민중의 즐거운 희열을 덮어 가리지 않습니다.
돌과 광석에서 나온 그것들은 그것들의
온화함 속에서 신뢰 없이는 결코 지치지 않는다고 느낍니다.
왜냐하면 그것들은 원래 한 고향을 가졌기 때문입니다.
밝은 심장을!……

나는 그저 침묵할 수 있고 볼 수 있을 뿐입니다…….
내가 예전에 소리를 낼 수 있었나요?
시간들은 나를 순전히
빛나는 푸른 희열로
길들인 여인들입니다.

내가 당신에게 날들을 묘사할까요,
아니면 나의 저녁의 방을?
나의 소망들은 거칠어지고
천사들이 모든 형상들로부터
나를 따라옵니다.

여기는 삶이 조용히 희생되는 곳이다.

여기의 날은 더욱더 깊다. 여기의 밤은
세례당처럼 꿈을 둘러싸고 만들어진다.

여기에서의 삶은 가슴과 빛을 품고 있다.
여기에서의 모든 것은 그의 권력의 예감이었다.

여인들의 축제 분위기, 제후들의 호화로움
그리고 감사함이 창안한 마돈나 상들
골방에서 떨고 있는 수도사들…….

⟨후고 잘루스를 위하여⟩

승리! 방황하는 나의 의지가
여기에서 삶의 고향을 발견했다.
감탄하는 나의 정적이
청동으로 된 모든 천사들을 깨웠다.

많은 천사들이 돌면서 열을 만들었다.
폭 넓은 옷을 입고 내 앞에서 열을 지어 돈다.
옷 가장자리의 빛나는 불빛들은
이 시대의 흉벽들이다.

르네상스 · I

가시로 둘러싸인 자는 점점 더 침묵했다.
그의 고뇌는 점점 더 사그라졌다.
민중은 즐겁게도 해방되었다.
고독한 철인들은 붉은 깃발을
시대의 흉벽 위로 올렸다.

모두 하얀 옷을 입고
삶 속으로 깊이 방랑하다가
조상들에 의해 빨갛게 달구어진 땅을 발견한다.
이미 지쳐버린 한 사람만이
—마돈나가— 길 가장자리에서 쉬고 있다.

내가 말할까요, 어떻게 나의 날이 서서히 지나갔는지?

아침 일찍 난 빛나고 있는 작은 거리를 지나 궁전을 향하여 간다,
그 안에서 나는 점점 가슴이 부풀어오름을 느낀다.
야외에 있는 광장에서, 미친 듯이 날뛰는 갈색 민족에 나를 섞는다.
오후에 마리아 상이 있는 방에서 기도한다.
마리아 상들은 어쩌면 이렇게 밝고 우아한지.
나는 저녁 늦게 교회에서 나온다.
이미 석양이 아르노강 계곡 위에 올라 있었다.
나는 조용해지며 서서히 피곤해지고

석양빛 속에 나의 하느님을 그린다……

이것은 불안하고 창백한 하루가 지난 후
자신을 늦게 석양빛에 쪼이는 것이었다.
나는 모른다 어디서 광채가 시작되었는지.
그렇지만 모든 것이 갑자기 풍요롭게 되었다.
모든 교회에서 마돈나 상들이 동시에
웃고 있는 것 같았다.

르네상스 · II

이때 신앙은 모든 사람들에게 비겁하게
손을 합장하게 하는 꿈 같은 믿음이 아니었다.
그것은 귀기울임이었다. 사랑이 그들을 형상들에게
기도하게 했고 기도문들을 짓게 했다.

고독한 자는 느꼈다. 그는 무한하게 되어
자신의 고요한 모태 속으로 가라앉았다.
그의 희열은 이미 신을 발견했다.
그는 회의로부터 신비를 가져왔으며
그 신비를 몸을 떨면서 숭고함으로 고양시켰다.

사랑하는 우리들의 겨울의 대지로부터
나는 멀리 봄으로 추방되었다.
겨울의 끄트머리에서 내가 두려워했던 것처럼
새로운 대지가 내게 빛을 발하면서
머뭇거리고 있는 나의 손 안에 놓인다.

나는 아름다운 선물을 쥐고
그것을 조용히 형상화할 것이다.
그것의 모든 색깔을 펼치고 싶고
그리고 그것을—미소지으면서 그리고 서투르게—
너에게 내밀고 싶다.

나는 이렇게 혼자 불쌍하게 꽃필 수는 없다.
낮에 나는 희미하게 빛날 수 있고 나타날 수도 있으나
고독한 나의 밤에는
눈물이 나를 찾는다.
그래서 내일 난 피곤해질 것이다.

내일 성모 마리아는 보게 될 것이다.
내 눈이 눈물로 젖었고
먼 곳을 향하여 간구하는 나의 두 손은
그녀의 은총에서 비켜나 있다는 것을.
그녀는 묻지 않을 것이다 : 무엇이 너를 지치게 했느냐?

그녀는 알고 있다. 동경이 누구를 축복했었는지.
그는 오월에 피곤해질 것이다…….

작은 아이 에밀리의 묘비문
내가 최근에 발견했다 :

수년 동안 여기에 두 살 먹은
작은 에밀리가 잠들고 있다.
그 아이의 죄는 오직 하나.
그 아이는 이렇게 빨리 우리를 홀로 되게 했다.

산타 마리아 데글리 안졸리

광채는 모든 시간 속에 있다.
그렇지만 광채는 시간의 품속 깊이 있다.
축제가 광채를 해방시킬 때 비로소
광채는 빛을 발하며 나온다.

모든 벽화의 마돈나 상들에는
많은 것이 숨겨져 있다는 생각이 든다.
우리에게 결핍된 것은 오로지 손,
빈약한 모래 밑에서 영원을
예감하면서 발견하는 손이다.

나의 금발의 여인인 당신이여, 당신은
너무 조용합니다. 그래서 신이 멀리 있는
권좌에서 당신을 잊어버릴 것 같습니다.
당신은 동경이 무엇인지 느끼고 있지요
내게 말해주세요 동경이 벌써 피었는가요?

당신은 내가 불안스레 갈망하는
정원의 손님이었어요.
당신이 그 손님의 무거운 삶의 숨결을
여전히 손에 가지고 있는 한.
오, 나를 그쪽으로 이끌어주세요…….

《마리아를 향한 소녀의 기도》에서
〈I〉

〈초안〉

우리에게 무엇인가 일어나도록 해주세요!
우리가 어떻게 삶을 향하여 전율하는지를 보세요.
우리는 우리를 마치 광채와 노래처럼
고양시키기를 원한답니다.

우리는 단지 축복받은 자에 대해

이것만을 기도할 수 있습니다.
　　　　우리의 마음이 넓어지고
　　　　그들이 우리에게 약속한
　　　　영원을 우리가 거두게 될 것을.

〈Ⅱ〉

나는 당신을 향하여 한번 묻고 싶습니다.
오래 전에 슬프게도 희미해졌던 그 시절이
역시 내가 언급하고 있는 이 고뇌로 가득 찬 시절이었던가요?
내가 빛바랜 사진에서 보는 제국시대의 푸른 비단옷 차림의,
할머니가 당신에게 속마음을 털어놓았던가요?

아니면 어머니가 그러기를 열렬히 바랬던가요?
나는 꿈속에서 자주 봅니다

삶을 홀짝홀짝 마셔 취하게 된
왕의 따님들을.
벌써 예전의 차가운 지하 납골당에서
모든 광채가 그들의 사지에서 빠져나갔습니다.

〈Ⅲ〉

당신의 교회 안은 서늘합니다.

이렇게 우리들은 갔다가 왔습니다.
그리고 모두들 답답한 기분으로 불안스레 남아 있습니다.
우리가 유년 시절 노래불렀던
컴컴한 합창대석 당신 곁에서 느꼈던
축제 기분의 느낌은 없습니다.

나는 고뇌하는 많은 수녀들을 알고 있습니다.
모두들 나처럼 마침내
저항할 준비가 되어 있습니다.
그렇지만 교회의 적막함 속에서
나의 수녀들은 내게 멀리 떨어져 있습니다.
내 영혼이 소리지를 때, 그들은
단지 은총이란 말을 아주 나지막하게
내 입으로부터 들을 뿐입니다…….

《그대의 축제를 위하여》에서

붉은 청동항아리들 속에 있는 장미들은
마치 당신의 날들을 담은 것 같다.
모든 장미송이들이 촘촘히 들어차서 어두운 꽃다발이 되었다.
마치 그것들은 카리아티덴 기둥처럼 보인다.

그렇지만 밝고 푸른 당신의 방 안에서

난 당신을 생각한다 먼 곳의 여인을.
나의 꿈들은 도처에서 패랭이꽃들을
손잡이 달린 수정컵 속에 꽂는다.

왜냐하면 나는 당신의 밤의 고요한 은빛 누각을 위하여
기둥을 고르고 싶기 때문이다.
둥근 원반이 마치 하얀 비둘기처럼
하얀 기둥머리로부터 올라오도록.

———

당신은 마돈나상들이 오래 전에 잊었던 사람을
틀림없이 축복했을 것 같은 그런 사람이다.
여름에 자주, 당신이 알았더라면.
그때 당신은 분명히 저녁의 거리로부터 왔었다.
마치 길 가장자리에 슬프게 앉아 있었던
아이들에게 당신이 키스했던 것처럼.

침묵하면서 조용한 초원으로부터
위로 올라왔던 모든 리듬은
진심으로 당신에게 달라붙는 것 같았다.
모든 동작들, 모든 흔들림이
단지 당신의 마음속에 있을 뿐 그 어느 곳에도 있지 않을 때까지.
내게는 세상이 소멸해버린 것 같았다.

당신은 미소짓는구나. 보라, 내가 당신에게 무엇을 가져올 것인지.
그리고 당신은 사물의 마지막 노래를, 그리고 사물들의
마지막 빛을 여기로 가져온다…….

———

난 낯선 두려움 속에서
나의 대리석 도시로부터 도망쳤다.
그 어느 곳에서도 고향을 갖지 못하는 자는
도처에서 고향을 꿈꾼다.

무엇이 나의 길일까? 무엇이 나의 목표일까?
나는 언제나 방황한다.
언젠가 두려움이 내게서 떨어질 때까지
나는 당신의 두 손 안에서
나지막하게 울리는 칠현금이다…….

* *
*

〈순환시에서 : 소녀들의 노래들〉

너희들은 낯설지 않고 침묵을 지킨다.
너희들은 애인인 소녀들을
불쌍하게 혼자 두지 말아라.

너희들은 애인을 작은 숲처럼 둘러싼다.
애인이 피곤에 지쳐 봄으로부터 달아났을 때
새로운 기적이 너희들의 마음속 깊은 곳에
있게 될 것이다.
너희들은 몸을 떨며 그것을 애인에게 가리킬 것이다.

《그대의 축제를 위하여》에서

나는 원한다. 당신은
바닷가의 마지막 집에서 살아야 한다고.
그곳은 어두운 나무 꼭대기들이
화려한 레몬의 향내로
무겁게 드리워져 있다.
거기는 모든 것으로부터 멀리 떨어져 있다.
모든 소리가 거기에서 사라진다.
오로지 어스름만이
시간에 대하여 이야기한다…….

————

나를 믿어다오, 애인이여. 우리는 둘 다
아직도 시작하지 않았다.
당신은 여전히 당신의 여름 비단옷을 짜고 있다.

내가 당신을 향해 고뇌할 때
나는 너무나 불안하다는 생각이 든다.

우리는 어떤 불안도 가지고 싶지 않다.
우리가 우리로부터 형상화되기 전에
서로 함께 기면서 길의 마지막 먼지가
우리들 옷의 맨 가장자리 주름으로부터 털어져야 한다.

———

나는 누군가에게 내 칼을 주었다.
두 번째 사람에게는 내 고향의 작은 숲을.
그 속에서 형제처럼 열을 지은 자작나무들이
매일 그들의 손 위에 있는 아침을 그의 하루 안으로
들어올려 넣는다.
나는 어두움이 계속 실을 짜게 내버려둔다.
그때 내게 생각이 떠오른다
나는 갇혀 있음에 틀림없다고.
나의 비탄의 미소는 나의 빛이 될 것이다.
나는 당신을 보지 못하고 있다.

———

당신은 내가 자유롭게 거닐었던 풍경이다.

나는 당신 속에서 많은 것들이 꽃피는 것을 보았다.
자작나무 한 그루가 무척 깊숙이 서 있음에 틀림없다.
나는 웃으면서 자작나무에 내 소리를 매달았다.

지금 나는 침묵하고 있다. 나는 두 번째 소리를 가지고 있지 않다.
내게 들리는 것은 내가 팔을 펼 때마다
쩔렁쩔렁하고 소리나는 팔찌 소리이다.

———

그러나 가장 사랑하는 사람에게 속한다 :
당신의 찬가

*지*쳐버린 많은 소녀들은
장미향기가 흩어질 때
황혼의 흐름 속에서 늙어가야 한다.
그리고 기분 나쁜 혐오감 속에
마치 죽어가는 제비 같은
그들의 뜨거운 손에 키스해야 한다.
그러나 선택된 자들은
점점 대지를 닮아간다.
점점 넓어가는 대지와 함께
그들의 소망은 커져간다.
번개처럼 분열된 창백한 소망들이

새로운 위대한 시간을 향하여
자신을 내밀어 지쳐버릴 때까지.
그렇지만 지친다는 것은 결코 노쇠가 아니다.
최초의 주름 속에서
영원이 수확되었다.

*　*　*

교회를 믿는 집안

거침없이 펼쳐진 휘황찬란함으로부터
그들은 하느님을 끌어내어
그들의 시간 속으로 들어오기를 강요했다…….
그들은 앉아서 노래불렀다.
이제 하느님은 모든 사람들의 무지 속에서
거의 소멸되었다.

그들은 오로지 양초에 연달아
불을 붙이며 간청할 뿐이다.
하느님 마음의 흔적을 보기 전에는
불꽃이 꺼지지 말게 해달라고…….

손자

깊이 침묵하고 있는 사람들은
마치 선조에게서 바이올린을
물려받은 소년과 같다.
그들은 결코 바이올린을 깨우지 못할 것이다.
어두움 속에서 놀리는 그들의 두 손이
무거워졌다.

그렇지만 바이올린 상자는 마치 숲과 같다.
그것은 나뭇가지들 사이의 쏴쏴대는 소리들이다.
그리고 손자는 느낀다. 소리나는 나뭇가지들 뒤
바다가 있다고…….

그것은 불안한 저녁의 사건들이다.
낮으로부터 왔던 형상들은
그 어느 곳을 향해서도 동경하지 않는다.
갑자기 모든 이름들은 짐이 되어버린다.
이름이 부담을 주는 가운데 온순하고
연약한 사물들은 이렇게 고뇌한다.

존재와 존재 사이에서 당신은
수많은 지점을 통과한다고 느낍니까?

태양들은 마치 노래를 부르는 것 같았다…….
갑자기 모든 구릉들이 귀기울인다.
당신은 두려움에 사로잡혀 홀로 있다.

〈데트레프 폰 릴리엔크론에게〉
〈 v 〉

예전의 소나무 아래에서처럼
지금 너도밤나무 아래에서 나는 당신을 생각합니다.
모든 작은 숲에서 그럴 것이고
종려나무와 아카시아나무 아래에서도 그럴 것입니다.
어느 곳에서나 어느 길에서나
언제나 그럴 것입니다!

그림들을 따라서
루드비히 폰 호프만 : 예술잡지 《판》에서
나온 스케치와 책의 장식

1장 : 백조의 호수

백조들에게 너의 시선을 선사하라,
　　그것들에게 그것을 나를 수 있는

신뢰를 주어라
멀리 ; 나무들이 우뚝 솟아 있는 곳에 이르기까지
푸르러지는 구릉에
이르기까지.
신뢰 :
은 고삐와 같은 당신의 시선은 백조들
주위에 놓인다. 백조들은 조용히 원을 만든다.
퍼득이는 일이 거의 없는
백조들의 날개는
마치 금발 여인 같은
느낌이다.

2장 : 고목림

신은 독수리 날개를 안다.
폭풍이 소리칠 때,
고독한 자가 거짓말을 하여
그의 사랑 속으로 들어간다.

숲이 신의 옷에 닿으면
신은 숲에 대하여 알게 될 것이다.
시간이 최초로 시작되었을 때
신은 숲을
그것의 머리카락에서

잡아 위로 뽑아올렸다.

신이 그의 고독 속에서 여전히
두려웠을 때.

3장 : 키스하는 힌 쌍

처음에 저녁바람 속에서 세상이
변해야 했었다.
마치 강 위로 배를 타고 가는 것 같고
연못가의 하루와 같은
당신의 키스를 내가 발견하기 전에.

길은 멀었고 결정된 방향을 바꾸는 것은
　　　　　　어려웠다.
　　　　노래는 심오했다.
우리가 서로에게 흘러들어가기 위하여
당신이 시작하고, 내가 끝내는 그 거대한 윤무가
완성되어야 한다.

4장 : 리벨레

우리는 태양 가장자리에 꿈이 없이 그리고
은밀함도 없이 암흑처럼 있었다.

여성들의 모든 두려움 그리고 모든 축제는
우리가 최초로
연못 안을 들여다보면서 비로소 시작되었다.

왜냐하면 우리는 단지 불확실하고
불안한 이름없는 벌거벗은 여인들의
형상들이기 때문이다.
        그 형상들은
우리를 매우 놀라게 한다. 파도 저편에 있는 하얀
        말미잘 아래에서…….

5장 : 장신구

은장신구로부터 나온 일곱 가지 느낌은
어둡게 비치고 있는 당신의 영혼 위로 뻗쳐 있다.
동경의 칠현.
        해변가에서
        당신의 빛나는 이마에 부는
        모든 바람은
일곱 가지 느낌에 의한
당신의 냉기임에 틀림없다.
일곱 가지…….

6장 : 동화

남동생은 언제나 반드시 질문한다.
　　　그것은 숲에서 듣는지
　　바람이 무엇인가 말하는 것을.
그것은 또한 낮에도 자리가 있는가 그래서
　　　　그 안으로 들어가는지?

여동생은 훨씬 영리하다.
그녀는 살짝 웃는다, 살짝 웃는다, 살짝 웃는다.
낮은 *어쨌든* 거짓말쟁이다 :
나는 내가 알고 있는 것을 안다…….

7장 : 파르지팔 · I

소년이여, 너는 천천히 그리고 짐을 실는 나룻배를 타고 오느냐?
　　너의 화살은 사냥을
　　　후회했느냐?
　　노획물이 너를
　　　비난하느냐?

　머리를 들어라!

　위험이 지나간다.
　너는 믿었다 :
　세속적인 노래는 백조의 마지막 노래이며

그것은 성스러운 외침이었다는 것을…….

8장 : 파르지팔 · Ⅱ

한 노인은
네게 아무것도 줄 수 없다. 소년이여.
내가 알고 있는 것은
내가 가지고 있는 모든 것이다.

내게 짐을 넘겨라.

모든 것을 가진 너 :
노래불러라!
너는 사물들의 아이이다.
나는 사물들의 손님이다…….

9장 : 가장자리 장식

신앙심 깊은 고독한 두 사람이
오랫동안 버림받은 사원으로 온다.
그들은 마치 손을 따뜻하게 데우듯이
몰래 손으로 머리를 잡는다.
그리고 서로 들어올린다. 마치 헤르메스처럼.
그들은

결코 질문하지 않는다 여기서 누가 성스러웠나를.
그 때문에 사원의 대리석은 이렇게 맑다.
그들은 아무도 볼 수 없는 사원의 계단을
퇴락한 제단으로부터
결코 다시 불러내지 않는다.

10장 : 꿈

누군가가 나를 이끌어야 하는데
　　　그러나 바람은 아니다.
성문과 방문들이
　　　너무나 많기 때문이다.

　　　　누구에게
　　내가 이 모든 것에 대해 물어볼까?
　　나는 언제나 가기만 해야 하느냐?
　　그리고 꿈속에서처럼
　　산들과 성들이
　　낯선 호숫가 가장자리에
　　솟아오른 것을 견뎌야 하느냐?

11장 : 장신구

너의 머리카락으로부터

옷의 주름으로부터
너의 걸음걸이로부터
나는 점점 사라지는 너의 노래를
          감지한다.
소녀여, 그 노래가 어떠했는지를 나는 안단다…….

외롭게 너는 노래불렀다.
     사람들이 그것을 본다.
너의 어린 육체의 모든 선들이
떨고 있다, 사랑의 노래에 의해
절반쯤 억제되어.

12장 : 분수

답답해진 소녀들의 윤무로부터
나는 대리석 분수대로 도망갔다.
나는 나의 턱을 분수에 내밀었다.
분수가 불안하게 시작하는 내 노래를
입술로부터 씻어내리게 하기 위하여.

깊숙이 들이마시면서 나는
갈증의 어두운 의미를 느낀다.
그리고 알겠다, 내가 차가움 앞에
고개 숙이기 위하여

왔다는 것을…….

13장 : 머리 첫글자
동경

넋나간 듯 조용히 있던 소녀가 갑자기
활기찬 발걸음으로 숨이 막힐 듯한 무리로부터 나온다.
팔을 저으며 길을 요구한다.
다른 사람들이 두려워 정신을 단단히 차리고
도망간다. 그녀는 그 무리 속에 혼자 남는다.
차가운 입술에서 나온 느리고 긴
외침이 그녀의 입에 걸려 있다
'장미를 위한 공간!'
이것이 그녀가 아는 유일한 말이다.

14장 : 끝장면
묘비명 : 끝

그는 우리를 해방시킨 것 중에서
아무것도 공유하지 않았다.
그의 영원은 고독했고
시간을 옷으로 가졌다.

그는 결코 넘치는 사람이 아니었다.

공간과 가장자리로부터 솟아나오지 않았다.
그는 몽상가로서 마치 짐처럼
대지를 가로질러 자신을 실어날랐다 .

                *   *
                  *

밤들로부터

하루가 저물면 이름없는 그 무엇이 다가온다.
    우리 둘을 나긋나긋하고 부드럽게 하자.
    나는 넓어져서 호수가 되고
    당신은 첫번째 장미로서 내게서 올라온다…….

우리는 우리 주위에서 무엇이 시작되었는가를 본다.
잠시 동안의 두려움만이 있을 뿐 그리고 그런 다음.

    빛을 발하면서 고요해지는 황혼
    점점 고요해지는 시간은
    마치 여운이 사라지지 않은 금빛 바이올린을
    손에 든 것처럼 장엄하다…….

밤은 마치 침묵하는 널따란 돌 위의
지붕처럼 가까이 놓여 있다.
집들 안에서 한 사람이 울고 있다.

언제나 다른 사람이 다시 깨어난다.

바람은 종소리에 의해 붉게 달아올랐다.
그러나 탑 안의 종들은 죽었다.

정적 속에 높이 폭풍이 경직되어 걸려 있다.
영혼은 마치 비단 깃발처럼
내려온다. 그리고 예감한다.
기다리고 있는 폭풍의 현재를.

애인이여,

멀리서 내게 무엇이 일어나는지 느끼기를 원한다면
그것이 고뇌이든 노래이든
너는 만족하여 태양을 바라보는
낯선 날을 습격해서는 안 된다.
서서히 너의 베개 안으로 귀기울여라.

　　모든 밤들은 나에 대해 알게 될 것이다.
　　그 밤들은 침묵의 검은 탑 위에서
　　그들의 장엄한 하늘을 불렀다……

하늘에서 우리 모두가 왔다.
이름을 잃어버린 침묵의 도시가 언제나 서 있다.
그 도시는 자기의
이름을 잊어버렸다.
그리고 그 도시는 수백 개의 뇌를 가지고 생각한다.
반짝이는 납처럼 희미하고 어둡게
우리의 영혼은 돌진하며 지나간다.
그리고 골똘히 생각하고 있는 이마를 비친다…….

보아라, 사물들은 영리하고 분명하다.
당신의 정원, 당신의 집, 당신의 하느님, 당신의 시절
그 모두를 당신 둘레에 세워라.
그것들은 잠자코 있지 않다.
모두 당신에게 감사하고 봉사하기를 원한다.

그러나 당신은 그것들에 결코 만족하지 않는다.
바람이 당신에게 가져온
소리를 몰래 엿듣는다.
당신을 동경함에 틀림없다.

　　사물들 뒤로
　　노래한다.
　　바다의 요정 사이렌이…….

수많은 색깔들이 불확실해지며
흐릿해진다.
산 너머로 낮이
갈라진다.

갑자기 사물들이 은회색이 된다
마치 모든 두려움을 상실한 것처럼.
그것들은 마치 당신의 방 안에 있는 것 같다. 보아라,
그것들은 모두 사랑하는 한 여인에 속한다는 것을
당신은 믿을 수 있을 것이다.

어린 시절

갑자기 모든 것은 마치
한 장의 종이 위에 있는 것 같다.
더 이상 어떠한 권리도 없는 것은
잠들지 않을 것이다.
나는 혼자이다.
유년기는 어딘가에 있으며
그리고 그것은 도시이다…….
나는 그곳이 어떠했는지 생각한다.
어머니, 하느님, 한 아이
밤, 두려움과 바람

한 남자, 그림 하나 그리고 남루한 옷들이 있는 옷장
병들었지만 정신이 또렷한 창백한 한 소녀
그 소녀는 나의 머리를 손으로 잡는다.
그 소녀는 그 해에 죽었다
마치 한 번도 시작되지 않은 노래처럼.

모든 옷장들은
궁핍한 시대의 절약으로
쪼들리고 있다.
옷장에서
가장 화사한 내 옷을 꺼내라.
그리고 당신의 가장 멋진 장신구가
당신의 밝은 머리카락에서 활짝 피어나야 한다.
왜냐하면 나는 우리가
아직까지 한번도 느껴보지 못했던
축제에 가야 할 것 같은 생각이 든다.

〈유희〉
〈단상〉

　　　노인 :
남자들이 왕국에 대하여 조언할 때

너는 그들의 의자 곁에 서 있어야 할 것이다.
이마를 숙이고. 너의 꿈들은
행동의 낮 속으로 점점 더 깊이 들어갈 것이다.

　　　소년 :

　(침묵한다)

　　　노인 :

어린아이들이 유연한 그들의
손을 작은 숲에서 네게 내민다면
너는 의미있는 놀이를 생각해야 할 것이다.

　　　소년 :

　(침묵한다)

　　　노인 :

고요한 소녀들의 형상이 정원에서 마치
꿈속에서처럼 너와 만난다면
너는 네 노래의 광채를 귀기울이고 있는
외진 길에 펼쳐야 할 것이다.
소녀들이 너의 동경을 축복하도록 말이야.

　　　소년 :

　(침묵한다)

노인 :

…… 우리가 가련하게 쓸모 없어져가는 황혼이

너의 미소로 밝아져야 하는 건데.

(휴지기)

소년 :

(머뭇거린다)

나는 혼자예요.

(휴지기)

나는 혼자예요.

나는 더 이상

어린아이들을 파악할 수 없어요.

다 자란

나의 손은 무거워요.

이 손은 어떠한 목표에도

봉사할 수 없을 것이에요.

모든 연주는

두 손 안에서 깨어납니다.

내가 현에 대하여 곰곰이 생각할 때

나는 보증할 수 없어요,

현들이 내가 시작한 모든 노래들을 교살하지 않았다는 것을.

소녀들이 그것을 알아서는 안 됩니다,

내가 그들의 문 옆에서

빨간 산호줄과 같은
나의 소리의 울림을 ·
끊어버렸다는 것을.
나는 밤에 자주
슬픔에 못 이겨 깨어나
비탄에 젖은 나의 플루트
소리를
죽입니다.
(휴식)
왜냐하면 소녀들이 그것을 알게 된다면
그들은
틀림없이 울 것이기
때문입니다.
오직 *한 사람*
눈물 흘리지 않고 그것을 감당할 수
있는 사람에게 나는 한탄해도
될 것입니다.

노인 :
그렇다면
너는 동반자를 가질 것이다, 보라!
자매들 중 누구를 내가 불러낼 것인가,
그녀는 너의 나날을 위로할 것이다, 신뢰해라!

소년 :
나의 고독한 손들은 둘 다
금발 여인의 것입니다.
두 눈은 봅니다.
나의 두 눈은 그녀의 형상들입니다.
내 이마 위에 있습니다
그녀의 기도가.
나의 슬픔은 그녀가 어두운 얼굴로 걸어가는
황폐한 정원입니다.

노인 :
너는 그녀를 어떻게 부르지?

소년 :
우리는 결코 이름으로
서로에게 다다르지 않았습니다.

\- -
\- -
\- -

〈하인리히 포겔러를 위한 시 세 편〉

〈I〉
〈가신에게 바치는 제물〉을 헌정하며

우리는 *하나의* 신 안에서 서로 사주 가까이 있다.
그때 나는 생각한다, 가장 위대한 이분을 힘차게
알리기 위하여 창조하고 있는 우리들이 거기 있다고.
우리가 자주 서로에게 이끌릴 때
다시 나는 생각한다. 위대한 자의 기적을
위엄있게 침묵하기 위하여 우리는 서로 단결했다고.

〈II〉
고독한 시간은 우리의 것이 될 것이다.
무거운 날들의 침묵이
우리로부터 떨어진다면
마치 먼지 덮인 옷처럼.
우리는 우리의 시간으로부터 소리를 듣는다.
왜냐하면 우리는 청아하게 울리는
바이올린 소리처럼 영원의 손에 있기 때문이다.

〈III〉
1899년에 지은 집의 축성

집의 운명이 밝기를 / 주인이 오로지 집의 심장이고
손이라면 / 대지에 보리수나무가 있는 / 그의
집은 / 그늘지고 웅장해질 것이다. /

〈루 안드레 살로메를 위한 시 세 편〉

〈I〉
당신이 내게 잔잔한 축복의 편지를 보내주었을 때
난 알게 되었습니다, 당신은 결코 멀리 있지 않다는 것을.
모든 아름다움으로부터 당신은 내게 다가옵니다.
당신은 나의 봄바람 나의 여름비,
당신은 수천 갈래의 길을 가진 나의 유월의 밤입니다.
그 길 위에서 나보다 먼저 은총받고 간 자는 아무도 없었습니다.
나는 당신의 마음속에 있습니다!

〈II〉
한동안 숲이 두렵습니다.
두려움 속에서 모든 가지들이 굳어집니다.
폭풍이 우듬지를 몰아칠 때까지
그에게 기다림은 지루합니다.
모든 숲은 하나의 노래입니다.
감사드립니다.
……당신의 두 손 안에 내 마음이 있다는 것에 대하여

감사를!

〈III〉
나는 어두움 속에 마치 장님이 된 것처럼 서 있습니다.
왜냐하면 내 눈이 더 이상 당신을 볼 수 없기 때문이지요.
종잡을 수 없이 몰려드는 날들은
내게 장막과 같습니다, 그 뒤에 당신이 있는.
나는 장막이 올라가는지를 계속 응시합니다.
장막 뒤에 내 삶이 살고 있고
나의 삶의 내용이 나의 삶의 계명이
그 외에도 나의 죽음이 있습니다.

＊＊＊

내 가슴은 답답합니다, 중압감에 부풀어올라
그것을 견딜 수가 없습니다.
마치 내가 눈물을 이 세상에 가져온 것 같은 생각이 듭니다.
눈물은 영웅이 되어
모든 웃음을 때려부술 것입니다.

언젠가 추방된 사랑이 모든

삶의 가장자리에서 기다릴 것입니다.
누구나 자신이 단테가 되어 사랑의 손을 잡고
천상과 지옥을 방랑합니다.

〈두 장의 일기〉

〈I〉
당신은 내 마음속에 무엇인가가 있다고 생각합니까?
내가 더 이상 방랑하지 않아도 될 거기까지 이르는 그 무엇이.
느낌에서가 아니라 동작에 얽매이지 않고 말이에요.
그리고 대지의 엄숙함 앞의 외경심보다도 더 커다란
나를 신과 비교할 수 있는 위대한 것이
내 마음속에 있다고 생각합니까?
내가 나의 즐거움을 위협하는 것에 겁을 낸다면
그 무엇인가는 날아갈 듯 느낄 것이며 아마 웃을 거예요.
당신은 내가 신의 최고의 아름다움을
포기한 자라고 생각할 수 있나요?
당신은 내가 모든 유희로부터 뛰어내리기 위하여 얼굴과
생각을 망보는 초조한 자라고 생각할 수 있어요?
당신은 내가 오늘은 동경의 씨를 뿌리는, 눈이 맑고
감각은 바람으로 차가워진 농부였다가
그러고는 곧 다음날 아침 소리지르는
황제 폐하의 빨간모자를 쓴 궁정광대라고 생각할 수 있어요?

그리고 모든 신앙을 믿는 사람, 부활절 종소리를 들으며 불안해지
는 사람,
황혼을 사랑하고 빛을 갈망하는 사람,
애매하게 감사하며 부탁하는 사람,
급하게 웃는 사람
그리고 나지막하게 우는 사람이라고 말이에요…….

〈II〉
그때 나는 다시 생각했습니다 :

(당신은 생각합니까), 어딘가 결코 구원받지 못한 땅이
나의 시선으로부터 아름답게 상승하기 원하고
어딘가에 하나의 관습이 있고 나의 벽들을
빼앗으려고 하는 화재가 있다고 말입니다.
그리고 어딘가에 : 유희가 펼쳐지리라고,
그 유희는 내 바이올린으로부터 규칙을 원하는―

그리고 (당신은 생각합니까), 나는 바닷가에 이르기까지 방랑해야
한다고,
원래 그 바다의 어두운 만에서 내가 출발했고
그리고 거기에서 경계하며 살아야 하고
그리고 느껴야만 한다고, 어떻게 모든 우연이 바람을 타고
나의 영혼으로 올 수 있는지를…….

격언

우리의 동경은
우리를 해방시키려는
모든 감정의 발견임에 틀림없다.
예감 속에서 더욱더 깊어지는 것,
깨어나는 모든 바람에
기꺼이 흔들리는 깃발이 되는 것.
그 깃발들은 승리자에 의해
시대의 흉벽 위에서
위로
올려져 멋지게 어우러지며
형상들을 펼칠 것이다.

르네상스의 그림

그녀의 영혼이 그녀의 불타오르는 눈으로 올라왔다.
마치 하얀 성들이나 고요한 여인들을
지키는 자가 무장을 하러 올라오듯이
(그들의 눈이 처음으로 자신의 직무를 예감하면서
적을 쳐다보기 전에),
그녀는 숨을 쉬면서 목에 건 무거운
장신구를 광채 속으로 들어올린다.

빛바랜 그녀의 붉은 옷 안에서
우단과 비단 사이의 결투가 벌어진다.
어두운 대결이.
주름잡힌 비단의 비웃음이
진지한 우단 가장자리에서 꺾여질 때까지.

전투가 끝난 후

봄이 더욱더 붉게 피게 만들었던
차가운 소년, 너의 심장의 밝은 피가 웃는다.
너는 오래 전에 잃어버린 피리였다.
너는 더욱더 거칠게 되어 깨어났다.
터키인들의 피를 마시고 수천 명을 죽인 자
전투장이 너로 인해 밝아졌다.

행동으로 부름받은 너의 날들의 청을
가공할 신이 들어주었다.
칼리프의 얼굴이 너의
갑옷의 깊은 은빛 속으로 빠졌다.
그는 당황하며 죽어갔다…….

성숙
〈노래〉
〈한스 토마를 위해 씌어짐〉

선을 긋고, 그리고 파악해라.
그것은 올바른 충고였다
돌보고 씨뿌렸던 그 당시에는.
이제 시간이 채워졌다.
성숙한 세계가 소리를 낸다.
이마로부터
너의 걱정을 떼어내라.

높은 푸른 하늘에 현혹되어
더 이상 편협하고 엄격하지 말아라.
왜냐하면 무엇인가가 완성된 곳에서
너의 창조물이 빼앗겨져
그리고 멀리서 선물로
비밀리에 고향으로 보내지기 때문이다.

〈게오르그 푹스에게〉
〈그의 드라마《틸 오일렌슈피겔》에 대하여〉

이것은 순수한 노래이며

먼 금빛시대로부터 유래한 것이다.

말을 타고 지나가면서

자신을 드러내는 왕

어디로 가며, 어디에서 오는지

누가 거기에 대하여 다툴 것인가?

이 노래는 헌제로 채워져 있지 않으며

우리들의 곤경에 대하여 아무것도 모르지만

그 자체로 진지함과 위엄을 가지고 있다.

교훈 없이 지혜로우며

웃음 속에 무지함이

분노 속에 자부심이 들어 있으며, 불안 속에 다정함이 있다.

그리고 무가치한 시대로부터 보존되었다.

마치 바다 한복판에 있는 것처럼.

그러한 노래들은

높은 자들이나 그렇지 못한 사람들에게 다 필요하다.

누군가가 배가 고플때, 그 노래는 빵이 된다.

거지에게 노래를 제공해주는 사람은

부자다, 부자다. 자신의 부유함에 대하여

부끄러워할 필요가 없다.

거지가 *진정* 필요로 하는 것은

지상의 사물일 것이고

하나의 목적을 위하여 사물은 사소한 것이기 때문이다.

왕은 웃으면서 사물을 그의 영혼의 품속으로

위엄있게 깊이 가라앉힌다.
그래서 왕은 누구에게도
단순히 눈으로 보아
미천하다거나 위대하다고 평가할 수 없는
그것을 새로이 그리고 이름 없이
새로운 날을 향하여 짊어지고 갈 것이다.
왜냐하면 같은 사물을 접하는 모든 감각은
거짓이기 때문이다.
감각은 없어지지 않고 떨어진다.
보여지게 된다.
마치 오래된 문장(紋章)처럼.
가치는 마치 작별하고 다시
돌아오는 파도와 같다.
그것을 가르치는 자는
장난꾸러기이다
그리고 (행복하게도!) 그는 "세상을 돌아다닌다!"

이것은 *하나*의 입에서 나오는 말처럼
모든 것 위에 있는 같은 사건이다.
우리가 시간을 이해하는 것처럼
그렇게 시간도 우리를 이해한다.

어떤 거지가 마치 그것이 사물인 것처럼 그리고

오로지 *하나*의 의미를 위하여 신중히 고려하여
필요로 하고 써버리는 것을,
왕은 웃으면서 위엄있게 그의 영혼의
품속으로 깊이 가라앉히며
누구에게도 단순히 눈으로 보아
미천하다거나 위대하다고 평가할 수 없는 그것을
새로이 그리고 이름을 붙이지 않고
새 날을 향하여 짊어지고 간다.

나의 사랑하는 하인리히 포겔러에게
러시아의 한 성자와 함께

성 게오르그의 권세와 명성을 위한 기도 :

안녕, 성 게오르그, 당신의 용은 상처나 입을 벌린다.
마치 어두워지는 입의 심연처럼.
성 게오르그, 당신은 용을 꼼짝 못하게 함으로써
색바랜 타프타 천의 옷을 입은 얌전한 소녀를
소리나는 대지로 구해내었다.
(결투로 그의 손은 여전히 떨고 있다.
그리고 그녀의 하늘색 옷은
무릎을 꿇어서 모래가 가득했었고
공포로 구겨졌다)

성 게오르그, 당신의 왕관으로 용기가
솟아오른다, 마치 수액이
봄에 떡갈나무의 줄기를 팽팽하게 하는 것처럼.
성 게오르그, 당신은 누구와도 비교할 수 없다.
    경건하다고 선언하는 당신의 힘
     당신의 심오하고 청아한 기사도 정신 :
      우리 모두에게 군림하기를
       우리들 곁에 함께하기를, 함께하기를
       아멘.

소녀들의 우울
〈초고〉

마치 옛 경구처럼
젊은 기사가 내 머리에 떠오른다.

그는 왔다. 폭풍은 이렇게 작은 숲에
여러 차례 온다, 너는 누구를 축복할 것인지
누구를 저주할 것인지 모른다.
그는 갔다. 이렇게 좋은 고뇌 속에서
축복하는 것을 멈춘다.
그리고 좋은 너를 기도하도록 홀로 둔다.
마치 바다 한가운데 초라하게 있듯이.

너는 소리지르고 싶을 것이다…….
그렇지만 너는 차가운 천에 얼굴을 깊이
파묻고 아주 조용히 운다.

젊은 기사가 생각난다.
그의 미소는 부드럽고 우아했다,
마치 오래된 상아의 광채처럼,
마치 향수처럼, 마치 어두운 마을 성탄절에 내리는
눈처럼, 마치 많은 진주들로 둘러싸인 터키석처럼,
마치 사랑스러운 책 위에 비치는 달빛처럼.

많은 지혜를 가지기에는 난 너무 어리다.
나의 피는 아직도 몸짓들 속에서 허비되고 있다.
그렇지만 나는 그러한 말에 성숙하고 싶다.
그리하여 거의 침묵하는 자로 나타나도록
마치 우크라이나 근교에 있는 집처럼
마치 조용한 상아로 만든 형상처럼
마치 성스러운 포도주 안의 기적처럼
마치 황혼 속에 있는 '하나의' 비수처럼.

왜냐하면 나는, 나를 마치 꿈처럼 이해하고 싶어하며
귀기울이는 자들을 위해 나타났기 때문이다.
나의 낯선 영혼은 귀기울이는 자들로부터

점점 더 맑게 울리는 현을 통하여 갈 것이다.

(마돈나상들은 마치 만돌린과 같다)

소녀들

소녀들은 언제나 내게 이렇게 보였다,
커다란 푄바람이 부는 서늘한 봄에
우리로부터 멀리 떨어진 낯선 고지에 살고 있는 것처럼.
나는 꿈속에서 그들의 표정 앞에 고개 숙였다.
왜냐하면 얼마나 그들 가까이 아름다운 마리아가
미소 지으며 가는지, 아무도 모르기 때문이다.

소녀들은 섬기면서 승리를 거두는 축복받은 자들이다.
그러므로 그들의 아름다움은 따뜻한 빛을 발했다.
그들의 몸짓은 모든 꽃들 속에 있다.
소녀들은 마치 만돌린을 켜듯이 마돈나 상을 통하여
생각을 찾으려고 더듬거린다.

마치 나는 말할 것이 너무나 많은 것을 아는 것 같다.
작은 도시들 안의 수많은 소녀들에 관하여
그들 침실 위의 고요한 그림들에 관하여

그들이 웃으면서 펴고 있는 금발의 머리카락에 대하여
꿈속에서 입고 있는 옷에 대하여
그리고 공포로부터 지켜주는 꿈들에 관하여
그들이 생일날 직접 주었던
창틀 위에 있는 작은 꽃들에 관하여
그들이 갖고 싶었던 수백 가지 물건들에 관하여.

나는 금발머리 자매들처럼 그들에 대하여 안다.
바다에 대한 동경으로 인해 휩쓸려 들어갔던 것처럼
그들은 고열로 죽었다.
시작과 작별, 모든 것은 어제와 마찬가지였다.
그것들은 내게 잔잔한 기억들이다.
이 모든 날 중, 난 행복했던 날들을 결코 알지 못한다.

아라베스크

사람들이 나를 자주 정원의 문으로 이끌고
갈 때, 나는 눈먼 말없는 여인들을 본다.
모든 아이들은 태양을 달라고 부탁한다.
어머니들이 아이들의 부탁을 들어주고
태양의 빛으로 아이들을 양육할 때까지
태양은 모든 파종과 동경의
동반자이다.

어린아이들은 계속 갔다.
멀리, 어머니들은 아이들이 어디로 갔는지 모른다.
어머니들은 기다린다, 말이
세상으로부터, 어두운 그쪽으로부터
그 말의 알 수 없는 의미로 다시 돌아올 때까지.

나는 니희들의 형상을 석양 앞에서 잡기를 원한다.

이렇게 소녀들은 서 있다. 산이 눈을 눈부시게 할 때
소녀들은 높이 들어올린 손들 뒤에서 웃는다.

멋진 유희들이 시작된다.
마치 붉은 장미 속에 있는 것 같이 손가락 유희가
끝나는 곳에, 밝은 윤곽이 끼여든다.

그때 그 누구의 가슴으로부터도 들어 올려지지 않은
마돈나상들이, 스스로 만들어지고자 한다.
그래서 소녀들이 손을 펼치자
그들의 손 안에서, 오래된 은은한 문직물 같은
고요한 그림이 엮어지며 짜여졌다.

무릎꿇음

황량한 시간에 너는 무릎꿇고 앉아 있어서는 안 된다.
그렇지만 네가 갑자기 들을 때 너의 발걸음 소리가 멈춘 것을
왜냐하면 두꺼운 양탄자 같은 고요한 날들이
발걸음의 단조로운 소리를 막기 때문에,
마치 진홍색 바탕 덮개들의 실이 미소처럼
덮개를 지나 풀어지며 달려나가
그리고 스미르나 여인의 무릎에서 굴러나가는 것처럼 :
그럴 때 너는 금빛으로 뒤엉킨 것처럼 보이는
직물 한가운데에 머물러야 한다.
그리고 정원에서 나오는 것처럼 일어서서
장엄하게 무릎을 꿇고 너의 심장을 위로 들어 올려야 한다.

성스러운 대화들

   (스케치)

대리석 욕조에서 냉기가 한껏 올라온다.
욕조는 오래된 느릅나무 그늘 속에 매끄럽게 빛난다.
마지막 빛으로 이마에 화관을 두른 바람은
냉기를 위로 끌어올리고, 그 냉기는 좁은 오솔길을
고요하고, 따뜻한 저녁의 초원으로 나른다.

목양신들이 형상들 속에 앉아서 피리를 불었다.
잿빛으로 쪼그리고 앉는다. 욕조 가장자리와
열지은 기둥의 띠 모양의 장식이 어두워진다…….

포도주와 석양으로 붉게 상기되어
주목나무를 통과하면서 춤추는 술꾼들 대신
조용한 이마와 검은 창을 가진 소년 두 명의 온다.
그들은 성채(城砦) 뒤에 숨겨진 것 같은
위대한 죽음을 생각한다.

소녀들이 온다, 손목 관절과
목이 시작되는 곳에는 여전히 아이들인.

피부가 거무스름하고 작고 날씬한 여인들이 온다
아름답게 주름진 부드러운 천으로 된 옷을 입고
성숙한 몸짓과 정확한 걸음으로.

노인들이 온다, 누군가가 해석하려고 시도할 때,
잡힌 낯선 새가 날개를 퍼득이는 것 같은
그 위대한 말들을 검은 책에 담고 있는 노인들이.

참회자들이 온다 털투성이로 그리고 소박한 옷차림으로,
말없는 고뇌자들과 즐거워하는 금식자들,
무언의 시간 속에서 마치 거인과 싸우는 것처럼

혼자서 그들이 짊어진 짐과 싸우는 사람들,
그리고 또 자신들의 분노를 극복한 사람들,
그래서 마치 기사와 함께 있는 사자처럼,
길들여져 그들의 편에 힘으로 머물렀다,
기도하는 사람들, 청원자들,
자신의 아름다움에 전율하는 풀 베는 사람
그리고 웃고 있는 열정적인 사람들.

그들은 해 저문 공원에 들어온다, 그리고
하얀 비너스의 욕조 주위에 둘러선다. 비너스는 기꺼이
대리석 욕조 계단 위에서 머뭇거리면서
모든 사람들을 놀라게 하면서 소리질렀다.
그들은 마치 멜로디처럼 둘러섰다.
그늘진 자들, 창백한 자들, 밝은 자들.
명랑한 침묵이 물결 속으로 넓게 퍼지며 들어간다.
마치 그들의 대화에서처럼……

상륙

그들은 범선 안으로 조심스럽게 들어왔다.
그들은 마치 최전방의 기둥처럼
아주 가파르게 말없이 서 있었다. 힘센 노르만족의
이마 주위로 금발이 흩날렸다

마치 아르켄 장식의 금빛처럼.
그들은 어두운 나룻배 위에 우뚝 솟아올라 있었다
새로운 땅의 경계처럼
산들처럼 그리고 햇빛을 받은 것처럼.

그때 해변가에는 정적이 떨고 있었다.
그리고 정적의 우아함이 치욕으로 되었다.
거룻배가 연이어 가까이 왔다
기이하게 길들여진 커다란 새들처럼.
그것은 강력한 남성의 의지였다. 그것은
그림자처럼 전원의 목가적 분위기를
낯선 눈으로 덮쳐버렸다.

이 낯선 눈들은
해안의 신들의 운명을 감시했다.
그리고 결코 생각해보지 않았던
인식이 마치 구름처럼 요트로부터
들어왔다 마치 새로운 밤들처럼,
마치 가난과 배고픔처럼
그리고 추락과 타격처럼.

작은 배들이 가까이 다가왔다.
(그것들이 얼마나 물살을 잘 견뎌냈는지)
그리고 사람들은 벌써 망보는 자를 알아보았다.

뺨이 불룩 튀어나온 꿈의 동물들, 용들
그것들은 가느다란 광석으로 주조된 것들이다,
그리고 짤막하고 영리한 새의 머리들
점점 더 불안해하면서 그리고 갑작스럽게
그것들은 뱃머리에서 떨어져나가려고 반항했다.
커다란 둥근 눈으로 바라보며
그것들은 자신들의 낯설음을
만에다 대고 포효했다.
그리하여 신들이 자신들을 드러내었다.
그들은 놀라서 도주하게 되었다.

신들은 더 이상 보지 않았다. 어떻게 손님들이
뱃머리로부터 이미 형상들을 가라앉혔고
그리고 손님에게 우호적이고 상처받지 않는
해안 곁으로 조용히 방향을 돌렸는지
미소를 띠면서 멋지게.
힘찬 돛대 위에서
갈매기들이 깃발처럼 펄럭이며 날았다.
막대기의 뒤엉킴 속에서
바람이 흔들거리며
유년 시절을 노래했다…….

그들은 상륙하여 제단을
만들었다 격정적으로 그리고 힘들여서.

신들은 그것을 더 이상 보지 않았다.
첫번째 제물에서 연기가
그들 뒤에서 푸르스름하게 올라왔다.

저녁의 느낌이 한번도 지금처럼 내게 이렇게
친근했던 적이 없었다, 조용하게 판단하고
재빠르게 처리하는 낮의 판사 덕분에.
이름을 벗은 나의 영혼은
멀리 떨어진 수많은 빛의 느낌 속에서
마치 은은하게 노래부르는 얼굴과 같은
밤 안으로 들어간다.
                              나는 구축하는 자이다.
그리고 가장자리에 우뚝 솟은 자이다.
그리고 여전히 다른 탑들이 깨어 있는 것을 나는 안다
같은 치욕 앞에서 보호해주는 자들,
육지에서 유일하게 귀기울이는 자들이 깨어 있는 것을.
그들은 똑같이 타오르는 어두운 불꽃을 쳐다본다
그들의 금빛 지붕 아래서.

〈일기장에서〉

나는 아마 결코 가본 적이 없었던

무척 어두운 정원길들을 생각한다.
저녁이 되었다. 산비탈들은 내게
조용하고 애잔한 분위기를 풍겼다.
그래서 난 노래불렀다. 노래의 가장자리에
고독한 여왕이 서 있었다.

아마도 난 결코 그녀를 갈망하지 않았으리라
아름다운 대접의 물을 갈망하는 것처럼
계곡에서 나를 외투가 여러 번
감싸는 듯한 피곤을 갈망하는 것처럼.
내가 수백 가지의 먼 세계로 가득 차
산에서 왔을 때 아마도 난 강철 투구의
색깔을 결코 느끼지 못했을 것이다.
아마도 그들의 시선이 나를 결코 씻어내지 못했으리라
해뜨기 전 차가운 시간에
신선한 바람이 갖는 그런 시선으로.
왜냐하면 이 세계가
절반은 꿈의 단어로서 희미하게
성스러운 어두움의 지친 입으로부터
아래로 떨어지기 때문이다…….

아마도 우리는 서로를 모를 것이다.
아마도 난 그들의 형상으로부터 멀리 있을 것이다.
아마도 그녀는 다른 시간 속에 있었을 것이다.

아마도 그것은 내가 꿈속에서 원래 '하얀 비단'이라고
불렀던 그녀의 옷이었을 것이다.
대리석관, 바로 한복판 문장(紋章)에 의해 벌어진
관의 틈으로부터
밤이 나온다. 단지 검붉은 장미꽃만이
등불처럼 바람 속에 타고 있었다.
마지막 열정처럼 그것의 향기가 나의
턱 언저리에서 죽어간다.

이렇게 그것은 나의 어두운 감각의 유희들이다.
비몽사몽은 몽상가들의 행동이다.
사물을 압박하고 있는 이름은
사물의 불안감의 시작이다.
이름을 떼어내라, 그것들은 단지 있을 뿐이다 : 그것들은 있다.
너는 모든 존재하는 것을
솟아오르는 너의 건물의 기둥으로 사용할 수 있다.
너는 너의 근심 속으로 너의 어두운 희열 속으로
모든 푸른 꿈속으로 그것을 들어가게 할 수 있다.
그리고 그것을 향기로서 모든 바람에게 선사할 수 있다.
너를 둘러싸고 있는 가시적이고 무거운 것은
끝없는 바다의 커다란 파도이다.
낯선 배들이 날마다 온다
배들이 고요히 너의 감각에 놓여질 때
너는 노젓는 커다란 소리에 갇히게 된다.

손님을 맞이하듯 바닷가에서 배들을 마주보며 가거라
그리고 그들을 너의 집 저녁식사에 초대하거라.
또렷한 빛 속에서 그들을 주시하지 말아라
그때 그들은 따스한 그림자들을 보내버리고
차가운 얼굴을 하며 너를 놀라게 한다.
어둠 속에 그들의 커다란 눈이 머문다.

―――

저녁은 성스러운 빛을 지닌다.
그 빛 속에 모든 것은 소박하고 아름답다.
그때 계곡은 마치 은은한 얼굴처럼
구릉의 그늘진 손 안에 놓여진다.
그때 방이 소리를 멈추었고, 놀라며
자기 자신에게로 돌아왔다.
우리는 가냘프고 창백해졌으며 갈색으로 되었다.
마치 많은 소문들의 속삭이는 소리에 둘러싸여
기이한 광채로 성스럽게 된 형상처럼.

―――

가끔 나는 배부른 삶의 식탁 앞에서
배고픔을 생각한다.
그것은 두 눈을 이상하게 낯설게 만든다.

시인이 직접 발표한 시와 유고 309

눈은 슬퍼하고 경계하듯이
스스로 눈꺼풀 속으로 도망갔다.
그때 나는 옛 고뇌를 사랑하게 된다,
이렇게 작고 희미하고 먼 고뇌.
나는 알지 못한다. 고뇌가 어떻게 보이는지.
그러나 그런 다음 내 주위의 시간이 사라진다.
내가 주위를 돌며 걸어가는 집이 죽어간다.
나의 용기는 땅처럼 낮아 눈에 덮여 갇혔다.
그렇다면 나를 규정하는 모든 것은
나의 손을 올리는 발걸음은
그것이 나를 팔에 안을 때까지
내가 오랫동안 울면서 간청하는 것은
슬픔을 향한 향수이다.

잊지 말아라. 나는 그 어두움의
가장자리에서 성숙해졌다.
그 어두움은 모든 동경 위로 펼쳐진다,
마치 폭풍이 칠 때 갑자기
커다란 그림자가 드리워지듯이.
나의 오월은 투쟁과 소심함으로 가득했다
달콤한 죄에 당혹하여
그 죄는 울음을 이유없이 웃음과 마찬가지로
꿈에서 나온 것처럼 만든다.
웃음의 날들이 손님처럼 내게 왔다.

결코 난 웃음의 날들을 가지기에 충분히 넓지 못했다.
그렇지만 난 항상 나뭇가지 수백 개를 갖고 있었다.
밤새도록 흘린 눈물이
날개를 달고 내게 퍼득였을 때.
눈물이 넓고 기이하게
나의 날의 탑 위로 흔들거릴 때
그때 난 깊은 침묵을 느꼈다.
그러자 곧 그것은 나의 가지에
바람처럼 의지처럼 윤무처럼
동경처럼 그리고 수백 개의 바이올린처럼
거주했다 그리고 앉아서 노래불렀다.

　　　　　(밤에)

　　　──────

나의 고뇌는 진정 이렇게 멀리 있다.
나는 그것의 본질을 인식할 수 없다.
나는 다른 모든 별들과 달리
단지 하나의 별만이 타고 있는 것을 본다.
나는 모든 별보다 늦게 꺼져가는
별 하나만을 볼 뿐이다.
그 별은 다른 목소리들 속에서
신의 목소리처럼 항상 서 있다.

　　　　*　*　*

마돈나를 그리는 화가

나는 마치 금발 아이를 이끄는 것처럼
나의 금빛 선을 이끌기를 원합니다.
당신의 얼굴 주위로 마치 뒤에 수백 개의 현등(懸燈)이
달려 있는 날개대문들 주위를 돌듯이.

그런 다음 우리는 당신의 옷자락 둘레를 거닐면서
둥근 옷주름과 두 손을 경외심에 차 쫓아갈 것입니다.
그 손은 마치 형상처럼 위로 올려져 있습니다.
당신 둘레를 도는 것은 먼 길이 될 것입니다.

우리는 어두워가는 이코네 벽화에
이렇게 당신을 조그맣게 그립니다.
우리가 부탁할 때 : '오셔서 거주하십시오',
붓이 끝없이 갑니다.
당신의 화관을 도는 길은
붓을 벌써 낙담하도록 만듭니다.

난 생각하지 않습니다, 내가 당신을
흐릿하고, 소심한 붓자국으로 제한하기를 원한다고.
당신의 커다란 은총은
모든 윤곽 위로 빛나고 있습니다.
난 생각하지 않습니다, 푸른 장옷의 가장자리에서

내가 당신을 잡기를 원한다고.
당신의 고요한 기적은
홀로 내 집을 지배하지 않습니다.
당신은 모든 것 위로 계속하여
펼쳐집니다. 당신은 위대합니다.
붉은 해가 매일 아침 당신의
품에서 미끄러집니다.

그러나 오 용서해주세요, 우리는 생각합니다.
당신은 마치 비둘기처럼 작을 수 있다고,
비둘기처럼 하얗고 조용하며 온순할 수 있다고.
그렇다면 당신은 어떻게 하든지
그림 속으로 들어올 것입니다 누각 안으로 들어오듯이,
우리는 당신을 그림 속에서 발견할 것입니다.
우리는 마치 잠든 듯한 당신을 발견할 것입니다.
우리는 무릎꿇고 (당신은 우리를 벌줄 수 있을 거예요)
당신의 턱에 키스할 것입니다.

하루가 더 이상 사물들을
좁게 하루의 일에 매어두지 않는 시간이다.
그것들은 모두 다른 얼굴을 갖고 있다.
밤이 가까이 온다. 밤의 수많은 불빛들이
오는 중이다. 넓은 초원에서 바람이

부드럽고 따뜻하게 불빛 앞으로 불어온다.
그때 모든 사물들은 시인을 생각한다.
시인들의 즐거움에 의하여 사물은 언제나 생동한다.
그리고 사물들은 생각한다, 시인이 계속하여 되돌아올 것인가를,
마치 꽉 찬 함처럼 사물들을 무겁게 만드는
그 마지막 의미를 사물들에게 주기 위하여.

그렇다면 사물들은 더 이상 인간들을 그들의 작은
불안한 사업 안으로 들어오게 할 수 없다.
인간들을 더 이상 좁은 감옥 안으로
들어가게 강요할 수 없을 것이다,
그 속에서 그들은 이마를 서로 부딪쳐 깨지게 할 것이다,
감정이 승리의 마차처럼 풍부하고 거대하게
그들의 검은 피를 통하여 흐를 것이다…….

이렇게 사물들은 어두워지며 밤으로 들어간다.

시인은 그러나 자신의 힘을 모은다,
사물들에게 곧 그들의 본질을 말해주기 위하여.

시인의 영혼은 솟아오르며 깨어난다.

야생 포도나무로 둘러싸여 누각이 빛났다,

천천히 벌써 한 해가 끝나갔다.
석양은 온건한 지식으로 현명함을 지닌
이마를 흙으로부터 들어올렸다.

변용이 와서 당신의 머리카락을 성스럽게 했다.

당신이 나를 덮으면서 고개 숙이는 이 성숙한 시간에
얼마나 나는 당신을 사랑하는지.
말들은 나의 입 뒤에서 기다렸다.
그것은 당신이 입 꼭 다물고 숨겼던 그 말들과 자매간이다.

황혼

모기들이 윙윙거리며 난다,
이 숲에서 저 숲으로 뻗어 있는 길 위로.
구름은 불확실한 말로
창백해진 땅을 위협한다.
숲은 시커멓게 몸을 돌렸다.
시간이 멈춘다.
그리하여 저녁은 알지 못하게
지나간다.

당신이 내게 선사한 가장 좋은 선물의
모든 아름다움을 나는 거의 구별할 수 없다.
너의 금발은 자주 다시 아이의 비단이 될 것이다,
너의 넓은 의지는 겸손해질 것이다
마치 나 한 사람에 의하여 이끌리듯이.
차가운 옷을 입은 당신의 키스는
고요한 잠에 빠진
나의 두 눈에 놓인다.

그러면 난 그녀의 붉은 시간들을 생각한다,
나의 신앙심이 깊은 아이, 나의 날씬한 노루
그것들 속에서 나는 그녀가 멀리서 당신의 입술을
갈망하는 것을 본다.

〈프리다 프라인 폰 뷜로브를 위하여〉

시간을 담고 있는 아름다움은 부끄러워하며
자신의 가장 조용한 시간에 딱 달라붙는다.
속삭임 속에서 신은 만들어졌으며
침묵이 세상을 창조했다.
감각을 위하여 사물의 가치가 커지지 않는다,
어둠 속에서 가치가 뿌리처럼 퍼진다.
우리의 삶을 이끄는 감각은

이러한 뿌리의 힘에 의하여 무척 무거워진다.

십자가에 못박힘
〈스케치〉

I

위협과 조롱에 쫓겨나
몰약을 나른 모든 여인들이
도시의 성문 앞에 멈추었다.
고통은 그들의 마음이 아주
긴장했을 때의 손과 같다.
여인들이 섬기면서 사랑한 그분이
마치 칠현금에서 나오는 마지막 소리처럼
먼 나라로 들어간다.

그는 마지막 길을 홀로 간다.
군중들이 소리를 지르며
그가 우연히 흘린 피로 떠벌리는
죄인 주위로 몰려간다
(그들의 비웃음 소리가 시끄럽다),
그리고 두 번째 사람 주위로 몰려간다,
그는 후회로 황폐해져
그의 감시병들의 짐이 되어 누워 있다.

그러면서 군중들은 그분을 거의 잊는다.
한동안 조롱과 미움에 시달렸던
세 번째 사람, 순응하는 분, 고뇌하는 분을.

그분이 선 채로 죽기에 걸맞는
나무를 스스로 메고 가시며
이마는 창백하고
형극을 생각한다.

두려움과 회열을 느끼며
자신들을 더 닮았던
두 죄인을 구경하는 데 몰입해
군중은 신기한 그분을 생각하지 않는다.

그는 이렇게 남몰래 도시에서 나와서
검은 무리들을 따라가셨다.

II

그분의 십자가도 다른 십자가들과 같이 세워졌다
그리고 불안이 저항했을 때 흔들거렸다.
자신이 죽음을 머뭇거린다는 것이 그분을 두렵게 했다.
그분의 의지는 이렇게 세상에서 멀어져갔다,
그는 알지 못했다 : 언제 사물들이 멈추며

감각의 가장자리에서 물러나는지,
언제 멀리 떨어진 것을 더 이상 파악하지 않게 될는지,
언제 무거운 턱에 자신의 가슴이 밀쳐내는 것을
더 이상 느끼지 않을는지?
언제 항상 사랑하는 것을 더 이상 사랑하지 않게 될는지,
그리고 언제 술잔 가장자리에 머뭇거리고 있는 물방울처럼,
떨면서 매달려 있는 날, 새들,
사물들로부터 시선을 떼게 될 것인지?
언제 더 이상 눈, 입 그리고 손이 존재하지 않게 될까?
누가 사람들이 알고 있다는 표시를 보내줄까 : …… *충분하게?*
……십자가에 달려 있는 그분은 조용히 귀기울이며
어떻게 그의 피가 상념의 소리를 내면서
한동안 이마에 흐르는지를 보았다.

옆의 죄인들은 소리질렀다.
완전히 지친 그들의 육체는 십자가를
휘게 했다. 고통에 속아서
그분은 인식했다. 독수리들이 그를 지나
*다른 사람들*에게 날아갔다.
그런 다음 그는 오래오래 기다렸다.
잠에 빠졌다, 불안스레 깨어났다.
그리고 새로 깨어나는 사람들에게서
똑같은 웃음 속에서 헤엄치는 똑같은
얼굴들을 보았다,

그리고 언제나 같은 목소리들을.
그때, 강렬한 돌풍의 돌격 속에
그분에게서 자연이 죽어갔다…….

……그러나, 그분이 다시 알았을 때,
무슨 일이 일어났다는 것을. 그의 입술의 딱지가
그분을 역겹게 했다. 그를 목마르게 했다.
그분은 검은 무리 마음에게 속게 되어
인식했다, 자기 자신에게 저항한다는 것을,
그는 노래부르고 있는 뾰족한 불꽃을
죽음을―귀기울여서 듣지 못했다.
그때 다시 한번 강력하게 숨겼던 의지가
엄습했다(잊을 수 없는 광채 안에서 딸 야이리의
기적이 올라왔다).
의지가 장군의 손 안에 있는 창을 올렸다
그리고 그녀를 유혹했다, 창이 이 경작되지 않는
젖가슴에 죽음을 뿌리기를……

한 조그마한 죽은 새와 함께

불안한 너의 가슴은 숨을 내몰아쉬며
쫓겼다……, 어디로?
그런 다음 : 아무것도 네 가슴을 치는 것 같지 않다

그렇게 네 가슴은 잠시 거짓말처럼 머문다.
노래도 부를 수 없고 그리고 감각도 없는 것처럼.

너, 낯선 작은 새여, 나는
너를 길이 나 있지 않은 작은 숲에 놓는다.
희미하게 중얼거리며 이유 없이 네 안에서 침묵해버린
네 피의 느낌을 잃어버리기 전에
너는 벌써 사물의 커다란 심장이
바깥에서, 마치 안으로 들어가는 것처럼
너의 깃털을 두드리는 소리를 들을 것이다.

〈일기장〉

그것이 무엇인지, 누가 말하고 싶으냐? 누가 사물의
가치를 모욕하고 싶으냐? 나는 동경만을 생각할 수 있다,
그 동경은 이 세상을 가로지르며 방랑한다. 모든 사물은
준비가 되어 있다, 이 짧은 시간 동안 자주 실수하는
우리의 많은 상념과 소망을 관리하려는.
나는 밤에 모든 사물 속에서 쉬고 싶다,
내가 낮에 행동하며 다른 사물들을 통과하여 갔다면.
모든 사물들 곁에서 한번 자고 싶다,
그의 온기로 피곤해지고 싶다,
그의 숨결 위에서 오락가락 꿈꾸고 싶다,

그의 해방된 벌거벗은 사랑하는 이웃을 나의 모든
사지에서 느끼고 싶고 그의 잠의 향기를 맡으며
강렬해지고 싶다, 그런 다음 아침 일찍 가고 싶다,
그것이 깨어나기 전에,
작별하기 전에, 계속 가고 싶다, 계속 가고 싶다…….

이미 오래 전 마지막 소리가 말라죽은 이래,
정적만이 남았다, 깊은 그리고 넓은
별들은 유일한 어두움을 위한
수많은 소리일 뿐이다.

〈하인리히 포겔러를 위하여〉
《네게》: 그의 책을 위하여

나의 손이 앞으로 갔다.
그러면 나의 시선이 책을 넘기는
손을 쫓아갔다.
손은 벌써 멈췄다.
두 눈은 오월의 두려움 속
모든 경구의 위대한 영역 속으로
들어갔다.

그것이 책 속에서 다시
멈췄을 때, 그것들을 향해 간 후에
나의 느낌은 경이롭게도
혼자서 길을 생겨나게 했다.
나의 느낌은 꽃 없는 길을 지나 한가운데로 갔다.
그리고 작게 되었고 크게 되었다,
운율 속의 공간에 따라서
나의 느낌은 조용히 고향을 동경했다,
죽음이 배에서 노래불렀을 때,
나의 느낌은 버드나무 곁에서 불안해졌다,
걸려 있는 버들가지로부터
삶이 소리 없이 흘러내린다.
삶은 빨간 지붕이 있는 집을 향하여
조용히 손을 따라갔다,
그 안에서 삶이 수천 배로 펼쳐지며
새로이 시작한다…….

고아의 노래

누가 내게 충고를 하지 : 소리 앞에서 내가 어디로
도망가야 할 것인가를? 도대체 도처에 이러한 말들이 존재하는가?
눈 뜨고 하루 일과를 마치고
밤이 지난 후 피곤에 지쳐서

웃고 울고 난 후에
(웃음과 울음은 내게 먼 것처럼 보인다),
증오와 놀라움 뒤
회귀의 길에서
낯선 후렴이 온다, 그것은
나의 삶을 텅 비게 한다.

아버지, 당신은 말씀하십니다, 너 자신을 칭찬하라고 :
나는 여인들에게서 도망칠 때까지 그 여인들을 사랑했어요
모든 여인들이 내게 모든 것을 주었기 때문이지요,
또는 나의 어머니는 그녀의 초라한
무덤 어딘가에서 노래하고 계실 거예요.

―――――

후렴이 있는 노래는 내게 의미가 있다.
진실한 날들이 지난 후 나는 나의 행위에 관해
침묵의 무기력함을 느낀다.
왜 휴식이
나를 기쁘게 하지 않는가
왜 잠자고 싶은 오늘이
마치 깨어 있는 오늘처럼 멈추려고 하지 않을까?
왜냐하면 모든 것이 내 안에서 *형상을 위하여 떨고 있기* 때문이다.
왜냐하면 죽음이 아마도 나의 이름을

다른 사람들의 이름과 함께 배우기 때문이다.
죽음은 그 이름들을 다음 출발을 위하여 기억해야 한다.

오 밤들이여, 밤들이여, 밤들이여
나는 글 쓰고 싶다
난 언제나 언제나 종이 위에 머물고 싶다.
나의 지친 손에서 나온 것이 아닌
희미한 글자들로 종이를 채우고 싶다.
그것들은 발설한다, 내 스스로가 손이라고,
나와 함께 멋진 사물을 만드는 한 사람의 손이라고.
이렇게 내가 봉사할 때 나를 필요로 하는
힘이 어두운 곳으로 들어가며 구축된다.
그리고 언어들, 그것의 마지막 음절을 나는 나의 삶으로
수수께끼처럼 덮어 숨긴다.
그리고 침묵은 이렇게 철저한 정적으로
나를 깊이 가라앉힐 권리를 내게 준다.
나는 파도 밑에서 나를 펼친다.
아무도 내가 움직이는 것을 보지 않는다.
고요한 연못 속에서조차
어떠한 결투도 *나의* 움직임에 의하여 일어나지 않을 것이다.
이렇게 나는 어두운 심연의 왕국
깊은 곳에 있다.

———

나는 어디에 있는가, 어디에? 아마도 방 안에, /
노란 빛의 희미한 등불이 살피면서 / 나의
얼굴로 뻗는다 : / 그것은 언제나 당신인가, 언제나?
그것은 내가 아니다.

나는 황야를 배회한다. / 온갖 폭풍이
내 주위에서 휘몰아치기 시작할 것이다. / 나는 어린아이 적
옷을 입고 있다고 느낀다 / 그리고 어린아이가 될 것이다,
바람이 세차진다. / 그가 비로소 어른이 된다면, / 별들이 떨면서 /
조용히 하늘에 매달려 있도록, / 나는 어두움을
통하여 / 내가 걷고 있는 황야의 목적지를
볼 것이다, / 여전히 그 길은 멀다.

나는 어디에 있는가, 어디에? 아마도 이름 속에? /
이름은 마치 오래된 액자처럼 나를 휘감으며 누른다, /
액자가 사진을 여전히
보존하고 있는지 남몰래 불안해진다. /

액자는 그림을 보존한다, 그러나 그림이 묘사한 액자는 / 아주
특정한 짧은 시간에, / 달라졌다,
그의 얼굴은 거칠어졌다. /그의 손은 밤에 깨어 있다. /
밤은 월계수 덮인 벽에서 나오듯 올라올 것이다 /
밤은 끝없이 커져간다. —그 다음 비로소 /
그는 그의 뜨거운 손 안에서 흙을 느낀다, /

그의 완성을 볼 수 없다.

나는 어디에 있는가, 어디에? 아마 몸 속에. /
나의 사지는 여인에 대하여 안다. / 여인에게서 사지가
배태되었다, 덤불이 내게 묻는다, / 다시 땅을 의미하면서,
너 역시 그것을 아느냐? /

그러나 난 그것을 알지 *못한다*. 나는 단지 믿을 뿐이다, / 내가
시작되기 전, 나는 오래 전부터 존재했다는 것을. / 나는 금이다,
서두르는 시간들은 / 나를 함으로부터 강탈했다 /
그 안에서 나는 태양을 생각했다. /
그것들은 그들의 노획물을 묻는다, 그것들이 다시 /
그들의 죽은 손에서 굴러나올 때까지. / 시간들이
지쳐 아래로 떨어진다. / 시간들은 나를 가게 한다, 나는 금이다. /

나는 언젠가 반드시 유능해지고 싶다.
그리고 진정한 일을 하고 싶다!
일을 한 후 쉬기 위해서가 아니다,
아니다.
행복한 느낌으로 당신에게 말하기 위하여
지금 나의 일을 시작하게 하라,
인간이 *해야만* 하는 일이 지금 행해졌다,
이제 앞으로 오는 것은, 덤이다.

사람들과 더불어 나는 자유롭게 일을 했었다.
이제 나는 나의 힘과 함께 홀로 있다.
나는 그 힘을 언젠가 밤에 보았었다.
(내가 그 힘을 위하여 깨어났던 것처럼),
내 눈은 그 힘을 잘 감당했다
그 힘은 단호했고 표정과 몸체로 보면
소녀 같았다.
　　　젊은 사람들이 내게 묻고자 한다면,
나는 그들에게 말해줄 것이다 :

너희들이 많은 동반자를 원할 때마다,
너희들은 그들의 날들에 희생될 것이다.
너희들은 단지 조용한 밤만을 가질 것이며
그리고 낯선 발걸음을 받아들이지 않는다.
너희들은 골똘히 생각한다 : 많은 사람들은 홀로 기도한다,
많은 사람들은 죽음을 받아들인다,
많은 사람들은 깨어나 창조한다.
모든 일들이 낮에 일어나는 일들과 다르다,
매시간 종을 칠 때마다
순수하게 돌아다니는 힘.
너희들은 이 성스러운 시간에
귀기울이며 무리짓지 않는다,
밤마다 소리치는 모든 아이들은
죽은 어머니를 깨운다.

죽은 어머니가 와서 본다,
더 이상 무릎꿇지 않는 그의 아이를.
그리고 그녀는 알게 된다, 고통에 눈이 멀게 되어,
더 이상 자신을 고요하게 하는
그 축복으로 되돌아가지 못한다는 것을.
밤은 무리들을 위하여 만들어지지 않았다,
밤은 이웃으로부터 너를 단절시킨다.
너는 그럼에도 불구하고 이웃을 찾아서는 안 된다.
네가 밤에 사람의 얼굴을 보기 위하여
방을 환하게 하고자 할 때,
넌 숙고해야 한다 : *누구의 얼굴을 보기 위함인지.*
사람들은 그들의 얼굴로부터 방울방울 떨어지는
빛에 의하여 무섭게 찌그러졌다.
그리고 그들은 밤에 함께 모였다,
이렇게 너는 흔들거리며 움직이는 세계를 본다,
서로서로 겹쳐서.
그들 이마 위에 비친 노란 불빛이
온갖 생각을 억압했다,
포도주가 그들의 시선을 이글거리게 한다,
그들의 손 안에 서로 대화를 나누는
무거운 몸짓이 걸려 있다,
그때 그들은 말한다 : 내가 그리고 내가,
그리고 그들은 어떤 분을 언급한다.
어떻게 당신은 갑자기

순식간에 사람을 기쁘게 하고 또는
눈물을 흘리도록 하는 그분을,
이 같은 밤으로 이끌려고 하느냐
그 밤에 너무나 많은 사악한 비웃음이 붙어 있다
너무나 심한 옷의 악취가,
불평꾼과 시기꾼의 목소리들이
그리고 혐오와 모순이
너는 이분과 어디로 가기를 원하느냐,
네가 어떠한 밤도 더 이상 가지지 않는다면?
그분은 너의 첫번째 손님이다,
첫번째이다, 그분은 웃지 않고 그리고 등불을 켜지 않고
너와 함께 같이 있고 싶어
너를 진정으로 두드린다.
그러나 이미 욕망이 거기에 살고 있다
욕망은 이미 당신의 밤에 활동할 준비를 한다,
옷 입지 않은 그분이 네게 여전히 다시 한번 물어보는
너의 고독은 그 어느 곳에도 없다.
그렇다면 그분이 골똘히 생각하고 다음과 같이 말한다면 :
너를 조금 전에 떠나갔던 그 기도를,
네가 마지막으로 바친 후에
이미 누군가가 너의 밤에 들어왔었다,
넌 내게 말할 수 있는가, 그가 누구인가를?
그럴 때 너는 비로소 느낄 것이다 :
네가 천국 안으로 들어온다는 것을,

누구도 너를 그곳에서 추방하지 않았기 때문에,
넌 곤경을 안으로 이끌어들였다,
네가 곤경의 꽃 중 하나를
인식하고 만지기 전에.
순결한 삶이 너에게 다가가도록 하는
성스러운 자비가 지금 너를 어떻게 도와줄까?
너는 그분의 선물을 어디에서도 지킬 수 없다 :
너는 그분의 밤을 배신한다.
너는 정적을 위한 어떠한 공간도 가지고 있지 않다,
어떠한 싹도 품을 수 없는 자궁을 갖고 있을 뿐이다,
너의 의지 역시
고향을 상실한다.
넌 그분에게 말해야 한다 : 용서하세요,
내 삶은 본래 이미 끝났습니다,
아무것도 더 이상 내게 일어날 수 없습니다.
왜냐하면 나의 밤은 더 이상 나의 밤이 아니기 때문입니다,
나는 낯선 사람들을 안으로 불러들였다,
그들이 소리지르는 것을,
나는 이해할 수 없다…….

너는 느낌을 표현하기 위한 한 형상을 발견해야만 한다,
네가 많은 낯선 자들에게 선사하기 원하는 느낌의 형상을,
왜냐하면 넌 사람들이 건네는 것을 꽉 잡아야 하기 때문이다;

형상과 비교할 수 있는 것은, 어린아이의 언어 또는
여름 보리수나무 속에 틀림없이 있을 것이다.

너는 *말해서는* 안 된다, 네가 비밀스럽게 *가지고* 있는 것을.
너의 삶이 너의 입술로 흘러들어가서는 안 된다.
너는 나뭇가지처럼 오로지 꽃만을 담아야 한다.
그러면 모든 바람들이 너를 알릴 것이다…….

이렇게 지혜로움을 허용하는 우리는 도대체 누구냐
우리의 영혼의 노래는 어디에서 오는가?
우리의 손은 구상(構想)들로 변한다.
마치 날씬하게 서 있는 주랑(柱廊)을 따라가듯.

어마어마한 것들과 사소한 것들에 의해
조바심에 가득 차 몰려들었던
우리의 생각들은 모든 사물 앞에서 눈멀게 될 것이다.
왜냐하면 어떠한 *사물*도 자기 얼굴을 덮어서 가리지 않는 것은 없
기 때문이다,
마치 자기의 아름다움이 죄인 양.

사물은 누군가가 사물의 손에 놓았던 것을
기꺼이 붙잡아야 한다;
그때 나의 조부가 움직이게 했던 유리잔이 말한다,

책이 몰래 품고 있었던 것을 내게 발설한다.
그리고 과거 여인들의 형상들 주위에서
바스락거리며 흥분했던 공단(貢緞)이 여전히 다시
낡은 옷주름 속으로 떨어진다.

우리 속에서 잠자고 있는 것이 사물 속에서는 깨어 있다.
검은 눈이 사물에서 나와 우리를 따라온다.
눈은 우리들의 동작을 계속 동반한다 :
첫번째 동작들이 지속된다, 우리는 두 번째 동작들이다…….

내가 하나의 시라도 성공적으로 쓰게 된다면
내가 갖고 있는 경계가 없어질 것이다, 마치 바람 속에서처럼
나를 발견하지 않는 어떠한 사물도 없을 것이다.
나의 목소리는 홀로 노래부르지 않는다 : 소리가 울린다.
사물들은 점점 더 밝고 청아한 소리가 나게 될 것이다
마치 그것들이 숨쉬면서 공기 안에서 서로 닿는 것처럼.
마치 그것들은 비단실을 가지고 놀고 있는
아이들의 손가락 안으로 떨어지는 종과 같다.
어린아이들은 놀라서 손 안에서 느껴지는
모든 끈들을 동시에 끌어당긴다,
그리하여 소리들이 아주 천천히 열리는
성문 앞에서 이미 몰려들기 시작한다.

한 소년의 고백으로부터

……부성애(父性愛)와 같은 신비한 그 무엇이 있다.
고요한 밤들에.
마치 별들이 숨쉬는 것처럼
나의 영혼은 작아졌다가 다시 또렷해진다.
단지 살아 있기에 나는 여기 있다.
나 외에 두 번째 사람만이 있을 뿐이다.
불안하다 왜냐하면 그가 내게서 떨어져 있는 것보다
내가 그자에게서 멀리 떨어져 있기 때문이다.

내 뒤에 어두운 합창소리가 들린다
숲들이 그리고 바다들이 움직인다.
그것은 내게서 모든 무거운 것들을 가져간다
그리하여 이런 사건 뒤에서 자주 내 숨소리보다
더 커다란 소리가 나오는 것을 듣는다.

그리하여 난 신뢰에 가득 차 알게 된다.
손들이 새로운 형상들을 접합할 때
손들은 내게 거짓말하지 않는다는 것을
이렇게 호흡하도록 깊은 가슴을
만들어주기 위하여
손들은 모든 짐을 참으며 견딜 것이라는 것을.

……연주를 위하여 폭풍 속에 넘어진
손상되지 않은 나무로
칠현금이 만들어졌다.
낮의 자부심에 가득 찬
나무의 의미는 시간에서 벗어났다.
단지 몇 명만이 알 뿐이었다, 어두움이
나무에 핀 꽃의 무거운 장신구를
녹여 향기로 흘러가게 했다는 것을…….

그러나 거울같이 매끄러운 나무결은
흥분하지 않았다
마치 저녁바람에 흔들린 것처럼
곱고 맑았다…….

당신은 나를 마치 소리처럼 만들었다.
소리는 손과 같다고 한다.
당신은 나의 밤의 심연을
현으로 펼쳤다.
현을 켤 때 다른 손들 위로 가볍게
현기증이 엄습했다;
이렇게 그것은 도달하지 않고 언제나 머물러 있었다,
반짝거리는 많은 별들로부터,
내가 칠현금을 연주하는 강가의
저편은 어둡다.

당신이 소리와 형상으로
내게 이르기 전 오래 전부터 당신은
나를 향해 다가왔다. 숲이 내게 보이기 전
이미 당신은 거기 있었다.

내가 조용히 고뇌할 때마다
정적 속에서 내게 울렸던 것은
나의 피가 아니고 당신의 발걸음이었다
그리고 이미 발걸음으로 당신은 있었다.

나는 기다려야 했다.
나의 옷은 무거웠다.
온 세상은 단지 다가올 뿐이었다.
모든 것을 지나서 당신은 이리로 왔다.

얼마나 나의 감각이 당신을 갈망하는지!
깨어서 그리고 육체로부터 멀리 떨어져
마치 당신과의 밤을 갈망하는 신부(新婦)들이
발코니에서 몸을 숙이듯이……

시의 연들

거센 바람으로부터 네게 떨어지는

그런 소리의 유혹에 넘어가지 마라.
영원을 지닌 손이 너의 현을
켜게 될 것이라는 것을 조심스레 기다려라.

실현되려는 것들이 시간으로부터 추방당했다.
왜냐하면 시간은 몰락이기 때문이다.
너는 단지 거대함 속에서 자라날 수 있으며
단지 모든 것 속에서만 혼자일 수 있다.

베토벤의 〈미사 솔렘니스〉에 따라

천국의 문을 통과하려는
밀물과 같은 환호성으로부터
고음의 목소리들이 터져나오고, 계속 이어진다.
그리고 갑자기 이러한 우렛소리는 잠잠해진다.
천사들의 밝은 얼굴로부터
소리들이 죽음으로 유유히 떨어진다.
다른 환호성들은 그리 격렬하거나 흥분되지 않게
하프 연주로 이어진다.
가사(歌詞)에 부드러운 은빛이 다가와 드리운다.
마치 어두운 계곡들에 드리우듯.
그리고 그들 모두 아주 작고 가는 것처럼 보인다.
마치 온화한 얼굴을 지닌 소녀들처럼.

그러나 이들 소녀들은 모든 것을 느끼고 있다.
어떻게 사랑이 그들과 하나되어 은빛을 내는가를.
그리고 간주곡일 때 부드러워지고
속이 후련해진 목소리를 그들은 서로 주고받는다.
그리고 이전에 혼란스러웠던 것이
가사(歌詞) 속에서 무안한 기쁨과 뒤섞이어
이제는 조용하고 아름다우며 조심스레
수많은 박수로 휘황찬란함을 발한다.

만남

"이 무슨 우연인가. 나는 참으로 기쁘다,
자네를 다시 만나게 되어 말이야."
"만난 것이 말인가?"
                        "그래, 맞아.
사람들이 자네를 찾았다네" — "누구를 말인가?"

"자, 그러면 이제, 자네가 무엇을 하고 있는가를 내게 이야기해보게.
여행을 했었나? 또는 소설 한 편 썼었나?
자네가 멍하니 있다고 사람들은 거의 믿고 있네.
그리고 자네가 얼마나 변했는지,
우리가 지난 번 서로 본 이후에 말이야.

자네 아직도기억하는가, 극장에서의 일 말이야?" — "아니."
"나는 아직 정확하게 기억하고 있다네.
자넨 루빈슈타인에 관하여 얘기했었지
나와 나의 아내와 함께 말이야.
그녀가 자네를 보면 매우 기뻐할걸세,
자네 오늘 차 마시러 오지 않겠나?"
"그러면 자네들에게는 아무 일도 일어나지 않았단 말이지?"
"일은 무슨 일.
자네는 뛰어난 예언자이며,
누군가를 참으로 불안하게 한다네.
고맙게도 우리들 주위의
모든 것이 옛 길로 가고 있으니…….
우리는 건강하지 ─ 그러나 어디로 간단 말인가?……
내가 자네와 함께 가도 되겠는가?" — "아니, 안 되네."
"그것이 도대체 무슨 의미가 있겠는가?
유희나 즐기세……."
"자네 무슨 일을 하는가?" — "허허, 나도 자네와 같은
작가일세."

        "나는 방랑자라네."
"그러면 자네는 무엇이라 자칭하는가?"
        "그것은 옛날이었지."
"자네는 도대체 누구인가?"
        "다른 사람이라네,
자네가 의미하는 사람들과는 다른 사람이지."

저녁은 따스하고 매혹적이며,
이들의 부드러운 존재가
모든 사물을 훌륭하게 만들어놓는다.
저마다 머리를 숙이고 귀를 기울이며,
그리고 조용한 사물에서는
피 같은 침묵이 소리를 낸다.
이러한 조용한 시간 속에서
시간은 힘을 잃고 피곤하게 된다.
사물이 움직인다, 해방된 듯,
그리고 현혹되지 않은 채
영원을 향하여 방랑의 길을 간다.

네가 이 모든 골목길에서 바라보고 있는 관습들과
아직도 네가 쌓아가고 있으나
너를 꽁꽁 묶고 있는 호의에게서
너는 멀어져야 한다.
네가 믿고 있는 모든 허위들에 깊숙이 빠져
더 이상 감당할 수 없게 될 때 비로소, 너는
네 자신 스스로의 처음에 있게 되며 네가 그 위를 조용히 걷고 있는
바닷가에 서 있게 된다, 네가 사람들로부터
영원히 너를 이별하게 만드는 경이로움을
행하고 있다는 것을 알지 못한 채.

당신이 조용히 살고 있어서 삶이
자주 사물에게 질문을 던진다.
당신의 어린 시절에 당신 곁을 떠났었던
그런 갑작스런 날들로부터 그들이 당신을 알고 있는지를.

오랫동안 그들의 얼굴을 보기 위하여,
그런 다음 당신이 무겁지 않은 발걸음으로
그들로부터 멀리, 멀리 멀어지기 위하여,
당신이 그들을 어떻게 파악했었는가를
그들이 아직도 알고 있는지.

너의 침묵이 지닌 진지함으로 유약하게 되어
네가 귀향자로서 황야에서 온다면,
아마도 너는 너를 알게 될 것이며
그리고 느낄 것이다 : 나는 인간의 선생이라고.

그러나 강의하는 선생님으로서 인간들에게
가는 것만큼이나 그렇게 타락한 것은 아무것도 없다.
너는 얼굴들의 가장자리에 서 있을 것이고
그리고 그들의 어두운 증오를 예시할 것이며,

그리고 너를 위하여 그 증오를 늘어놓을 것이다.
그러나 넌 거짓말할 것이다 : 그들이 *너를* 증오한다고.

그리고 그 거짓말이 너에게 살그머니 다가갔을 때부터,
더 이상 아무런 노련함도 네게는 없으며
다른 사람들과 마찬가지로 너의 집이 있다.

진정 인간을 지배하고자 하는 자는
그들로부터 조용히 멀리 가게 될 것이며,
그리고 자기의 쾌활함을 말하지 않을 것이다.
왜냐하면 아무도 자기의 시간에 대해 모르기
때문이다. 시간의 운명, 시간의 고통은
모든 현자들에게 불가사이한 것이다.
그가 경험했던 것은
이별을 조용히 받아들이면서
시간들이 사람들에게 다가가는 그런 힘뿐이다.
그리고 그는 이런 지식들을 심히 부끄러워하면서
다른 사람들을 이해해서는 안 된다.
이것이 바로 승리에 관하여 어째서 여전히
아무런 기별도 없었는지에 대한 이유이다.
가르침을 주는 그 누구도 아직도 침묵하지 않았으며,
동요하는 것과 창피함으로 인해
어떠한 현명함도 이루지 못했다.
그래서 우리는 문을 조용히 나서는,
환상에 잠긴 바이올린 연주자들이 되었다,
그들은 기도하기 전에
이웃이 그들을 엿듣고 있지 않은지를 살펴보기 위해서였다.

모든 사람들이 흩어졌을 때 처음으로
마지막 저녁 종소리 뒤에서 노래를 연주하는
연주자들이며, 노래 뒤에서는
샘 뒤에 있는 바람부는 숲처럼,
어두운 바이올린 케이스가 소리를 낸다.
왜냐하면 목소리만이 좋기 때문이다.
침묵이 노래를 동반할 때,
현들의 대화 뒤에
피가 내는 것처럼 소음들이 남게 될 때에
그리고 시간은 견딜 수 없게 된다,
뽐내는 가면을 쓰고 지나가는
그들의 자만심 뒤로
휴식을 취하고 있는 무엇인가,
존재하고 있지 않을 때에도 그러하다.

인내, 시계바늘은 조용히 원을 그리고 있으며,
약속되었던 것이 이루어지게 될 것이다.
우리는 침묵하는 자 앞에서 속삭이는 사람들이며,
우리는 숲 앞에 있는 초원들이다.
초원에는 단지 어두운 윙윙거림만이 존재한다.
많은 목소리가 있지만 합창은 아니다.
이것들은 무언의 성스러운 깊은
숲들을 준비한다……

네가 한번은 가르쳐야만 한다면,
왜냐하면 네가 기다리고 있는 한 아이가 있기 때문에,
또는 저녁에 손님 한 분이
그을은 얼굴로
너의 등잔 주위로 들어서기 때문에,
또는 네게 발걸음이 떨어지지 않아,
날이 밝을 때까지 네 자신이
낯선 사람 집에서 머물러야 하기 때문에,
또는 예전의 친구가
맹목적으로 두텁게 쌓았던 우정을 불안해하며
네가 그에게 편지를 써야한다고
요구하기 때문에 ―
그렇다면
'가르친다'는 것이 무엇을 의미하는지
스스로 심사숙고하여 말하여라 :
네가 진정으로 알고 있는 단어들로
말하는 것이다 : 나라고.
그렇다면
가르친다는 것은 더 이상을 의미하지 않는다 : 모든 사람에게
시간들의 우연에 관하여 말하는 것이다.
어떻게 그리고 무엇 때문에 그 우연이 일어나는지를.
가르친다는 것은 의미한다 :

제각기 침묵하면서 비슷하게 본
사람에게 질문하는 것이다.

* * *

동경들이 어떤 잃어버렸던 목표 때문에
눈물을 흘린다면, 동경들은 방황할 것이다.
왜냐하면 동경들은 항상 동화를 의미하기 때문이다.
그리고 어떤 진주도 생성되지 않았던
순수한 돌로 된 왕관을 의미하기 때문이다.

동경들은 갈증을 가라앉히려고 하지 않는다.
나쁜 잔으로 한 모금을 마시고
동경들은 네 사물들의 그림이 되고자 하며
네 소망들의 대칭이 되고자 한다.

어두운 너도밤나무들은 대화를 하며 놀고 있었고
그 사이 우리에게는 그들의 오래되고
장중한 침묵이 지속되고 있었다.
깊은 주름이 서로 엮어져 있는, 운명과 비슷한
별들과 형상들을 말없이 단절하는 듯한 외투처럼.

네가 아직도 느낄수 있을까?

익숙하지 않은 우리의 팔들을 내저었을 때
온화하고 빌로드처럼 부드러웠던 이 짐으로부터
우리가 얼마나 불안해했는지를.
왜냐하면 우리 둘은 위험을 알고 있었기 때문이지.
우리의 손이 조금이라도 밑으로 떨어졌다면
우리는 우리 길을 가로막는 덩굴로
깊은 모서리들을 괴롭혔을 텐데.
그러나 나는 알고 있지. 우리의 어떤 손도 떨어지지 않았고
해가 저문 직후
숲들이 그들의 옷을 돌려달라고 요구했을 때
우리는 숨죽여 고마워했다는 것을.

넘실거리는 목초지로 함께 오너라.
지금 당신은 가장 빈약한 들판을 느끼게 된다.
밝은 초록의 세상 위에
조용하고 푸르른 세상이 고개를 숙인다.

더욱이 골목길들은 시골처럼 되고
젊은 시절로 확장되고 있다.
경이로움— 침묵하고 있는 자들에게는 이해된다.
그렇지만 모든 언어에게는 너무 멋지다.

그러나 모든 것은 언제나 그렇듯이 보인다.

이러한 깜빡거리는 빛은 실제적인 것이며
저기의 옛 불안은 상징이다.
마치 이러한 불빛이 결코 사라지지 않을 것처럼
그렇게 단순하고, 경건하며 자연스럽게
봄은 우리를 즐겁게 해줄 것이다.

노래

창문들 앞의 정원은
끝없는 초원 속에 있는
그림일 뿐이다.
그 안에서 우리 둘은 꽃을 피운다.

겨울로 덮여 있던 초원의 감각들에게
은총을 내리는 것이 있으니,
그것은 우리 시대에도 역시
볕을 쬐고 심사숙고하며 비를 뿌린다.

정원은 습관을 지니고 있다.
나와 당신과 같은.
솟아오르는 두 개의 덤불이
서로서로 꽃을 피운다.

저녁노을의 호수가 숲의 어둠 속에
둘러싸인 채 얼마나 무겁게 침묵하고 있는가.
마치 높은 곳에서 얼굴 하나가
그 호수 위로 몸을 굽히듯이.

진지하고 경외심에 차서 그는 그에게
영원히 생각하면서 깨어 있는 이마를 가리킨다.
이마는 케루빔 천사의 목소리를
어지럽게 만든다…….

그라치에 여신

그녀는 짙은 푸른색 바닥에 서 있다.
더 높은 곳에 있는 먼 곳에서부터
수많은 개울들이 그곳으로 흘러들어온다.
회색빛 물고기가 바다를 가로질러 그녀를 나른다,
그의 지느러미 위로 흐르는
그녀의 미세한 체중에 행복해하면서.

그의 아가미에서는 흥분되어
숨을 몰아 내쉬는 소리가 난다— 솟아오르는 거품.
그러나 파도 속에서 움직이는
영원히 고른 그의 감정이

그녀의 아름다움 안으로 냉정하게 고조되고 있다.

……나는 모든 다른 사람들로부터 떨어져 가고자 한다.
나는 돌을 쌓듯이 나의 삶을 짓고자 한다.
영주의 궁전 벽의 잔해로부터 나온 돌이 아니라
물 속에서 떠다니는 마름돌로,
초원에 있는 산에서 얻은 돌로…….

……말들이 수많은 붉은 문들 아래에서처럼
붉은 멍에를 짊어지고 이쪽으로 오고 있다.
저녁노을은 말을 건네는 종들에 의해 불타고 있다.
모든 오두막들이 마치 바다처럼 서 있다…….

〈파로디〉

안녕하십니까! 저는 언덕에서 왔습니다.
주인장, 여기 술 한잔 가득 채워주십시오!
목이 말라죽겠으니…….
그에게는 작은 딸이 하나 있다.
그는 내게 그의 햇살을 가리킨다.
내가 다시 방랑의 길을 떠나기 전에…….

신부(新婦)

〈하인리히 포겔러를 위하여〉

나는 이 집에서 그녀를 느꼈습니다.
오랫동안 홀로 괴로워했던 금발 신부를.
그녀는 항상 노래합니다,
그녀는 소리를 내며 걷습니다.

내가 매일 봉사해야 했던 사물들은,
내가 그들에게 다가갔을 때마다 실망했답니다.
사물들은 무의식적인 것을 동경했습니다.
그것들의 소박함에 많이 도움이 되었던 무의식적인 것을.

그 집에 있는 그 어떠한 것도
그녀를 큰소리로 배반하지 않았습니다.
그렇지만 모든 것이 *나에게* 해당되지 않는다고 말했습니다, ─
나는 저녁마다 거실을 지나갔습니다.
모든 거울이 나에게 그녀의 은은한 그림을 요청했습니다.

빨간색 장미들은 결코 붉지 않았습니다.
비가 내렸던 그날 저녁만큼이나 그렇게.
나는 그대의 부드러운 머리카락을 오랫동안 생각했었습니다……
붉은 장미들은 결코 그렇게 붉지 않았습니다.

덤불들은 결코 초록색으로 어두워지지 않았습니다.
장마 때의 그날 저녁만큼이나 그렇게.
나는 그대의 은은한 옷자락을 오랫동안 생각했습니다…….
덤불들은 초록색으로 그렇게 어두워지지 않았습니다.

자작나무 가지들은 결코 하얗게 서 있지 않았습니다.
비가 내렸던 그날 저녁만큼이나 그렇게.
나는 아름답고 가냘픈 그대의 손을 보았습니다…….
자작나무 가지들은 결코 그렇게 하얗게 서 있지 않았습니다.

물은 새까만 대지를 반사시켰습니다.
내가 비 내리는 것을 발견했던 그날 저녁,
그렇게 나는 그대의 눈 속에서 나를 알게 되었습니다…….
물은 새까만 대지를 반사시켰습니다.

죽음에 관하여
보르프스베데 스케치들

I
내가 어디로 가는지 …… 나는 하나만 묻고 싶다,
왜 내가 집을 떠났는지, 거기에는
낡은 시계가 내게 시간을 말해주는데,
내가 고맙게 여기는 목소리로.

오늘 내가 가고 있는 곳은 너무 적막하다.
그 작은 길은 비처럼 나를 말없이 참고 있다.
바람은 다른 가로수 길로 지나가며, 그곳에서
나뭇가지들은 생기를 잃은 채 흔들리고 있다.

검은 늪지대를 가로질러 질퍽한 길들이 많아지고,
땅은 불안하게 이리저리 흔들리고 있다.
그리고 버드나무 가지 하나가 손을 내밀면
나는 하나의 사물이 되고 마음을 가다듬어야만 한다…….

II
…… 그는 내 앞에 가고 있다. 나는 그를 항상 볼 수 있으나,
그를 앞지르는 것은 무섭다.
그의 발걸음에 두꺼운 널빤지가 휘어지고,
그리고 그의 양 어깨는 모든 가로수 길들을 가로막고 있다.

그는 그 길을 알고 있다. 마치 그 땅이 그의 것인 양
긴 손들을 가진 십자로 말뚝들이
방향을 돌려 그의 뒤편에서 그를
가리키는 것처럼 보인다…….

III
어두운 현관에는 자주 알려지지 않은 것이 있다.
 거기에 얼마나 많은 사람들이 있을까?

거기에 있는 한 사람이 얼굴을 든다.
　어느 누구도 그를 보지 못했던 사람이다.

그러나 또다른 한 사람이 머리를 숙인다,
　　늘 말을 했었던 사람이다,
그리고 계속, 세상 안에서, 믿게 된다.
　그 누구도 밝히려 하지 않는다.

　Ⅳ
물레방아가 돌아간다. 그리고 물레방아 살이
움직이고 있다. 물레방아가 밤마다 요청했었던 거센 바람 속에서.
검은 물레방아 축의 그림자가 뛰어나간다.
빠른 회전으로 인하여 탁 트인 초원으로.

그림자들이 사물들을 낚아채어 달아나는 듯하다,
그 누구도 이것을 막지 않는다,
모든 대지를 등진 채 오두막으로 들어서는
한 사람 앞에서……

　Ⅴ
저녁 내내 물줄기가 흐른다.
대지는 평평하게 누워 있다. 그러나 그 가장자리에는
항상 무언가가 일어서고,
단조롭고 조용해지며 공간 속으로 일치가 된다.

집, 나무가…….

그리고 가장자리에는 여전히 활동하는 사람이 하나 있다.
홀로 습지 한가운데 있는 한 남자,
그의 양팔에, 검은 가지들에서처럼,
이리저리 움직이는 힘이 걸려 있다.

사람들은 말할 수 없다 : 그가 땅을 파고 있을까?
왜냐하면 그의 양손이 낯선 곳으로 뻗어 있기 때문이다.
마치 그가 아무런 저항 없이 바람 속에 서 있듯이,
사물을 통과하지 않는 그런 바람…….

우중충한 낮에 낯선 섬광이 날아오고,
조용히 있는 사물에 빛의 무도(舞蹈)가 일어난다,
힘없는 모든 것은 얼굴을 갖고 있으며,
그리고 쳐다본다.

모든 것이 숨을 멈춘 채 하늘을 올려다보고,
하늘은 모든 사물의 눈에 비를 내린다.
그래서 그들은 눈물을 지닌 것처럼 힘들게 다니고 있고,
수많은 사람들이 그들에 대해 눈물을 흘린다.

이것은 나에게 일종의 죽음과 같이 길게 보였다.
더 이상 청년이 아닌 존재의 얼굴.

부드럽고 좁은 빰을 남자들의 얼굴이
강력하게 누른다, 수염 달린 단단하며 붉은 얼굴들이.

어떻게 그들이 더 이상 청년이 아닌 존재로 있을까?
갑자기 무리 중 한 사람이 된다.
더 이상 젊지도 않고 더 이상 뛰어나지도 않다.
그렇지만 그는 혼자이다.

사람들이 더 이상 형제처럼 다정하게 나무들 옆에 서 있지 않고,
창문에 기대어서 더 이상 날씬하게 보이지 않으며,
무엇인가 정당한 것들과 함께 그 남자들은
조용한 정원의 벤치로 달려가니,
그 벤치 위에서 그들은 청년을 기꺼이 잊어버렸다.

그들에게 아주 낯선 자였던 그런 청년을
그들은 일상적인 척도로 측정한다.
오랫동안 바람에 흩날렸던 머리 위에
어울리지 않는 모자를 씌운다.
그는 백 개의 그림과 기도문을 갖고 있다.
그것은 갑자기 생기를 잃어버리고 기능이 상실된 것들이다.
그는 바람 속에서
더 이상 몸을 굽히지 않으며
누구에게도 보이지 않는다,
모든 바이올린이

그의 누이들이라는 것을.

그가 어둠 속에서

있어야만 하는 것 :

무의식은

더 이상 존재하지 않을 것이다.

저녁은 더 이상

홀로가 아니라,

뜻을 같이하는 자들 속에서

그를 발견하게 될 것이다.

그러나 많은 모든 사람들 중에서 : 누가

그와 동일한 생각을 갖고 있는가?

누가 신에게 몸을 굽힌 채 서 있는가?

누가 입을 다물고 있는가?

누가 모든 몸짓으로 바다를 가리키는가?

누가 소녀들에 관하여

또한 저녁시간들에 관하여 꿈을 꾸는가?

그리고 남자들의 식사로부터 도망쳤었던 그가

어디서 발견되는가?

무희들의 겉치장이

모든 이들에게는 많은 가치가 있다,

아는 것과 이기는 것,

모든 감각으로 파악하는 것을

그들은 열망했다.

무엇을 그는 그들에게서

꿈과 함께 빌려왔으며
부드러운 즐거움을
어떻게 그는 그들에게 이야기해야 하는가,
그는 수백 가지 기적 중
하나로부터 멀리 떨어져 있다.
어떻게 그는 그들과 함께 웃어야 하는가.
은밀한 단어에 관하여…….
그리고 유리잔들에 관하여
아침이 지나면서 그들과 함께 일어나야만 하는가.
매일, 수천 번,
그를 다르게 감동시키는 아침을.
그리고 그들이 반항적으로 몰아내듯이,
그는 그들에게 머물게 될 것이다.
한 청년이 남자들에게 이끌린다.
다른 이들이 유행하는 소재를 입고 가듯 그는
                              갈 것이며,
도시의 양복을 입고, 교양 있는 신발을 신고,
그러나 숲의 가벼운 묘목 속에서 그는
맨발로 예전의 길들을 걷게 될 것이다.

          ——

남자라는 것, 우리에게 어떻게 다가오는지
일상적인 생활을 하는 남자라는 것―

남자라는 것은 동경과 비단으로
위장된 것 :
무미건조한 국가이다.

많은 사람들을 쳐다보고 있는
그 누구의 마음에도 들지 않기 위해
모든 사람들이 비슷하게 되는 것,
그리고 신부(新婦)의 조용한 시선에서
우리가 괴로워하게 될
겸손함.

아니, 나를 조용히 있게 해주시오.
아마도 아직 나라는 존재 그대로,
나의 고독한 나날들이
나를 남자라는 존재와는 다르게 몰고 간다오.
아직도 나는 초년병이고
나의 팔뚝자락에서
나의 아직 피어나지 않은
부드러운 힘이 꿈틀거린다오.

내가 무엇이 될 것이며
내가 무엇이 되기를 약속했던가를
나는 모른다,
나는 오직 세상의

진지한 몸짓만을 모방한다오.
나는 폭풍과 정적을,
맑음과 희미함을 갖고 있다.
성장하면서 나의 의지가 생겨나며
그리고 젊은…….

*　*　*

나는 너에게 나의 노래에
사용하지 않은 여분으로 은총을 내린다.
나는 네가 잠자는 사이에 조용히 가라앉을 것이며
너의 눈꺼풀에 진심으로 입맞춤을 하리라…….

만남
〈초고〉

우리는 그러므로 그런 시간들로 나아가며
일년 내내 그런 시간으로 간다.
갑자기 귀기울이는 자가 보이고
모든 말이 의미를 지니게 된다.

그런 다음 우리가 기다리고 있는 침묵이 다가오면
마치 큰 별들로 넓게 퍼져 있는 밤처럼 온다.

두 사람은 같은 정원에 있는 것처럼 성장하며
이 정원은 시간 속에 존재하지 않게 된다.

두 사람이 이어서 곧 서로 갈라선다면
첫번째 단어에서 각자는 이미 서로 혼자가 된다.
그들은 웃을 것이며 그리고 서로를 거의 모르지만
그러나 그들 둘 모두가 더욱 크게 될 것이다…….

만남
〈*최종본*〉

우리는 그러므로 그런 시간들로 우리는 나아가며
일년 내내 그런 시간으로 간다.
갑자기 귀기울이는 자가 보이고
모든 말이 의미를 지니게 된다.

모든 몸짓이 갑자기 커지고
한번의 날갯짓과 같이 크게 되어
우리 서로는 날아오는 것처럼 보이며
우리들은 비상에 숨을 죽이게 된다.
큰 별들이 넓게 퍼져 있는 밤과 같이
우리가 기다리는 침묵이 다가온다면.
두 사람은 같은 정원에 있는 것처럼 성장하며

이 정원은 시간 속에 존재하지 않게 된다.

첫번째 단어가 두 사람을 다시 갈라놓게 할 것이며
각자는 전보다 더욱더 홀로 된다.
그들은 미소지을 것이며 서로를 거의 모르지만
그러나 그들 둘 모두가 더욱 크게 될 것이다.

⟨분리파 무대의 창립을 위하여⟩

처음처럼 아름다운 것이 무엇이 있으랴? 각각의 단계는
첫번째만큼이나 소중하리라.
그리고 배우에게서는 점점 아름답게
형상적인 몸짓이 우러나온다.

그는 이미 아이였을 때 집을 떠났다.
일찍이 그는 장난을 그만두었다.
그의 부모는 수없이 많은 충고를 했고,
그는 부모를 사장된 단어처럼 지워버렸다.
그리고 그는 방랑자가 되었다. 그의 의도는
그를 상당히 제멋대로 만들었던
바다에서처럼 한 인간에게 다가오는 고독으로부터
날마다 큰 울림으로 나아가는 것이었다.

한 소녀가 있으니, 창백하며 저녁시간 전에……
그리고 항상 그녀를 나는 마치 습득물처럼 느낀다.
단지 목과 머리카락의 고요한 선 그것 자체가
내게 말할 수 없이 아름다운 것은 아니다.
그것들이 등에 접해 있는 것까지도 아름답다.

그녀는 오랫동안 단지 틀 안에서만 살고있다.
그리고 아네모네꽃이나 고아들 앞에서
그녀가 저녁마다 한 말은
틀 자체이니…….

———

……반은 무의식적으로 반은 정열적으로 살고 있는 것을
규정하는 것은 어떻게 그리고 어디서,
목표로 나아가는 것을, 그런 다음 한 배회자가
홀로 즐겁게 불확실하게 되는 것을 사람들이 보았던 것이다.
여기서 이들 아름다운 소녀들이 그렇게 살고 있으니,
반쯤은 아직도 붙잡힌, 이들은 이미 가담자들이다…….

그렇게 너는 시간을 이해해야 한다.
시간은 자라며 그리고 아주 가끔 걱정한다.
그리고 소리이다.
이렇게 너는 모든 현 위를 걸어가게 될 것이다.

〈하인리히 포겔러를 위하여〉

운명이란(나는 그것을 항상 느낀다)
우연보다 더 많은 것이고 제비뽑는 것보다는 더 적은 것이다.
운명은 날갯짓으로 느껴지는 공기이며,
한 송이 장미의 의식 안에 있는 저녁이다.
그리고 모든 일상적인 것들과 강조되지 않은 것들이
운명이니, 만약 그것이 어느 한 사람에게 일어나는 한,
그리고 운명은 각각의 노래이니,
만약 이를 에워싸고 있는 모든 사람들에게
이것이 말없이 보답한다면…….

가장 심오한 사물들에 대해서
하나의 성장만이 중요하다.
사람들이 미세한 것을
감각으로 더 이상 발견할 수 없게 되기 위해서는.
그리고 마치 그 누구도 느끼지 못했던 것처럼 느끼기 위해서는,
그리고 그 누구도 가지 않았던 것처럼 그렇게 가기 위해서는…….

왜냐하면 모든 근본적인 경이로움에 관하여,
실제로 아직은 무엇인가를 체험하지 못했기 때문이며,
너의 문 앞에 한낮이 서서 전율하며
그리고 그의 성장하는 몸짓은 스스로를 경험하기 위해서
너의 감각을 얻고자 노력한다.

무엇인가를 받아들이고 무엇인가가 되어라.
사랑이 이전에 이미 살았었던가?
그리고 거대한 증오를
이미 한번 누군가가 선택했었는가?
그 모든 것이 이 사람 저 사람에게 다가왔었다.
그러나 전체가 서로 연관성이 전혀 없는 것은 아니었다.
우리는 모든 전체를 동경하고자 한다.
우리는 소리를 내고자 한다.

형상과 행위들 속에서 모든 감정이
끝없이 커지고 가볍게 되리라.
내가 그 중 하나에 이를 때까지 나는 휴식을 취하지 못하니.
나의 변신들을 위해 그림들을 발견하는 것.
노래의 시작으로 나는 만족하지 않는다.
한번쯤 나는 강력하게 감히 시도해야 한다.
예감으로는 거의 일어나지 않는 것을
계속해서 볼 수 있게 말하는 것을.

〈하인리히 포겔러의 엽서 두 장에 관하여〉

I
목동들에 관한 공지

……한 남자가 왕관을 쓴 금발의 여인에게 고개를 숙였고,
그녀의 온화함을 황홀하게 이야기했으며,
비단 칼라의 옷소리에 휩싸인 채
많은 천사들이 그를 따라갔다.

그들은 목동들이 있는 양떼에게 다가갔고
풍경은 저녁의 안식 속에 놓여 있었다.
계속 우리를 도와주소서, 우리는 길을 잃어버렸으니까요!
그들은 낯선 남자들에게 노래했다.

그리고 목동들은 일어섰고
검은 양떼들은 천천히 움직였으며,
천사들이 뒤따랐다.
주름잡힌 큼직한 옷들을 입고서…….

II
도피 중의 휴식

하루가 지난 후 좁은 길에서
불안한 시선을 도시 쪽으로 돌린 채
모든 불안함이 쓸어져내려갔다.
저녁의 은총으로
광활함이 거대하게 변해버린 이후부터.

이 황금 속 어디에 적이 있을 수 있으며,
이 은총 안 어디에 가장자리가 있을 수 있으리오?
모든 것이 마리아를 감싸고 있는 덧옷이며,
그녀의 머리를 둘러싼 모든 것은 빛이다.

아직 문지기는 창을 들고
어머니와 아이와 동물 곁에서 긴장한 채 서 있다.
그러나 그는 그것을 너무나도 부드럽게 쥐고 있다.
마치 그가 거대한 빛 속에 그녀를 덮는
최초의 그림자를 심는 것 같아 보인다.

그 일요일은 비단결 같은 잿빛이었고,
대지는 부드럽고 드넓었다.
마치 늘씬한 녹색 옷을 입은
한 여인을 위한 배경과도 같이.

오로지 아이들의 목소리만이
멀리 떨어져 놀고 있는 곳에서 깨어 있었고,
그 목소리 안으로 비가 종종 약하게
나무들의 잎사귀를 흔들며 떨어졌다.

기도

저는 당신에 관하여 말했습니다. 당신은 저의 수백 개의
인생 여정을 알고 있는 매우 친근한 분입니다.
저는 당신을, 모든 어린이들을 알고 있었고,
모든 현들을 잡아당겼던 그런 분으로 불렀으며
당신에게 저는 어둡고 조용한 존재입니다.

제가 당신의 이름을 저의 밤들의 가장 가까운 분이며
저의 저녁들의 무언이라 불렀습니다.
그리고 당신은 어떤 사람도 생각해낼 수 없는 그런 분이며
먼 옛날부터 당신은 결코 상상될 수 없었던 분입니다.
그리고 당신은 제가 나쁜 길로 들어서지 않게 했던 분이며
익숙한 집처럼 제가 들어갔던 분입니다.
지금 당신은 제 위로 크게 뻗어나고 있습니다.
당신은 생성되는 것 중에서 가장 빨리 생성되는 분입니다.

나는 더 고독해집니다.
표면은 더 커지고,
날씬한 나무들은 나란히 서 있고,
가장 가까이 있는 집은
마치 가장 멀리 떨어져 있는 집처럼 작아집니다.
곧 나는 최초의 인간이 될 것입니다.

거의 길들여지지 않은 양 불꽃들은 나를 섬기고,
나의 개천들은 인간에 대해 말하지 않습니다.
내가 꺾는 꽃 한 송이는
베일을 쓴 여인처럼 나를 비웃습니다.
이슬은 고귀하고 시원한 돌멩이와 같고
바람은 나의 옷과 같으며,
그리고 저녁 빛은
길게 자란 나의 머릿결입니다.
그리고 내가 말하는 것은
내 주위를 둘러싸고,
사물들과 유사하게 되어, 실재적이고 멈춰 있으며 무겁습니다.
그리고 침묵하고 있는 것은 바다로
배를 날라주기도 하고 파괴하기도 합니다.
그리고 당신들이 나를 잃어버릴지도 모른다고 여기는 것은
나의 삶이 나에게 그림자를 드리우기 때문입니다.
당신이 나를 소유하기 전에는
나는 존재하지 않았습니다. 당신이 나를 더 이상 보지 않는다면
나는 홀로 머무르렵니다.
나는 머무르렵니다.
내가 써내려가는 말 속에서가 아니라
소멸하는 모든 것들 속에서
바람이 붑니다…….
나는 더 고독해집니다.

그림

나는 그림 한 점입니다.
내가 말하는 것을 요구하지 않습니다.
나는 그림 한 점이며, 몸짓 하나하나가
내게는 무겁습니다.
내 인생은 형상의 정적입니다.
나는 몸짓의 처음이자 마지막입니다.
나는 더 이상 늙지 않을 정도로
나이가 들었습니다.
인간들은 때때로 한밤중에 내 곁에 서서는
얼굴 앞에 불빛을 들이댑니다.
그리고 단지 한 가지만을 보게 됩니다. *내가 그것이 아니라는 것을.*

구석진 곳에서 나의 문장(紋章) 속 동물이 가파르게 기어오르고
있습니다. 그레이하운드가 기어오르고 있습니다.
그리고 이에 대해 무거운 투구를 쓰고 얼굴이 가려진 면갑(面甲)은
입을 다물고 있습니다.

〈파울라 베커 모더존에게〉
〈1〉

당신들에게 귀기울이고 있다는 것을 나는 알고 있습니다.

목소리 하나가 지나가고
그리고 하얀 홀에는 일요일 저녁이 존재합니다.
나의 이마 주위에 있는 고요함은
생기를 잃고 창백해집니다. 나는 다시 한번
당신들의 기도소리를 경청하고 싶습니다.
베토벤은 말했습니다……, 아직도 나의 감각이 떨리고 있고
아직도 나의 내면에 있는 모든 어두운 것이 소리를 내고 있다고.
……우리는 어린이들이었으며 인생의 걸음마를 처음 걷고 있었고
턱을 떨구고 얌전하게 앉아 있었습니다.
베토벤이 말했습니다…….

우리는 어린이라는 존재에서 아주 특이하게
우리를 넓게 감싸고 있었던 성숙으로 나아갔습니다.
모든 것이 위대했었고, 인생은 한 부분이었습니다.
우리는 무덤보다도 더 넓고
더 건강했었고……
모든 불행이 거의 어머니처럼 자애롭게 보였습니다.
베토벤은 말했습니다.

나는 혼자입니다. 집은 시끄럽고 적대적입니다.
나를 맹목적으로 증오하는 어느 여름날 온종일.
그러나 나는 어떤 다른 방향을 생각합니다.
감정이 은밀하게 나를 엄습했습니다.
이것이 바로 그 시간이라고

어느 손님이 하얀 홀에서 당신들의 기쁨 앞에서 노래부르는.

그리고 저녁이 울려퍼진다는 의식이
문직물처럼 나의 어깨 주변을 감싸고 있어
나의 손은 마치 반지가 끼워지는 듯한 느낌이 듭니다.

〈II〉
시연들

나는 당신들 곁에 있습니다, 그대 일요일 저녁 같은 이들이여.
나의 삶은 빛을 발하고, 과도하게 작열하고 있습니다.
나는 말하지만, 그 밖의 것과 비교하자면
모든 말은 지금 나를 빗겨 나갔고,
그리고 나의 침묵은 솟아나서 활짝 피어 있습니다…….

왜냐하면 그것은 노래이기 때문입니다. 마치 빛 속에서와 같이
하나에서부터 솟구치는 많은 이들의 아름다운 침묵.
바이올린을 켜는 자는 언제나 혼자이며,
그리고 다른 이들 곁에 있을 때 그 늘씬한 연주자는
침묵하고 있는 자 중 가장 많이 침묵하는 자입니다.

나는 당신들 곁에 있습니다. 그대 온화한 자들이여.
당신들은 내 고독의 기둥입니다.
나는 당신들 곁에 있습니다. 오, 내게 말하지 마오,

내가 당신들 곁에 있을 수 있다고,
멀리서라도…….
심연 속으로 치닫는 정원들은
먼 숲의 말을 종종
그들의 고요하고 어두워지는 거리로 나르고 있답니다…….

그리고 당신들은 내 감정의 주변에 있습니다.
착각이 아닙니다. 그리고 이 시간은
하얀색 배경이 있는 시간과 매우 흡사합니다.
고요함은 많은 것을 내 주위에서 울려댄다.
음악이여! 음악이여! 소리의 정돈자여,
저녁시간에 흩뿌려진 것들을 취하라.
굴러가버린 진주알을 줄에 꿰어라…….

모든 사물들 속엔 포로가 있다.
음악이여, 일체의 사물들에게로 가서,
일체의 사물이 오래도록 불안해하던 문에서
끄집어내라, ─형상들을.
손을 잡고 짝을 지어
그들은 너의 뒤를 따라간다. 그리고 우리가 시간을 재면서
창조하는 적당한 정도로.
그들은 왕의 기품으로 그리고 화관을 쓴 머리로
우리를 망각해버린 우리의 방에서 나간다.

나는 당신들 곁에 있습니다, 음향에 귀를 기울이는 자들이여,
그 음은 항상 존재하며
그것을 위해 우리는 종종 존재하기도 합니다.
우리는 모든 몰락을 두려워하지 않게 되었습니다.
음악은 창조입니다. 노래의 영혼이여,
그대가 많은 사물을 향하여 올라감으로써
그대는 수많은 사물로 *한 가지*를 짓습니다.
모든 여인들은 당신 앞에서 *한 명의 여인*이 되니.
그리고 그대는 소녀들을 마치 봄을 연결하는
차가운 사슬로 접합하듯 은반지를 끼워 맞추고 있다.
그리고 소년들에게 그대는 감정과
세계가 팽창하는 지점을 발견하도록 하고 있다.
그리고 낮에도 눈이 보이지 않는 노인들이
그대에게 기대어 근근이 살아간다.
그리고 남자들은 그대를 그리워해왔다.

나는 당신들 곁에 있습니다. 형제들이나 나무들 곁에서
사람들은 당신의 울타리에서처럼 평안합니다.
나는 이러한 위안감을 꿈에서는 거의 알지 못합니다.
두려움 없이 무언가를 놓쳐버리는 것과
사람들이 알고 있는 것을 누리는 것을 말입니다.
언제나 열려 있는 저수지와 같이,
하늘에 바쳐진 단순한 존재,
공기가 살아가는 것을 더 아름답게 이야기해주면서,

그리고 영원히 지속되는 모든 심연 위로
밝은 날들과 저녁바람을 실어 나르면서.

나는 당신들 곁에 있습니다. 내 영혼의 자매들과도 같은
당신들 두 사람에게 감사하고 있습니다.
내 영혼이 소녀의 드레스를 한 벌 가지고 있고
영혼의 머릿결도 비단결의 촉감이기 때문입니다.
나는 그녀의 차가운 손을 거의 보지 못합니다.
벽들 뒤 멀리 그녀가 살고 있고,
마치 탑 속에서처럼 아직 나로부터 해방되지 못했기 때문입니다.
내가 언젠가 올 것이라는 것을 거의 알지 못한 채.

그러나 나는 대지의 바람을 지나서
커져가는 장벽을 향하여 가고 있고,
그 뒤쪽엔 이해되지 못한 근심 속에서
나의 영혼이 살고 있고……
당신들은 그것을 더 정확히 알고 있습니다.
당신들은 내가 보았던 것보다 그것을 더 친밀하게 보았고.
당신들은 내 신부(新婦)의 자매들입니다.
……………………………………

그녀에게 호의를 베풀어주세요.
그녀를 사랑해주세요, 자매들이여, 금발의 여인들이여.
떠오르는 달 속에서 그녀에게 말을 걸어주세요.
그녀에게 당신들의 안부를 전해주세요,

그녀에게 내 안부를 전해주세요.

하인리히 포겔러 그림들로의 안내

I
그 집

지난 밤을 아래로 끌어내리고 있는
마지막 별 앞에 그 집이 조용히 서 있다.
그러나 큰 일이 일어나는 어느 날 아침 내내
그 집 창문들은 이미 상당히 멀리 있다.

얼굴에는 미래의 것과 광활한 것이 있으며
그렇게 그 집은 아직 깨어나지 않은 정원에 서 있고,
기적을 기다리는 층계들은
잘못 생각하고 있지 않다…….

II
기사, 세상 그리고 황야

둔탁한 소리가 가져다주는 것처럼
기사 앞에 황야가 드러난다.
그리고 그는 멈추어 서고, 그의 심장이 두드리는 소리를 듣는다.

그가 거의 파악할 수 없는
새로운 날들의 문을 두드리는 소리를.

멀리 있으며 말을 타고 돌아다니지 못하는 날들과
사람들이 꿈속에서만 이루려고 하는 목표들로 인하여
그리고 수천 개의 현 위에 놓인 수천 개의 손들로 인하여
갑자기 세상이 그에게 연주를 한다.

사물에는 두 가지만이 존재한다 : 생존과 존재하지 않는 것.
그러나 그것이 얼마나 많은 것을 의미하겠는가!
산다는 것이 의미하는 바는 보지 못하는 사물에게 얼굴이 되는 것
한번은 행복에 겨워하고, 한번은 울어서 부어오른 그런 얼굴.

움직이지 않는 것을 위해 스스로 움직이는 것이며
뿌리와 연결된 것들을 위해 나아가는 것이고
항상 잘못된 모든 것을 이끄는 것이며
그리고 거의 말없는 것을 이해하는 것이니……
……………………………………………………
죽는다는 것이 의미하는 것은 검은 대지 위를 말타고 달리며
찬란히 빛나면서 조용히 있는 방패를 찬다는 것이며
힘겨운 말 위에서 둔탁한 철갑에 싸여
힘겨운 몸짓을 행한다는 것이니…….
이러한 몸짓으로 어머니들이 깨어나
따뜻한 팔 안에 숨으며

(뿌리에는 공간이 있다)
마음으로부터 나무를 내뻗는 것,
붉고
소리를 내는 나무.
그것이 바로 죽음이다.

Ⅲ
나룻배

…… 그리고 하나는 서 있고 하나는 지나가고
모든 밤이 이 둘을 위해서만 존재하는 듯하다.
백발의 한 노인이 타고 있는 나룻배는 빠르게 나아가고
다른 것은 일에 지친 듯 뻐딱하게 서 있으며
나룻배 안의 그 노인은 거의 졸고 있다.
그를 졸음에 겨워 쳐다보는 사람이 있으니
                    누가 누구인가.

이 졸고 있는 존재를 이해하는 한 사람.
그의 손 안에서 모든 것이 성숙되는 한 사람,
어제 싹에서 솟아났더라면
모든 요람과 집에 있는 텅 빈 황색 앞마당들
가까이에 서 있는 한 사람.
그 앞마당 뒤로 부드러운 느낌을 주는 많은
밭고랑에 창백하고 오랫동안 앓아온 병자들이 누워 있다.

그리고 그는 노인들에게서 떠나지 않고 있다.
단지 *가까이* 있는 사물들만을 보며
가까이 있는 말에 감동되어
우연과 연관성만을 이해하는 노인들로부터.
그리고 그는 길 잃은 자들의 손을 잡고
마지막 숲의 테두리까지 그들을 계속 이끌며 그는
신이 잃어버린 것들을 벽에 건다.
마치 빈 옷들처럼, 썩은 연못의 검은 물을
깊숙이 빨아들인 그런 옷들처럼.

그러나 간혹 인생에 존재하는
영향력을 행사하는 것들과 깨어 있는 것들이
그에게 신호를 던져주며
그를 그들의 이웃으로 부른다.
그리고 형제처럼 그는 능력의 곁에 서 있다.

그래서 정말 부자인 사람들이 간혹 그를 필요로 한다.
그들은 주위에 그들을 감동시키는 모든 것을 세워두며
심오한 시간에 비할 바 없이
오래 지속하게 하는 자가 있으니
오래된 시체들로 인하여 놀란 따스함을
바람 속으로 이끄는 자이다.

가장 낯선 인생에 서 있는 자가

반짝거리고 떨어지고 지나가는 모든 것을 바라보는
어느 도시 위의 탑지기 같으며
그의 주위에는 저녁바람이 갈증을 느끼듯 분다.
그는 손 안에 기도를 위하여 부르게 될
종을 지니고 있기 때문이니…….

IV
헌시

초록색 옷을 입은 옅은 금발의 소녀,
그녀가 인생의 의미를 노래한다.
고독으로 사람들은 왕이 되며
사랑으로는 왕비가 된다.

금색의 꽃들, 자만에 찬
정원은 생각하노니, 네게 뿌리를 선사하겠노라고.
너의 약한 관절에 뿌리를,
들이마시는 나무들의 무거운 뿌리를.
너는 그 *뿌리들*을 가라앉혀야 한다.

생기발랄한 신부, 흰 집에서
시계들이 속삭이면서 캐묻는다.
너의 시간들을, 너의 빛을

시와 같이 암기하고 있는지를.

〈클라라 베스트호프에게〉

〈I〉

당신은 아름다운 그 백조들을 기억하고 계십니까?
밤과 알스터 하천은 먼 과거가 되었습니다.
그는 우리에게 아직도 행하지 않은 많은 것을 약속했고
우리에게 일어나는 그의 감정은(우리가 그것을 보았습니다)
우리를 결합하도록 격려했습니다.

그리고 이 시간은 싹의 부드러운 능력을
우리에게 제공했습니다.
우리가 움직이지 않고
깊고 조용하게 그리고 많은 것을 알고 있었기 때문입니다.

아마도 수년 후에 꽃이 핀다면
나는 너와 같이하는 아름다운 날로 나아갈 것이며
내가 몰고 갔던 모든 것과 함께
내가 그 시간의 물가에서 살고도 싶은
이 시간의 귀중한 소득으로 나아갈 것입니다.

내가 고뇌하거나 의도하고자 하는 모든 것 때문에
나는 요즈음 매우 고독합니다.
사랑하는 사람에게 그것을 이야기할 능력이 없으며
나의 무거운 짐들을
매일 밤 물가까지 조용히 운반할 능력이 없습니다.

마치 밤마다 당신 곁으로 가는 것 같다면
단지 간혹 깊은 꿈속에서만 그러합니다.
밤은 위대했고 모든 사물 곁에는
매우 많은 하늘들이 있었습니다. 별들에는
조용한 바람이 얼굴에 드리운 비단과 같이 걸려 있었습니다.
멀리 있는 창문들로부터 활기찬 빛이
모든 나무를 가로질러 우리에게 다가왔으며
마치 그것이 우리에게는 아무것도 아닌 양 물러갔습니다.
그리고 우리는 수년 동안 서로 헤어져 있지 않았으며
언급된 말들을 너무 멀다고 느꼈던
형제자매들처럼 침묵하게 되었던
어둠을 우리에게서 없애버렸습니다.
말하는 사람들은, 마치 그들이 서로 멀리 떨어져 있는 것처럼,
감정과 손으로 서로를 발견하기 위하여
각자가 서로 다른 물가에 있는 것처럼
그렇게 있습니다.
(그 사이에 물이 거칠게 흐르게 됩니다.)
그리고 그들이 서로 말한 것 : 말하는 자들은 부르는 자들이다.

모든 하천은 신뢰받게 됩니다.
그러나 우리는 서로 거의 바라보지 못했습니다.
우리는 갔습니다, 한길을 갔습니다.
우리의 마차에 어느 하늘에 걸려 있는
바람 한 점을 싣고서,
마치 고향을 요청하는 것처럼.
그렇게 우리는 당신의 집에 들어섰습니다.
그리고 부드럽고 아름다운 그림자들은
사물을 보는 우리의 표정으로 나아가서는
우리의 입술을 지워버렸습니다…….

⟨II⟩
베스터베데의 포도를 받았을 때

지금은 나도 알고 있습니다. 우리가 함께 방랑하고
밤을 새우는 여름밤이 포도잎이 달린 누각에서는
왜 그리도 조용했었던가를.
그때 포도에서 이러한 달콤함이 솟아나왔습니다.

움직이는 모든 사물들이
매우 조용한 문들이 아주 비밀스러운
어둠을 향해 이끄는 그러한
시간 속에서 두려워하고 있다.

그곳에서는 불고 있는 모든 바람들이 공포에 떨고
시계들은 벨소리를 울려야 할 때 쳐다보고 있으며
물은 들판을 흐르면서 속삭이고 있습니다.
그 외에 가장 부드러운 것이 과즙에 머물러 있습니다…….

그래서 멀리 있는 개와 낯선 동물의
사악한 외침이 우리를 놀라게 했고
우리는 모든 입들의 감시자가 되고자 했으며
모든 나무들은 혼자가 되고
엿듣지 않으며 인간들에게서 멀리 있다고 생각해야만 했습니다.
그때에 포도에는 달콤함이 솟아나왔기 때문이지요.

그래서 단단한 망치의 거대한 증오가
깊은 정막감을 흔들도록 몰아쳤을 때
당신의 손에서 검은 피가 솟아나왔다는 것은
매우 의미 깊은 것이었습니다.
그때 당신의 피는 당신의 손으로부터 우리에게 다가왔고
(나무들을 거쳐 과실들로 뻗어나갔던)
유사한 것에 대해 불안해하면서
망치가 침묵을 지킬 때까지 모든 과실을 위해
매우 오랫동안 부탁했습니다.

그리고 우리가 등잔 가까이에서 창백한 채
천천히 떨며 세면대의 가장자리에서

차디찬 액체로 떨어졌던 피를 흘린
병든 손 주위에 함께 앉아 있는 동안
거대한 정적이 밖에서 치유했습니다.
개는 잠자고 있었고, 사악한 동물은 휴식하고 있었으며
뒤늦은 감시자인 우리에게 아픔이 생겨났습니다.

그때 달콤함은 다시 가기 시작했고
앞으로 전진해 나갔던 과즙 뒤로 달콤함이 솟아올랐습니다.
아직 머뭇거리면서 마음 내키는 대로…….
딸기들이 솟아났고…… 포도들은
강한 덩굴에 무겁게 달려 있었습니다.

음악이 내게 다가오도록 해주오! 어떻게 내가 깨어났을까?
내가 바로 생각했던 네가 누구든 간에
음악이 내게 다가오도록 해주오! 연주하시오! 밤입니다.
그리고 점점 커져가는 모든 화음은
수백 년 전부터 뻗어나고 잎새소리를 내는 큰 나무처럼
크게 되기 위한 공간을 갖추고 있습니다.
나의 삶에 귀기울이는 것이 누구인지 나는 모릅니다.
누가 나의 전체 삶을 연주하는지 나는 모릅니다.
많은 이름들이 바뀌었다고 나는 믿습니다.
내가 다른 사물들을 갖추고 있었고
내가 의도했었던 것과는 다른 사물들이 풀려났다고 나는 믿습니다.

왜 내가 울었는지를 나는 더 이상 정확히 알지 못합니다.
그리고 어떤 외침으로 언제 내가 웃었는지를
나는 더 이상 모릅니다. 어느 손으로 내가 창조했었는지,
어느 산에 나의 대리석이 슬프게 살고 있는지
그 대리석이 어떤 형상으로 그리고 언제 되려는지를
누군가에 의해 파악되고 누군가에 의해 보답된
나는 다른 사람에게서 멀리 떨어진 채
생존하고 있는 것들은 무엇으로 이루어졌는지를
매일 생각했었습니다.
그것이 사라지지 않은 단어인지, 또는
현무암의 받침대 위처럼 이마 위에 있는 침묵일까?
사람들은 그것을 말해야 하나, 또는 그려야 하나?
아니면 혹시 존재하는가?
그것은 행복 또는 고통과 같을까?
그리고 우리가 살고 있으면서 우리가 이야기하는 동화가
우리를 가르쳐주려 하지 않을까?
우리가 언급하는 모든 것으로부터 진지하고 조용하게
가장 중요한 것을 선택하기 위해 말입니다.
가장 중요한 것이란 우리뿐만 아니라 우리의 손자들인
다음 두 세대를 불안하게 생존하게 하고
더 이상 논쟁과 경쟁을 일삼지 않고
연관성 있게 엮어넣는 것이리라.
조용한 실이 조용한 재료 위에 있으며
이것으로 팔 받침대들이

영원함의 왕관들에 의해 짐지워져 있고
영구적인 유산으로서 영원성을 유지하면서
우리에게 남겨졌던 것,
수백 년 동안 우리를 존경하게 만든 것,
그리고 우리가 기꺼이 존경했었던 것은 근본적으로는
매우 오래되고 이별을 고하는 생각들의
지나치게 긴 죽음의 시간뿐이었기 때문입니다.

나의 감각이 음악을 흡입했는가?
밤은 침묵했는가?
누군가 연주하는 한 사람이 어느 곳에선가 깨어 있으며
밤을 연주하고 있는가?
내가 한 소녀를 생각했었던가?
내가 손에 그림을 가지고 있었던가?
혼자 서 있었던가?
대기는 말들로
무겁다. 내가 말했던가? 누구와 함께 둘이서?
많은 사람들이 나에게 간언했던가?
그리고 침묵했던 자가
누구였던가?

이제 자러 가거라. 당신이 누구인가를
내가 생각했던 당신이여.
당신이 알고 있는

아주 깊은 밤입니다.

〈파울라 베커 모더존에게〉

〈III〉
신부의 은총

매우 드뭅니다. 젊다는 것과 축복을 베푼다는 것은.
그러나 내가 목마르게 갈구해야만 하는 것은
말의 테두리에서 당신을 만나는 것과
매우 멀리 떨어져 있는
책들의 책장을 넘기는 손과 함께……
당신의 손 안에서 저녁마다 조용히 휴식하는 것입니다.

손들이 이야기하는 바로 그 시간입니다.
한낮의 노동이 그 손에서 울려퍼지고
그 손은 조용히 움직이며
입만이 말했던 모든 생각들을
실재로 체험합니다.
그 손 아래에 건반이 있고, 대기가
밤의 소리를 싣고 솟아오르며
그 손이 요람의 가장자리에 살고 있다면
그 안에서 어린아이가 웃으면서 큰 눈을 뜨고 깨어 있을 텐데 모든 봄이 강력하게 자아내는 것을 그가 마치 숨기는 듯이.

그리고 당신의 손 안에 있는 그 손이 있으며
조용히 이야기하는 피를 당신이 귀기울이면
당신은 당신 손 안에 있는 이 손에서
좋은 인상을 발견할 것입니다.
인생을 가치있게 만들었던 현명함,
속삭이는 것을 이해하는 적막함,
그의 수염으로부터 흩날리면서
조용히 있는 심오함. 폭풍을 이야기하는
떡갈나무 왕관 뒤에 당신이 사는 데 불안해하지 않을
무척이나 조용한 집.

그렇습니다. 이 시간에 내가 축복하는 것보다
나의 손들이 훨씬 많습니다.
내가 그 손들을 들어올렸을 때 두 손 모두 비어 있었고,
내가 마비된 불안감으로
나의 가벼워진 빈 손들에 대해 창피함을 느꼈을 때
그때, 당신 앞에서 강하게 누군가가
그렇게 아름다운 사물들을 빈 사발에 놓았습니다.
그래서 그들이 내게는 너무나 무거워집니다.
거대한 빛을 짊어지고 빛을 내면서……

그렇게 내게 한 제출자가 마지막 순간에

은폐한 채 부여했던 것을 받으십시오
그는 나에게 나무처럼
옷을 입혔습니다. 바람은 잔잔해지고
나에게 귀를 기울이며, 나는 당신을 축복합니다.
봄날 저녁에 사람들이 보는 그런 축복의 방법으로
나는 당신을 축복합니다.
속삭이며 추위를 느끼게 하고 비를 뿌리는 날들 이후에
적막함이 한 편의 노래처럼 쉽게 찾아옵니다.
무엇이 준비되었는지를 나무들은 알고 있으며
들판들은 행복에 겨워 깊게 잠들어 있고
가까이 있는 하늘은 넓게 펼쳐져 있어
세상은 거대하게 되기 위한 공간을 지니고 있습니다.
단어를 말하기 위해 단어는 조용히 있지 않고
꿈을 꾸기 위해 그 어떠한 꿈도 그리 깊지 않으며
모든 동화들은 빈 궤짝과 같습니다.
모든 인간들이 어둠 속에서 향기를 내며 휴식을 취하고 있는
옷을 걸치고 있기 때문입니다.

취침을 이야기하는 것

⟨초고⟩

나는 누군가의 곁에 앉아 있으면서
누군가에게 노래를 연습시키고 싶습니다.

나는 당신을 재우면서 짧은 노래를 부르며
잠들고 잠깰 때 같이 있고 싶답니다.
나는 밤이 춥다는 것을 알 수 있는
집에 있는 유일한 사람이고 싶습니다.
그리고 당신과 세상과 숲의 안팎을 드나들면서
나는 귀기울이고 싶답니다.
〔나는 혼자가 된 별들이 행하는
모든 행상들을 보고 싶습니다.
그리고 당신이 깨어날 때
네가 잠을 청할 때처럼 곁에 있고 싶습니다〕
시계들은 조용히 소리내어 외치고 있으며
사람들의 시선은 밑바닥 위에 있는 시간에 놓입니다.
그리고 낯선 남자 하나가 아래로 향하고
낯선 개 한 마리를 귀찮게 합니다.
그 뒤에 적막감이 드리워집니다. 나는 커다란
눈을 당신 위에 올려놓습니다.
그 눈은 당신을 부드럽게 만들고 당신을 풀어줍니다.
어느 사물이 어둠 속에서 움직이게 된다면 말입니다.
자주 당신은 성장합니다―홀로…….
그때 나는 당신에게 조용히 내 노래를 들려주고 싶고
당신과 입맞춤하고 노래를 가르쳐주고 싶으며
그리고 당신이 들어가는 곳을 알고 싶습니다…….

내가 완전히 그림이 된 시간에,
그때 젊은이들이 내 주위에 있어야만 할텐데.
그때 나의 감정은 넝쿨에서 솟아나오는
포도주 향기처럼 마을 안으로 들어가고
그리워하면서 오두막집으로 뻗어나간다.

나는 내 마음속에서 생각하는 대로 살지 않으며
거대한 몸짓으로 비틀대지만
처음으로 살게 되는 젊은 여인들 중
한 여자만은 깨울 수 있다.
나는 그녀를 장미로 건드릴 수 있다.

아직 내게 걸려 있고 피곤하고 어렵게 만드는
우연으로부터 그녀를 자유롭게 만들 수 있다.
어린 시절의 그 누구도 나의 마음을 움직일 수 없기 때문이며
한 세계에 의식을 부여한 경이로운 사람들 중
그 누구도 나를 유혹하지 못하기 때문이다.

내 인생은 결코 내가 의도한 인생이 아니었다.
가끔 나의 대접을
젊은 입술로 기울이기 위해서
나는 인생의 부드러운 멜로디를
훌륭한 바이올린으로 조심스레 자아낸다.
나는 마시고 싶으니. 내가 지불해도 좋은 그의 향기와

목마른 자들에게 내가 만든 잘 숙성된 포도주로
축제를 준비할 수 있도록
나를 일깨우는 그런 음료를.

〈샤를로테 슐츠 양을 위하여〉

현들은 다리입니다. 그리고 무시의 심연이
있었던 곳에서 사람들은 기둥들 사이로
당신만을 끌어당깁니다.
그러나 현의 연주에서
음향들만은 확실히 나타납니다.

우리들은 홀로 뒤로 물러나 물가에 있습니다.
그 사이로 바람과 물이 밀려오고
그들이 밀려와
더 이상 우리를 보지 못하고
되돌아서 나아가는 음향들의 눈짓과 소리를
희미하게 지웁니다.

단편들

I

옛날 왕의 저택들이
그들 이웃나라의 모든 왕관들과 매우 비슷하듯이
우리도 저마다의 능력과 오래 전에 친숙해졌으니
우리가 피곤하고 불안해하고 있으며 추방되었다 할지라도.
멀리서, 그리고 다른 사람들에게 일어나고 있는
셀 수 없이 많은 것들이 우리와 연관되어 있고
슬픔에 잠긴 낯선 소녀가
저녁시간에 노래 하나 불렀었고
밤은 적막했으며 벽시계는 똑딱거리고 있었다.
어느 죽은 어머니 집의 거실에서⋯⋯
우리는 그 모든 것을 느끼고 모든 것과 함께 살고
그것으로부터 억눌리게 될 것이다. 그리고 자유롭게 되리니,
낯선 운명, 노래, 낮 그리고 죽음을
우리를 비교하는 것이 사라진다면.

II

당신은 노래불렀습니다. 우리는
울려퍼졌던 것을
보았습니다
네 영혼의 깊은 은 광산인 네 목소리를.

구석진 방은 어두워졌습니다.
당신은 침묵했고, 어느 정도 숨을 가쁘게 내쉬었습니다.
우리에게는 너무 크게 들렸고,
우리는 항상 당신을 들었습니다.
결코 체험하지 못했던 사물에 대한 기억들이
우리를 감싸고 있었습니다. 그리고 우리가 요구했을 때
그때 의미했었던 것은 노래하라, 우리에게 과거를 돌려다오,
우리 뒤에 선조들을 세워다오, 자홍빛 시간들,
번성하고 있는 명문가들이 창조하길 바라노라.
흰색의 여인네들과 푸른색의 거실을,
그리고 검은 옷을 입은 마른 남자를,
그리고 정원, 궁전 및 전투를,
가느다란 깃발 주위에 황량한 바지를,
저녁과 발코니에 있는 형상들을,
어느 궁녀의 흰색 시골집을,
연못에 관해 조용히 이야기하면서,
문과 마음을 두드리는 소리에서
은과 크리스탈의 빠른 빛에서,
재스민과 장미들, 여름 시절의 향기에서,
그리고 창문들 앞에서 : 바로 밤과 꾀꼬리.
그리고 다시 폭풍과 전복과 파멸.
장티푸스 환자들을 위한 가건물들, 병원 근로자들, 자매들,
낯선 남자들은 죽는 것을 배우고
죽음을 마다하는 낯선 남자들,

불안함과 열망 사이에서 당황하여
세상을 왜곡시키는 열병을 앓고 있는 이마들,
개들과 신사들
그리고 어제처럼 가까이 있으며
결코 있지 않을 것같이 멀리 있는 모든 것 :
보라, 그렇게 당신은 노래불렀습니다.
당신은 우리에게 시간을 노래했습니다.
아직도 알려지지 않았고
그에 관해 그 누구도 알지 못하는 의미로,
그들이 사는 곳에서,
우리는 더 이상 잃지 않을
동경과 놀라움을
갖게 되었습니다.
우리는 이전에 결코 행하지 않았던
몸짓을 할 것이며
실제가 아니었던 힘든 전투로부터
휴식을 취할 것입니다.
그러나 무엇이 현실이고
무엇이 시간과 일치하는가?
세상은 실제입니다.
그리고 우리를 크게 자극하고 불안하게 만드는
모든 것이 세상입니다.
동경과 고독, 죽음과 노래.

기도

밤, 조용한 밤입니다. 흰 백색의 사물들,
빨갛고 알록달록한 사물들, 그리고 흩어져 있는 색채들이
서로 뒤섞여 있는 그런 밤입니다.
이들은 정적감의 어둠으로 솟아오릅니다— 저 역시
당신이 습득하고 있고 설득하고 있는 많은 것들과
관계를 맺도록 하여 주십시오. 저의 감각이 아직도
빛과 함께 잘 어우러져 있지 않습니까?
저의 용모가 아직도 성가시게 하는
대상들과 분명하게 구별되어 있지 않습니까?
저의 손으로 판단하십시오.
이 손들이 도구처럼 거기에 대상과 같이 놓여 있지 않습니까?
저의 왼손에 있는 반지가
정말 얇지 않습니까? 그리고 빛이
완전한 신뢰로서 마치 어둠 속에
뻗어 있는 길처럼 보이는
그들 위에 놓여 있지 않습니까?
내가 그것을 말해야 한다면 : 그것은 있게 될 것이다.
내가 나의 인생을 매일 부르게 될 것이라는 것을 :
멀리 있는 밤은 완전한 몸짓을,
아침의 햇빛을,
그리고 지상에 가까이 있으며
형상과 돌과의 관계 속에서 모든 날들을 수반하지 않을 것입니다.

손을 채우고 있는 수작업 하나와
나를 숨겨주는 한 인간을.
그래서 나는 무시되고 혼자가 되어
저만치 동떨어져 머물 수 있으며 그의 것과 나의 것.
그리고 저렴한 비용 : 채소, 잼 그리고 빵이며
그리고 간단한 잠, 꿈같이 조용히, 죽음에 가까이,
그리고 피곤함 그리고 매일
저녁식사에서의 기도.
오랫동안 일과 계곡과 한낮에 파묻혀 있었던
영혼이 머물고 있는 산과 같이.
그리고 다른 것과 같지 않은 기도.
새로운 날에서 모든 것이 새로 생성되었고
새로운 사물들에 의해 채워졌고
무엇인가 새로운 사랑에 의해 풍요로워졌으며
그 스스로의 무거운 짐을 알고 있으면서
바람이 없이도
떨어뜨리고 떨어지고 떨어지는 한낮의 과실.
신이 그 과실에 이의를 제기할 때까지
출렁거리는 들판과 같이……
그때 과실은 부드럽게 떨어지고…….

1901년의 새해에 대한 축복

〈하인리히 포겔러를 위하여〉

일년, 새로운 사물들로 가득하고.
결코 알려지지 않은 새해
(이에 대해 천사들이 노래부르고
자매들의 무리로부터
큰 동요가 일어난다),
축조하고 지내야 할 한 해.
두 손과 반지 두 개에 관하여,
그리고 어떻게 그들이 서로 함께 가는지에 대하여
이야기하는 한 해— 반은 환상적인 동화이며
반은 실재가 되는 그런 해이다.
그리고 이 해의 성숙한 시간이 울려퍼진다.
되려는 것을 위하여, 되었던 것에 관하여…….

〈클라라 베스트호프에게〉

〈III〉

폭풍

……내가 나무들에게서 보는 것은
온화해진 날들로부터
나의 불안한 창문들을 때리는 폭풍입니다.

그리고 나는 멀리 사물들이 이야기하는 것을 듣습니다.
이것들은 내가 친구 없이는 견디지 못하며
누이들 없이는 사랑할 수 없는 것들입니다.

이때 폭풍이 다가옵니다. ― 변형자―
폭풍은 숲을 지나고 시간을 지나옵니다.
그리고 모든 것이 오래되지 않은 듯합니다.
시편의 한 구절처럼 경치에는
진지함과 중압감과 영원성이 있습니다.

우리가 싸우는 것은 얼마나 작으며
우리와 싸우는 것은 얼마나 거대합니까?
사물처럼 우리가
거대한 폭풍으로 억눌린다면
우리는 멀리 가게 될지도 모르고 이름이 없어질지도 모릅니다.

우리가 이기는 것은 작은 것이며
성공 그 자체가 우리를 작게 만듭니다.
영원한 것과 진귀한 것은
우리에게 꺾이지 않으려고 합니다.
《구약성경》에서 격투자들에게 나타났던
천사가 있습니다.
악마의 현들이
싸움에서 금속성의 소리로 길게 늘어나면

그들은 그의 손가락에 있는 현들과 같으며
그리고 인간들은 멜로디가 됩니다.

그리고 둘 중에서 이긴 자는
〔승리는 쉽게 사치스럽고 작게 만듭니다〕
승리자 마냥 — 그리고 순수하게 —
겸허함으로부터 뻔뻔스럽게도 요구됩니다.
항상 더 위대한 자로부터
위대한 정복을 당했다는 것을 견디도록……
· · · · · · · · · · · · · · · · · · ·

———

그것은 폭풍 속에 있었습니다. 멀리서 소리가 났습니다.
저는 그것을 사려 깊게 생각하여 기록했었습니다.
그리고 오늘 제가 늪지를 거닐었더라면
여명의 시간에 저는 당신에게
그것을 조용히 이야기했을 것입니다.
그러나 저는 종이 위에 그것을 썼습니다.
마치 그것이 낡은 그림들에 있는 많은 사람들을
그가 그린 입들 앞에 가지고 있듯이.

〈어느 폭풍치는 밤으로부터〉

(사용치 않은 초안들)

〈I〉

그런 밤에는 많은 사람들이 침대에 앉아서

그들의 심장소리를 듣습니다.

그런 밤에는 고통이 일어납니다.

광기를 부추깁니다.

고아들은 불안에 휩싸이고

그들을 구하기 위해 신은 심사숙고하게 됩니다.

〈II〉

그런 밤에 부인들은 늙게 되고

잠자는 남편의 그림자 속에서

꿈을 꾸고 바라봅니다 : 마지막 애인을…….

그가 어떻게 말을 타고 산을 넘어가는지,

그의 외투가 어떻게 바람에 흩날리고

그의 감각이 어떻게 움직이는지.

그 길들이 그를

어떻게 길 가장자리 위로 들어올려

다른 땅,

다른 삶의 손에

천천히 넘겨주는지.

〈Ⅲ〉

그러한 밤에는 아무것도 성경에 씌어 있지 않습니다.
성경을 읽었던 모든 사람들에게
언제나 오로지 *하나*의 형상만 주어진 것 같습니다 :
찾고 있는 얼굴의 상입니다.
이 외에 낮에 성경에 씌어있는 것은,
힘들게 허리를 굽히고
사람들 사이로 떠돌아 다니며
하느님을
증언하는 상입니다.

〈하인리히 포겔러에게〉

하얀 빛의 큰 방이 떠돌아다니는 것 같습니다.
마치 그 방은 언젠가 나의
붉은 방에 있었던 것 같습니다.
우리는 함께 이야기했고 사색했었지요.
아마 8일이었을 거예요!

아마도 우리가 키우고 자라게 했던
그 먼 곳은 다시 가까워질 것입니다.
우리가 성스럽다고 했던 저녁들이
희미하게 빛나면서 다시 나타날 것입니다.

모든 사람들이 겨울바람 속에 보르프스베데 땅에
가기를 결심한다면,
베를린을 유감스럽게 하지 않고
베를린을 넘겨받아
우리는 많은 사람들과 마찬가지로 그 사람도 느끼고 싶습니다.
자, 우리는 부탁하면서 묻습니다 : 오지 않겠습니까?

라이너 마리아/클라라 베스트호프/파울라 베커

〈클라라 베스트호프에게〉

〈IV〉
〈슐라흐텐 호수의 저물어가는 저녁〉

…… 살랑거리는 바람결 속에
봄이 가까이 옴을 느낀다오.
바람이 약하게 흔들거리며 불고 있어요.
야릇한 어두움 속에 노루 한 마리
불길한 예감이 감도는 숲속을 지나고 있군요…….

〈V〉
〈아르놀트 뵈클린 : 봄노래들〉

그 여인은 그녀의 칠현금으로부터 나오는 것 같다.
그녀 뒤로 편안하게 가는 여인은
마치 돌을 쌓는 것처럼 노래를 지었다.
그들을 신뢰했던 세 번째 여인
거의 하늘을 바라보게 되었던 그 여인은
만든 노래의 집을 다시 허문다.

죄임새로 팽팽하게 당긴
현을 연주하는 동작을 하면서
그녀는 스스로 바람이 되어 초원을 가로지른다.
가슴으로는 이미 파악하지만
감각으로는 여전히 아이이고 그리고 눈이 멀었다.

———

당신, 이 영혼의 위대한 저녁이여,
너는 이 아이에게서 얼마나 아름답게 나타나고 있는지!
마치 네가 그 여인에게 넌지시 생각을 불어넣듯이 : 말해보라,
네가 무엇을 갈망하고 그리고 간청하는지를!
네 앞으로 가고 있는 여인들은, 너의 소심한 말을
주의깊게 듣지 않는다,
개울 흐르는 소리가 논둑 가장자리에서 들려올 때도,
당신의 노래하는 고요한 가슴과 그것을
거의 구별할 수 없다.

아름다운 고통을 가진 예언녀여,
너는 자신을 잃어버리며 발견하지 않았는가,
너의 어두운 가슴속에
전지전능함이 일어나는 것을?
무엇을 말하려고 하는가, 어제도 여전히 보잘것없는 너는
경계와 시간이 없는 말들을 위하여
마치 너는 이 모든 사물들에게
남편이며, 입과 권력인 것처럼.

누구의 손 안에서 너는 비단결처럼 고요히 부느냐
마치 깃발처럼 펼쳐져서.
누가 조용히 당신의 고통의 책장을 넘길까
너, 경이로운 젊음의 책이여?
부드럽고 헐렁한 옷을 입은 당신은 누구에게
가면서 바쳐지는가?
누가 멀리서 당신에게 예기치 못한 것, 삶을 가져다주었는가……?

무엇이 고통스럽게 하는지를 너는 알고 있지 :
네 몸의 온 사지에 성숙하여 걸려 있는
감미로움에 가득 찬 감각.
삶을 반겨라! 반겨라! ! 반겨라!
왜냐하면 삶의 고통은 아름답기 때문이다.
붙잡힌 것들! 너를 붙잡는 자가
너를 선택했고 축복했다.

이제 모든 평원들이 넓어져갈 것이며,
나무들이 제각기 성장해갈 것이다.
그러한 시간을 통하여 기수는
미지의 땅과 운명을 향해 말을 타고 달릴 것이다.
사람들이 일찍 잃어버렸던 모든 것에 대한 갈망이
그러한 시간에 존재할 것이다,
그리고 마치 죽은 사람처럼, 흐릿한 길들이
이상하게도 풀 속에서 길게 펼쳐질 것이다.
어떤 길도 나오지 않을 것이다. 단지 초원들만이
넓은 길들이 될 뿐이다, 마치 거인들의 길처럼
초원을 걷는 신발 주위의 땅은 차갑고 어둡다,
초원은 작은 문들에서 끝나지 않고
초원이 이끄는 길을 이끌고 갈 것이다,
오래 전부터 기다리고 있는 커다란 힘으로……．

                    *   *
                        *

아름다운 고통을 가진 예언녀여,
너는 자신을 잃어버리며 발견했다
무엇이 너의 어두운 가슴에
전지전능함을 일어나게 하는지를?

무엇을 말하려고 하는가, 어제도 여전히 보잘것없는 너는
경계와 시간이 없는 말들을 위하여,
마치 너는 이 모든 사물들에게
남편이며 입과 권력인 것처럼.

오 어떤 소망들이 가서 당신의 꽃향기 속에서
풀을 뜯어먹고 있느냐?

누가 경이로운 젊음의
너의 고통의 책장을 조용히 넘기느냐?

누구의 손 안에서 너는 비단결처럼 고요히 부느냐?
(마치 모든 것들로부터 떨어져나오기 위하여
펄럭인다, 너 펄럭이는 천이여.)

〈클라라 베스트호프에게〉
〈VI〉

사랑하는 당신이여, 내가 누구인지 먼저 말해봐요,
나도 당신이 누구인지 말할게요.
그런 다음 위대한 제삼자가 우리를 받아들이고
그것이 무엇인지 우리에게 위대하게 말할 거예요.
오, 우리 함께 겸허해집시다 :

우리는 지금까지 수많은 사람들 곁에 있었어요.
이제 우리는 단지 둘만이 이 세상에 있으며
세상은 마치 큰 바다처럼 움직일 것입니다.
우리는 서로서로 의지하며 살 것이며
우리의 손이 서로의 손 안에서 휴식을 취할 것입니다
우리는 오래 전부터 마음과 가정을
갈망했습니다.

⟨VII⟩
아르놀트 뵈클린의 ⟨피에타⟩에 대한 단상들

요한의 목소리 :

머물러라, 막달레나, 머물러서 그것을 견뎌내라.
그분의 죽음으로부터 시간은 전율했다.
끝없는 슬픔이 네 삶 속으로 들어왔다.
하지만 우리는 끝없는 *나의* 슬픔을 생각한다.

날마다 밤낮으로 외쳐댔던
작은 고통에 우리는 익숙할 수 없다.
우리는 아픔을 겪는 것에 인색하지 않다.
네가 이전에 비단옷과 장신구에
욕심이 있었던 것처럼, 마리아여.

이 아픔은 크다. 그쪽으로 보아라.
그분은 더 이상 말하지 않는다 : 나는…… 이다.
그분은 침묵한다.
그분의 어머니는 자신의
고통스러운 얼굴을 보여주나
머리를 숙이지는 않는다.

왜냐하면 그녀 앞에 왕좌가 없기 때문이다.
그녀의 아이는 꺾인 잎사귀처럼 떨어졌다.
아들이 없는 그분은
다시 아들이 되었다.

그분에게는 아들이 없다. 너! 너로부터.
너희들은 처음 그 순간 서로 사랑했다.
너는 그분의 입에서 진지한 말씀을 들었고
그 말씀 안에서 달콤함을 느꼈다.
그분은 신랑으로서 자기 자신을 펼쳤다.
그리고 자신의 가지의 그림자 속에서 네가 아름다운 것을 보았다.
그분의 목소리가 맑게 울려나왔던
바이올린을 잡는 것처럼, 그분은 네 영혼을 잡았다.
그분은 너를 연주했다. 아름다운 노래인 너를
놀라며 서 있는 모든 민중들 앞에서.
민중들은 한 죄인에게 일어나고 있는
기적에 관해 분노에 차 속삭였다.

그러나 기적, 그것은 일어나지 않았다.
그분의 눈은 너의 얼굴로부터 나와
그리고 이전처럼 계속 걸어갔다. 그분의 눈이 지쳐서 감길 때까지.
그분의 눈은 너의 무거운 시선을 질질 끌고 갔으며
먼지 덮인 먼 길을 가로질러 끌고 갔다.
그분의 발걸음으로부터
너의 지쳐버린 시선을 떼어내라.
시선은 고귀하고 그리고 운명은 그 시선 속에 놓여 있다.
왕들은 그들의 핏기 없는
왕비들을 기꺼이 떠나버릴 것이다.
그 시선에 헌신하기 위하여.
더욱이 그들이 왕비들을 증오할 때는……
목동들은 양들을 죽일 것이다.
오로지 자신들이 내는 피리소리로만 삶을 살기 위하여.
그리고 무장을 하고
외롭게 가는 병사들은
그 시선 곁에 서서 지킬 것이다.
마치 도둑들이 접근하는 밤의
어두운 보물창고를 지키는 것처럼…….

그러나 그분은 그녀를 자기 뒤에서 끌고 갔다.
마치 무거운 물건처럼. 그리고 그녀에 대하여
몹시 울었다.
너는 그분을 얼마나 사랑했었는지!

그분은 너를 애인으로 구원하지 않았고
너를 성적으로 채워주지 않았다.
너는 그의 발에 향유를 바르고
무수한 머리카락으로 발을 덮어주었다.
너는 그분을 하루종일 힘들게 따라갔다.
숲을 지나고 그리고 세상과 아픔을 통과하면서.
너의 가슴은 마치 목이 말라 샘을 찾는 노루가
적들 앞에서 겁이 난 것처럼 네 속으로 들어갔다.
그분은 그것을 알지 못했다. 왜냐하면 그의 가슴은
죽은 호숫가에 놓여 있었기 때문이다.
막달레나, 너 위대한 탕녀여,
그분에게 빠져서 너 자신을 잃어버렸던 지극한 너의
사랑은 어디로 갔느냐?
너는 열려진 문 앞에 서 있다.
텅 빈 집으로부터 사랑을 다시 불러내어라.
그렇지 않으면 어떤 낯선 자가 사랑을 파낼 것이다.
지금 사람들이 파고 있는 무덤으로부터.

막달레나 :

그분은 나의 사랑으로 삶을 사셨다.
그분은 낯선 아이들을 자기에게로 불렀다.
그리고 그분은 그들 각자에게 나를
어머니로 선물했다. 무한한 그분의 사랑은

어머니를 훨씬 넘어서
나를 들어올린다.
나의 커다란 고뇌는
그분을 수천 명의 아들들의 아버지로 만든다.
떨고 있는 나의 감각들은 그분의 소리로 울린다.
케루빔 천사들은
몸을 돌렸다.
그리고 기도한다.
그러나 그분은 나의 손을 잡고
불탄 후처럼 텅 비어 있는
고독한 하늘로 들어갈 것이다.
그분은 내 마음속에서 그를 영원의
아버지라 부르기를 갈망하는 그들과 함께
그들을 이주시킬 것이다.
그들은 여기에서 멀리 떨어진
나무 꼭대기 위에 살게 될 것이다.
하늘과 땅 사이의
공간을 채우면서.
천사들이 다다르고 그리고 또 사람들도 다다를 수 있는
그 사이 공간 아래에서,
그들은 인간과 천사 사이의 중개자가
될 것이다.

요한 :

막달레나, 위대한 탕녀여,
너의 애인은 어디로 갔느냐?
아래를 향해 걸려 있는 하늘과
우리가 불안하게 서 있는 땅 사이에
당신의 아이를 위한 공간은 없다.
여기서 만물이 형성되고 완성되어야 한다.
너의 감각은 땅을 향하여 방향을 돌려야 하며
그리고 몸짓은 땅에 바짝 붙어야 한다.
결코 다른 곳에서 무엇인가가 일어나지 않을 것이다.
봄이 바람을 싣고 여기로 온다.
여름은 장미와 패랭이꽃을 싣고 온다.
가을의 황금빛 축복은
화려한 빨간 실로
호수 가장자리에 수를 놓았다.
여기에 집들이 서 있다. 그 집들 속에서 삶이
점점 어두워진다. 여기 인간들 표정은
어둠 속에 있고 그리고 점점 어두워지며 커다란
상념에 젖는다…….
여기에 천천히 회복되어 가는 병자들이 있다.
죽은 자들은 이곳에서 즐거웠으며
살아 있는 자들은 여기서 고뇌를 배웠다.
그는 아이들과 손자들을 네게서 빼앗았다.

그들은 다시는 돌아오지 않을 것이다…….
모든 미래를 그분은 네게서 빼앗아갔다.
울어라, 막달레나, 울어라!
너의 아들들은 그분이
인내하면서 건너갔던 돌들이다.
네 딸들은 숲들이다,
그 속에서 끔찍한 것이
신들의 손에 걸려 있었다.
울어라, 막달레나, 울어라.
소리내라, 막달레나,
너의 고통을 소리내어라.
오늘 죽음이 집으로 침입했다.
너의 아들 수백 명이 죽었다,
멋진 딸 수백 명도 죽었다.
소리내어라, 막달레나, 소리내어라…….

〈VIII〉

너, 멋진 검은 칠현금이여, 내게 주어졌구나.
나의 대가적 능력을 시험해보기 위하여.
나는 너의 현을 켜며 삶을 연주하고 싶단다!
칠현금, 너의 나무는 고상하고 매끄럽구나.
그리고 새 현들은 떨고 있네
팽팽한 현의 힘 때문에.

나는 오랫동안 어린이용 바이올린을 연주했다.
그래서 질이 좋지 않은 줄에 긁혀 손에 상처가 났다.
이제 악기는 내 것이 되었고
난 그 악기를 울리며 *나의* 소리들을 낼 것이다.
내 하얀 손은 현을 잡기 위하여 올라간다.
마치 욕조 속으로 들어가듯.

나는 너를 켜면서 무한함을 말할 줄 안다.
너 어두운 칠현금이여,
마치 내가 모든 날들에 관하여
모든 예감과 한탄에 관하여
밤에 일어나는 모든 두려움에 관하여 알고 있는 것처럼.
태초 이래 언제나 흘러갔던 모든 것이
내게서 흘러가는 것처럼.
모든 것은 끝없는 갈망이 될 것이다.
내 노래와 감각으로
존재하는 모든 것들을 받아들이기 위하여.

시간 속에서 살지 않고 남았던 것을
이제 만회하는 것이 중요하다.
그것은 모든 미래를 따사로운 현실로
들어올리는 것이다.
그것은 모든 뿌리에 흙을 주는 것이다.
그것은 모든 줄기에 빛을 주는 것이다. 그 빛 속에서

줄기는 올라갈 수 있고 앞을 향하여 나아갈 수 있다.
너는 알 것이다 : 어디로 나아가는지를.

―――

나의 두 손은 계속하여 오고 있다.
그 두 손은 오래 전부터 바다 위에 그리고
낯선 도시들 안에 있었다.
그 두 손은 칠현금을 잘못 연주했었다.
낯선 자들이 왔다. 그리고 여러 번 물었다.
손이 배가 고프지 않은지.

내 두 손은 배가 불렀다.
그 손들은 다른 도시로 갔었다.
그곳에서는 다른 것을 질문했다.
두 손은 누구에게나 대답했다
두 손은 시간 나는 대로 계속 갔었다.
그러나 아무 손도 불평하지 않았다.

침묵 속에 있는 나의 두 손은
그들이 가고 있는 긴 길 위에서
끝없는 삶의 고뇌에 시달렸다.
내 손은 많은 사물들을 굳게 잡았고
그리고 그 사물들을, 마치 죽은 자를 그대로 두듯이

더 이상 움직이지 않게 했다.

나의 두 손은 언제나 조각들만을 잡을 뿐,
완전한 행복이 조각들 속에
자리를 차지했을 거라고 믿지 않았다.
나의 두 손은 점점 조용해지면서 돌아다녔다.
그리고 바다의 도시들에 대하여 이야기했다.
그리고 도시들의 바다에 대하여.

그 두 손은 슬퍼지고 낙담하게 되었다,
왜냐하면 황량한 두 손에 비해 세상은
너무 크기 때문이다,
세상은 자기가 들어 있는 손을 향하여
손을 내밀지 않는다 : 손들의 세계를 향해…….
내가 손들의 세계를 발견할 수 있다면!

⟨IX⟩

종탑이 황혼 속에 홀로
서서 침묵하고 있다.
무엇인가가 문으로 너를 들어오게 하여
걸려 있는 밧줄을 가리켰다.

그 밧줄은 저녁바람에 차갑게 된

자기 자신을 너의 손에 얹어놓았다.
종들은 마치 너의 기분과 같다. 그리고
교회 의자에 완강하게 움직이지
않은 채 서 있다.

너는 종들을 네게 가까이 끌어당겨야 한다.
네게 낯선 종들을.
너는 종소리를 멜로디로 울리게 해야 한다.
거대하고 강한 바람이 멜로디에 맞추어
너를 펼치는 것처럼 보였다.

너는 손으로 잡는다, 오랫동안 아무것도 움직이지 않는다.
너는 하얀 옷을 입고 얼굴을
위로 들어올리고 서 있다.
너는 손으로 잡는다. 커다란 종이 올라간다.
그렇지만 종의 무거운 입은 침묵을 지킨다.
시간이 소리를 내며 자란다.

시간이 여문 이삭밭처럼 무르익어
소리를 낸다.
이삭밭 한가운데에서 너의 심장이 귀기울인다.
네가 지지해야 하는 너의 손은
이 세상을 올렸다. 세상의 고통을 위로 올렸다.
너의 손은 세상의 기쁨을 잡는다.

너의 손은 세상을 높이 올린다……,
모든 것 위로.

얼마나 오랫동안 그랬었는지
넌 말할 수 없다.
아마도 너는 한 해 동안
이 세상을 짊어졌을 것이다.
그 다음 천천히 너는 이 세상을 내려놓았다…….

떨어지고 있는 세상을 손에 잡기 위하여
소리가 긴 하늘을 통과하며
질주했다.
그리고 마치 외침처럼
종 안으로 뛰어들었다, 숨가쁘게.

———

너는 위대한
너의 느낌이 가서 비슷해지는 것을 보았다.
마치 성경에 나오는 나라에서처럼 넌 그것이 가는 것을
보았다. 종의 아들들이.

종을 울려 풍경 너머로 점차 사라지게 하라.
종들은 굽실거리는 너의 머리카락이다.

저녁노을 속에 반짝이며 울리는 모든
사물과 너와 친근한 관계는
감동적이며 멋지다.

———

귀기울이는 모든 것은 너의 청각에 달라붙기를 원한다.
합창이 너의 목소리에서 살기를 원한다.
사지 어느 한 군데에도 움직임이
있으면 안 된다.
너는 모든 것을 들어올리고 가라앉혀야 한다.
너는 모든 것에 바람이어야 한다.
사물은 눈이 멀게 되기를 원한다. 왜냐하면
수천 개의 눈이 방황하고 있기 때문이다.
너의 두 눈 속에서 모든 눈은 자신들의 집을 가지기를 원하고
거주하기를 원한다.
장미 수천 송이가
잠에서 깨어난다,
너를 조용히 스치는 너의 향기가 되기 위하여.
내가 알고 있는 모든 계곡에서
포도나무가
너를 생각한다
포도송이가 익을 때면……

　　　　*　　*
　　　　　*

〈파편〉

이 세상은 태초 이래 내가 알고 있는
존재와의 위대한 재회라고 나는 생각한다.
나는 하프를 치며 걸어가는 손의 소리를 들으며
그리고 이 손들이 어디로 가는지를 안다.
말할 수 없는 것 그리고 감각으로 가득 찬 사물이
내 주위에 둘러 서 있다.

밤이다. 생기 잃은 집이 계단으로부터
잠을 잃은 오래된 돌 분수대 주위에 걸려 있다.
돌로 된 입은 엄청난 것을 지니고 있는 것 같고
모든 것이 밤으로 흘러들어간다.

낮을 체험한 사람들은 낮 냄새가 풍기는
그들의 방에서 자고 있다.
시커먼 중압감이 천천히 변신하며 시계로부터
유충처럼 기어나온다.

귀로 들어가는 길이 무성한 수목으로 뒤덮였다.

마치 수년 동안 어떤 소리도 그 길을 가지 않은 것처럼.
입 밖으로 나온 규정은 무한하고 깊은
사물의 청력에서 효력을 상실한다.

이것은 항아리의 어두운 외침에 의하여
날마다 온순하게 솟아올랐던 그 물이 아니다.
물은 흘러간다. 어떠한 항아리도 그 누구에게도
오지 않았던 무거운 물을 담을 수 없을 것이다.

마치 물이 산의 품을 헤치고 나오는 것처럼,
물은 뿌리를 만들어내는 소재를 갈갈이 찢는다.
그 산의 지층들은 이미 이름이 없어졌다.
거기서 수많은 커다란 입이 태어나지 않은 자의
갈증으로부터 물을 향하여 들어올려진다.

모든 것은 존재했다. 침묵과 주시로
가득 채운 저녁시간들이었다.
그것은 심오한 책들이었다. 까닭 없이 자주 우는
여인들의 비단 같은 느낌으로 제본한 책들.

똑바로 선 날씬한 꽃들이 있었다.
많은 꽃나무들이 소리내며 서서히 열리기 시작했다.
수많은 강가에서 아무것도 포기하지 않은
너의 삶이 길을 달리고 있다.

믿을 수 없을 정도로 아름다운 탑들이 있는
네가 멀리서 보았던 모든 도시들
영원한 폭풍 속의 모든 평원들
바람 한 점 없이 솟아오르고 있는 가로수들
잇달아 몰려오는 모든 바다들
그리고 너무나 긴 낮으로부터 오는 불안감
움직임 없는 밤의 정지
낯선 마차들의 지나감
네가 알아낼 수 없는 상실의 소리 없는 스쳐감
이 모든 것들이 존재하며 그리고 네게서 일어난다.

너를 건드리는 모든 사물에게서
너는 너의 각인을 발견할 수 있다.
너의 어두운 껍질의 도려낸 한 조각을.
넌 그것의 고통을 마치 꿈속처럼 느꼈다.
왜냐하면 너의 생성은 오고 있는 모든 것을
참고 견디는 너의 약함에 놓여 있기 때문이다.
그리고 너의 외피는 수천 개의 손에 의해
둘러싸였다.
이 손들은 계속하여 네 곁에서 애쓸 것이다.
라일락 숲에서 꽃이 필 때,
바람으로부터 이 손들은 자란다.
너의 벽들의 낯선 어둠으로부터
빨강색, 은색, 초록색으로부터

가까이에서 울리는 바이올린 소리로부터
내가 네게 가리키는 소녀로부터
저녁이 너를 예민하게 만들 때.
밤으로부터, 수많은 모태의 어두움보다 더 짙은
어두움으로부터, 위대한 미래로 가득 찬 밤으로부터
이 두 손은 자란다.

일어나는 일을 너와 연관시키는
무수히 많은 감각들을 즐기기를 바란다.
날마다 너는 새롭게 시작할 것이다.
새로운 멜로디는 언제나
너는 네가 켜는 바이올린의 현에서 더 이상 너의 것으로
보이지 않는 비슷하지 않은 다른 것과도 함께하려고 한다.
더 이상 너로부터 떨어져나올 수 없는 세상은
더욱더 친밀하게 될 것이다.
사랑에 빠진 삶은 자라고 있는 너의 몸짓에
점점 더 부드럽게 달라붙을 것이다.
너의 고독의 즐거움은 네가 고조시키는
축제 안에서 더욱더 순수하게 울리게 될 것이다.
너의 노래는 사사로운 동기로부터 벗어나
점점 더 보편적으로 되어 갈 것이다.
너는 평원에서 사는 법을 배울 것이다.
왜냐하면 너는 거기서 하늘을 더 크게 볼 수 있기 때문에
그리고 거기에서는 강물이 조용히 다른 사람에게로

수만 명의 사람에게로 흘러가기 때문에.
산 없이 대지가 넓어질 것이다.
너는 모든 길들의 근원을 볼 것이다.
집이 점점 커질 것이다. 개가 천천히
너에게서 멀어질 것이다.
주위의 사물을 알려고 하는 자는
사물을 언제고 한번 하늘 앞에서 보아야 한다.
사물이 중요하게 그리고 버려진 채 있는 그곳에서
이 사물들은 네가 상처입힐 수 있는 그 누구에게도
속하지 않는다…….

삶은 점점 더 다양해진다. 이전에는
과도기적이고 채워지지 않았던 모든 사소한 것이
사건이 될 것이다. 그래서 일상적인 것에 대해서는
결코 말하지 않을 것이다. 해마다 일상을 고양시키려는 능력이
내 가슴속에서 자란다. 그것은 나를 창조로 내닫게 한다.
이렇게 오랜 기간 체험한 바이올린 연주의
가장 어려운 화음이 신기하게도 좋아지게 된다.
낮은 힘들다. 낮은 원하지 않았던 것이다.
그것은 너의 의지를 자신의 것으로 만든다.
낮은 이렇게 밤보다 훨씬 더 힘들다.
그래서 사람들은 낮을 오로지 위대한 사람에게 주어야 했었다.
낮은 왜소하다. 사소한 것이 낮을 채우기 때문이다.

작은 집에 대한 사소한 근심.
그것은 날이 어두워질 때마다 마치 옷처럼
어깨로부터 떨어진다.
밤! 내게 세상을 주렴! 낮의 위대한 본질을 내게 달라.
내가 자주 따로따로 분리하여 선사했던
위대한 낮에 대하여 생각하기 위해서.
왜냐하면 낮은 내게 무가치하게 되었기 때문에
마치 끝이 없는 길 위에 떠 있는 배처럼.
도시의 모든 낮은 그러했다.
그렇게 낮은 전진을 위해서는 소용이 없었고
마치 누군가가 낮을 훔쳐간 것처럼 공허했다.
자주 어린애들같이 낮은 아프다, 심하지는 않지만
결코 회복되지 않을 것이다.

나로부터 그리고 미지의 수많은 소재로부터 만들어진
신비스러운 삶인 너,
내게 단지 일어나기만 하라. 내 감각은 모든 것들에게 열려 있고
내 목소리는 찬양할 준비가 되어 있다.
네가 나를 슬프게 하기를 원한다면, 오너라 그리고 내 마음을
두 갈래로 찢어라, 그것은 수천 배로 아프게 될 것이다.
눈이 안보이게 될 때까지 내 눈을 불길로 타게 해라.
난 내가 고뇌할 때 성장한다고 믿는다.
그리고 어떤 희생을 치르더라도 난 성장하고 싶다.

내 머리카락을 위로 뜯어 올려라
땅의 품속으로 나를 밀어 넣어라!
너의 감각을 경험하게 해다오
왜냐하면 나는 추측하기 때문이다 : 당신은 위대하다고.
죽음이 네게 어떤 행동을 취할까?
내가 죽음을 알기 전에 나를 죽지 말게 해다오.
죽음은 세상의 모순인가?
죽음은 세상의 행복인가?
죽음은 너의 한 부분, 삶의 한 부분인가?
왜냐하면 나는 죽음을 오로지 *삶에서*만 생각할 수 있기 때문이다.
너는 내게 모든 것이 어떻다는 것을 이야기할 필요가 없다.
너는 내게 단지 몇 가지의 표시만을 주면 된다.
그리고 네가 엮어 짜여 있는 그 속에서 나를
모든 사물과 엮어 짜야 한다.

나는 슬프지 않다. 내 두 눈의 그늘은
단지 신중함이고 그리고 삶의 고요함이다.
나의 의지는 모든 행위들 앞에 깊이 고개 숙인다.
마치 예복을 입고 통치하는 제후들 앞에서처럼.
왜냐하면 지상의 왕국들은 제후들의 것이기 때문이다.
꿈은 심층들을 가지고 있으며 그리고 행위는 영토를 가진다.
매우 많은 행위들이 있다. 그 행위들은
마치 옛 제후의 가문들과 비슷하게 우리를 지배한다……

나는 결코 동반자들을 갖지 않았다는 생각이 든다.
나의 약혼녀는 어렸을 때 죽었다,
석양 속의 커다란 정원에서
나의 감각이 성숙해가고 있을 때.
거기에는 단지 같은 무게와 같은 치수의
아주 적은 사물들만이 있다.
거기에 오는 사람은 사라질 것이다.
마치 그의 길을 잊었던 사람처럼.
단지 한 목소리만이, 마치 계단처럼
저녁으로부터 나와 우주로 올라간다.
유일하게 있는 한 마리 꾀꼬리의 부름을 받고
별들이 온다.
꾀꼬리의 외침은, 마치 아홉 그루 떡갈나무의
우듬지가 새의 노래로 가득 찬 것처럼
비교할 수 없는 강렬한 소리로
세상으로부터 나와서, 와야 될 그 무엇에
이르기까지 이르는 것처럼 보인다.

〈순례자의 서의 첫번째 기록〉

낮에는 많은 사람들 주위로 속삭이면서
돌아다니는 소문으로 당신을 듣습니다.
저녁시간을 알리는 종이 울린 후

정적은 천천히 다시 갇힙니다.

낮이 점점 힘이 빠진 듯한
동작으로 서쪽으로 저물어갈수록
당신은 힘이 많아집니다, 나의 하느님.
당신의 왕국이 연기처럼 모든 지붕에서 올라옵니다.

석양은 마치 옷 가장자리 장식과 같습니다.
밤이 비로소 당신의 옷을 펼칩니다.
유연하고 부드럽고 넓은 옷을.
별들은 유일한 어두움을 위한
많은 말들일 뿐입니다.

———

나는 컴컴한 대지를 들여다봅니다.
나의 가슴은 밤의 옷에 가까이 닿아 있습니다.
내 가슴은 마치 어두운 샘가에 있는 것 같습니다.
나는 무의식적으로 손을 뻗쳐 붙잡습니다.
그때 내 가슴이 내 손으로 흘러들어와
손 안에서 소리냅니다.

그때 나는 긴 밤의 옷을 입고
검은 집에 앉아 있습니다.

내 손의 피와 함께
그리고 밖을 내다봅니다.

———

밤에 바깥을 향하여 보는 자는
그가 지금 막 생각하고 있었던 그 사람이
정원에 서 있는 것을 봅니다.
그 사람은 장미화단 옆에 서 있으며
그리고 달이 지나갈 때
장미화단을 볼 수 있습니다.

나는 길 가장자리에 조용히
서 있는 나를 보았습니다. 내 자신에게서 떨어져 있는
그는 여전히 매우 어렵습니다.
나는 내가 거기 실재했는지 모릅니다.
나는 황혼으로부터
멋지게 엮어진 것처럼
보였습니다.

마치 누군가가 어디에선가 그 나무들처럼
그렇게 조용히 서 있는 것처럼
고요한 나무들이 그렇게 서 있었습니다.
멀리 누군가가 옆집에서 울었습니다.

모든 사물은 우울증으로부터
나왔습니다.

그때 나는 오래 전부터 더 이상 나를 염두에 두지 않았습니다.
그러나 우리의 정원으로부터
소년은 사라지지 않았습니다.
지금 그는 몸을 돌렸습니다.
그러나 난 단지 그의 손만을 볼 뿐
그의 얼굴은 보지 못했습니다.

그는 자신의 머리를 깊이 숙였습니다.
마치 사물을 굉장히
무겁게 생각하는 사람처럼.
그렇지만 그의 손은 그의 머리보다 먼저 왔다가
갔습니다 마치 그 손이 그의 머리보다
더 많은 것을 의미하는 것처럼.

그때 나는 모든 것은 같다는 것을 알았고 그래서 말했습니다 :
사람들은 모든 것을 행하는
그들의 손만을 따라간다고,
우리는 단지 손일 뿐 얼굴이 아니라고,
그러나 신은 우리가 그 속에서 쉬고 있는
얼굴이라고.

―――

당신은 수천 년 걸려 숙성된
그리고 멋진 피로 가득 채워진 열매입니다.
당신의 드러냄을 스치는 모든 시간은
한밤중의 시간입니다.
그 시간은 깨어 있는 고독한 자를 붙잡습니다.
당신의 뿌리는 각자의 모든 집 안으로 들어가며
그리고 사물 속에서 뿌리를 깊숙이 뻗칩니다.
그리고 정적을 마십니다. 뿌리는 온 가슴속으로 들어가
고통에서 나오는 달콤함을 마십니다.
달콤함은 고통받는 자 외에 그 어느 곳에서도
만들어지지 않습니다.
당신의 강한 뿌리는 넓게 자랍니다.
뿌리는 사람들이 더 이상 울릴 수 없는 커다란
종탑에서 나오는 침묵을 마십니다.
그리고 당신을 의미하는 어두움을 데려옵니다.
시간의 밝은 잔에서 흘러나오는 꿀처럼.
그것들은 공간에서 무한한 자인 당신을 모아들입니다.
마치 당신이 거기서 언젠가 부서진 것처럼.
그리고 지금 먼지처럼 날리는 세계인 당신은
먼 별들로부터 다시 땅으로 떨어집니다.
마치 봄비가 떨어지듯이 고요하게.

―――

저녁은 커다란 달을 기다립니다.
내가 하루종일 살았던 집이
내 옆에 있고 그리고 신기하게 작아지는군요.
내가 허리를 굽혀야 들어갈 것 같습니다.
내가 붉다고 여긴 모든 꽃들은
어느 곳에서도 볼 수 없는 검은 꽃들입니다.
모든 하얀색은 달라졌습니다, 울어서 눈이 붉게 된 것처럼.
모든 길들은 장님이 된 듯 더듬거립니다.
이 나무에서 저 나무로. 그때 나는 모든 것이 한꺼번에
나를 떠난다고 느낍니다.
낮에 내 감각의 확신에 차 단단히 매달렸던 모든 것이.
아무것도 더 이상 나를 믿지 않습니다. 이제 모든 사물이
신 옆에서 나를 비난합니다. 왜냐하면 나는
내가 느꼈던 것과 다른 것을 보았기 때문입니다.
낮이 사라졌을 때.

―――

어떤 형상에도 결부되지 않은
미래의 인류 곁에 서 있는 신, 그대여,
저녁시간에 불어오는 송진향기인 그대

기분 나쁘게 생각하지 마세요, 그대를 발견한 수도사들의
입들이 너무나 많은 말을 한다면.

그것은 당연히 수도사들의 침묵을 말합니다.
마치 바이올린의 울림이 침묵을 말하는 것처럼.
그들의 우는 소리가
불안스러운 낮에 시간을 갈갈이 찢는
소음과 서로 합쳐질 때.

          * * *

〈에밀 폰 쉐나이히 카로라트 왕자에게〉
《마지막 사람들》에 대한 헌사

삶이 우리를 사랑할 때
강한 바람에 의하여 분리되어
우리는 근본적으로 볼 수 없고 고독합니다.
하지만 그 이유는 우리 모두에게 같습니다.
무엇 때문에 우리가 볼 수 없고 고독한지!

〈클라라 릴케 베스트호프에게〉

〈X〉
《마지막 사람들》에 대한 헌사

우리는 이 책에 집을 지었다.
당신은 이때 충실하게 내게 조언했다.
이렇게 깊고 고요한 행위로 우리 집을
짓게 하라, 우리가 서로 신뢰하는 집을.
우리는 위대한 것이 우리에게 일어나기를 원한다 :
행복은 우리 두 사람에게 결코 동냥이 아니기를 또한
우리는 고통에 대해 어떠한 관대함도 원하지 않는다.
우리 집은 화강암 위에서 커가야 한다.
그리고 우리가 멀리 떨어진 목표를 본다면
우리 집은 우리 아이들 주위에 고요하게 서 있어야 한다.

〈XI〉
크리스마스는 일 년 중 가장 고요한 밤이다.
그때 너는 마치 저녁시간을 알려주는
시계소리가 들리듯이 온 심장이 뛰는 소리를 듣는다.
크리스마스는 일 년 중 가장 고요한 밤이다.

그때 모든 아이들의 눈은 커진다.
그들이 바라보는 사물이 커지는 것처럼.

그리고 모든 여인들은 더욱더 모성적으로 되어가고
모든 아이들의 눈은 커져간다.

그때 너는 바깥의 넓은 대지 속으로 들어가야 한다.
손상되지 않은 크리스마스를 보기 원한다면.
너의 도시적 감각은 결코 열망하지 않지만
너는 바깥의 넓은 대지 속으로 들어가야 한다.

그때 너의 위에 있는 커다란 하늘이 어두워진다.
그 하늘은 멀리 떨어진 하얀 숲속에서 쉬고 있다.
길들은 너의 신발 아래에서 넓어져가고
그리고 커다란 하늘이 네 위에서 어두워져간다.

커다란 하늘에 별 하나가 신기할 정도로
마치 꽃이 활짝 핀 것처럼 밝게 빛난다.
멀리 창공이 마치 파도처럼 가까이 온다.
커다란 하늘에 별 하나가 떠 있다.

〈마이케 페테젠 양을 위하여〉

너의 가장 아름다운 꿈 그리고 스쳐가는
모든 꿈들이 네 마음에 들지라도,
삶은 우리가 그것을 올바르게 이해한다면,

올 것이며 모든 것을 능가할 것이다.

어두워지는 늪지, 지금 너는 깊고도 넓구나.
곧 장중한 별들과 함께 하나로 소리나는
너의 고독의 한 부분이 되기 위하여
하늘이 네게서 멀어지는 것처럼 보인다.

그때 나는 이 도시 한가운데에서 너를 생각하며
숨을 쉰다. 왜냐하면 단지 숨소리만이
이 도시의 골목에 존재하기 때문이다. 하늘은
공기를 자신에게로 가져갔다. 슬프도다, 공기는 너무나 멀리 떨어
진 최초의 별들 주위에서 불고 있다.
이 무거운 도시가 어디로 떨어졌을까?
이곳은 심연이다. 물 속에 잠겨 있고 바다의 심연보다
더 깊다. 거기에 나는 모든 것들과 함께 누워 있다
그들처럼 힘겨워하면서 나는 그것들의 중압감의 한 부분이다.

내가 너희들을 생각할 수 있다면 : 숲, 바다,
너희들, 바람 속의 평지들, 너희들이 여행하는 밤들을 :
낯선 나무들이 높이 날아 지나갈 때
그리고 아래에서 낯선 다리들이 휘어질 때,
그리고 동네들이 달빛에 싸여 깊은 곳에 놓여 있을 때,
마치 꿈꾸자마자 잊어버리는 꿈들처럼.

내 얼굴이, 지금 빛에 의하여 찌그러진 내 얼굴이
실재 존재하는 어둠 속에서 옛날처럼
내면으로부터 밝아질 수 있다면.

이 세상은 언제나 다시 오고 소망한다.
이 세상은 진지하게 자신을 벗어나려는 모든 자에게로 온다.
이 세상은 깊은 곳으로 도망가려는 그의 힘을 바란다.
그리고 그 자의 노래를 원한다.
                              그때 그는 불안하고 조용해질 것이다.

커다란 정원들 가장자리에 있는 빈 집을 나에게
선사하는 제후는 어디에 있느냐?
그 누구도 생각하지 않는
주인 없는 외딴 집들이 아주 많이 있다.
나는 조용히 흘러가는 많은 상실들처럼
그 집들의 모든 고요한 날들을 느낀다.
소음 속에서 살아야만 했던 나는
그 집들의 고독을 느끼면서 탄식한다.

나는 조용한 장소를 갈망한다.
내가 다시 삶을 사랑할 수 있는 곳을
바람과 같은 삶과 파도와 같은 세계를 사랑할 수 있는 곳을.
그때 나는 최초의 남자처럼

최초의 밝은 아침 빛을 향해 내 두 손을 내밀었다.

나는 수도원을 세우고 싶다. 그곳의 골방들은
참으로 모든 사물이 어두운 시작을 하는 곳이기 때문이다.
나는 새 시대를 살면서 과시하지 않는
보잘것없는 자들을 위해 수도원을 짓고 싶다.
서로 밀치고 전화선으로 신속하게 연결되는 시대,
미친 듯이 질주하는 도구들의 시대,
부글부글 거품내며 끓으며 소리치는 시대를 살면서.
나는 단순한 일을 하는 손을 원한다.
그것은 기꺼이 다시 잡초를 뽑고 씨를 뿌리고
영원을 다시 거두어들이는 손이다.

이 모든 것에 내 가슴은 함께하지 않는다.
어떤 사람에게도 그의 시간이 이렇게 낯설지는 않았다.
고뇌와 행복을 위해서도 이렇게 낯설지는 않았다.
왜냐하면 나는 책을 읽기 원하고 그리고
사람들이 나를 방해할 때
나는 홀로 있고 싶기 때문이다.
이 소음은 누구에게 속하느냐?
하느님,
이 시간은 누구에게 속합니까?

나는 끝없이 가고 있는 것처럼 생각된다.
나는 모든 것이 불안하고 겁나고 아득하게 느껴진다.
내 두 눈 위에 낯선 사물이 놓여 있다.
내 두 손은 주인을 가지고 있지 않다.

별, 그 별은 모든 것이 고요해졌을 때 잠에서 깨어났다.
커다란 별 하나(너는 그 별을 알고 있었다),
그 별은 나를 그렇게 멋지게 움직였기 때문에
사물 중 가장 움직이지 않는 사물처럼 보였다.

나는 저녁이 되면 그 별을 더 이상 발견하지 못할 것이다.
나는 길을 잃을 것이다.

좁은 골목에 갇힌 저녁하늘로
가득 찬 나의 가련한 손에 우연히
별 한 쌍이 의미 없이 놓여 있다.

거기서 너는 볼 수 있을 것이다, 어떻게 길을 잃었는지.
그것은 숲에서 아이들이 길을 잃는 것과는 다르다.
아니다, 그렇게 말하지 말아라.
나는 나이가 들었다.
그리고 나의 숲은 : 돌로 된 형상이다.
숲의 얼굴은 소음으로 만들어진 것이다.

이것은 누군가가 죽기를 원할 때와 비슷하다.
정원에 있는 어린아이들은 소리지른다.
그는 낮이 저물어가도록 오래 기다린다.
그러나 정원에 있는 아이들은 소리지른다.
그때 그는 알게 될 것이다 : 나는 그렇게 죽어갈 것이다 : 결코
  조용하지 않게.

그의 분노가 서서히 일어난다……
커다란 저 짐승들처럼,
사람들은 짐승들이 서서히 일어서는 것을 본다.
짐승들의 의지 주위로 의지가 모인다.
그들은 깊은 심연에서 올라오는 것처럼, 사지와 사지를
들어올린다. 너희들에게 오랫동안 아무 일도 일어나지 않을지라도
그를 계속 주시하고 있는
나는 알 것이다 :
  그의 분노가 짐승처럼 올라오는 것을,
  떨며 일어서는 짐승들을 사람들은 본다.

소리난다. 소리난다. 누가 정원들을 가지고 있느냐?
누가 집으로 떨어지는 분수를 가지고 있느냐,
누가 초원의 고독과 바람을 가지고 있느냐?
누가 조용히 흐르는 내 눈물 위에서

나의 시선을 통과하여 노저어간
검은 조각배들과 같은 사물을 가지고 있느냐?

누가 어두워져가는 세상을 손에 쥐고 있느냐?
누가 이 세상을 이렇게 끝없이 고요하게 하느냐?
(나는 혼자인가? 도대체 나 외에 그 누구도 모른단 말인가,
누군가가 떨어진 지구를 본 것을
그가 지구를 자기의 외투로 감싸는 것을.)
눈으로 바라보면서 나는
하루를 살아갈 것이다, 벽들이 없는 존재를.
저녁이 되면 나는 누구의 손 안에서
어떤 다른 사물을 위하여 나를 놓을 것인가?

마치 외투 속에 있는 것처럼 그 안에 감싸져
멀리 떨어져 높이 서 있는 오직 두 개의 깃발 옆에
그리고 더 이상 촘촘하게 채워지지 않고
걸려 있는 격자 받침대에
사라져버린 이러한 저녁시간들의 예감이 있었다.

마치 어두운 물가 같은
저녁바람 곁에 놓였던 이 시간은
어딘가에서 소멸되었던 낮의
저녁이었다. 아마도

넓은 황야 위에서 소멸되었던.
이 시간은 지붕들을 향하여 보이지 않게 와서
골목길과 소음 속에서 사라져갔다.
움직이지 않았던 정원들의 온기는
사라지면서 고요하게 흔들거렸다…….

렘브란트
⟨초고⟩

큰 폭의 바람이 바다로부터 휘몰아친다.
거리들은 나무들처럼 휘어져 있다.
집들은 추억에 가득 차 서 있다.
어떤 사람들은 직무와 가난 속에 살고 있다.
많은 여인들은 그러나 모피코트를 입고 간다.
그 여인들은 젊다.
여인들의 아름다운 보석들 안에서 황혼이 진다.

방 속 깊숙이 처박혀 사람들이 살고 있다.
웃는 자는 웃고 고뇌하는 자는 고뇌한다.
가서 가리켜라
두 가지의 실체를,
그들의 옷과 날들의 실체를.
당신은 멀리서 온 재판관이다.

말하라,
멀리 떨어져 있는 얼굴들의
잊어버릴 수 없는 명료함을.

〈나중의 원고, 미완성으로〉

큰 폭의 바람이 바다로부터 휘몰이친다.
거리들은 나무들처럼 휘어져 있다.
집들은 추억에 가득 차 서 있다.
어떤 사람들은 직무와 가난 속에서 살고 있다.
그러나 많은 여인들은 모피코트를 입고 간다.
그 여인들은 젊다.
여인들의 아름다운 보석들 안에서 황혼이 진다.

방 속 깊숙이 처박혀 사람들이 살고 있다.
웃는 자는 웃고 고뇌하는 자는 고뇌한다.
술꾼들은 뒷전에서 술을 마신다.
침대는 위대한 구조물이다.
작별과 희열을 위한.

로댕

〈초안〉

그는 유년기를 갖지 않는다, 나이를 먹지 않는다.
조형가가 외롭게 서 있다.
형상물 아래.
펼친 그의 두 손은 마치 날개를 단 것처럼
사물을 나른다.

그는 돌을 태어나게 하는
원을 그리고 있는 무거운 두 손을
가지고 홀로 있다,

그는 돌들을 가지고 홀로 있다,
아직 죽지 않은 돌처럼.

〈두 번째 원고〉

그는 유년기를 갖지 않는다. 나이도 갖지 않는다.
그의 유년기는 돌의 유년기였다,
그의 나이는 그의 나이가 아니다.
조형가는 형상물 아래
외롭게 서 있다.

그의 펼쳐진 두 손 안에
나라들이 놓여 있다.

그의 사물은 마치 별들처럼 그의 주위를 돌고 있다.
사물은 별자리처럼 그를 둘러싸 서 있다.
그는 자기와 가까운 관계를 만들었다.
그런 다음 그는 자신을 멀리 내던졌다.

자신의 두 손을 부정하는 사람
죽은 짐승처럼 잊혀졌다.
그리고 숱한 낯선 저항들
그리고 내 가슴속에 나에 대한 저항이 있다.
이 모든 것으로부터 무엇인가 새로운 것,
진실하고 무한한 것이 나올 수가 있을까.
오, 나의 가슴은 무한한 소심함으로 위축되어 있다.
꿈과 부적보다 더 불안스러운.
마치 삶이 내 편에 있지 않은 것처럼
삶은 날마다 저항한다.
나는 여전히 알고 있다. 소년 시절 얼마나 나는 먼 곳을 향하여
삶을 떠나기를 갈망했는지를……
내가 소심해지기 시작했을 때, 그렇게 되었던 것처럼
몇 해들이 그렇게 머물렀다.
나를 사랑하는 사람들은 어찌할 줄 모르고 슬퍼한다.

미지의 나라들이 나를 잔인하게 주시한다.
그리고 나는 간다. 그리고 더 이상은 모른다.
나는 내가 무엇을 말하기 위해 왔는지를 잊어버렸다.
모든 것들은 나에게 원한다. 내가 투쟁가가
되어야 한다고. 그러나 나는 신랑이 될 것이다…….

로댕
클라라, 사랑하는 어머니, 예술가들,
애인 그리고 아내에게.

I

대가의 삶은 우리에게서 이렇게 멀리 떨어져간다,
마치 그 삶은 벌써 신화로 변한 것처럼.
우리는 그가 다루었던 사물만을 느낄 뿐이다.
그 사람 자체를 느끼는 것은 아니다.
우리는 결코 주인을 갖지 않는다.

우리는 외롭다. 그리고 멀리 오래 전에 강물이
다리의 면적을 감당할 수 없을 만큼 불어난 그곳에
그 무엇이 지나가면서 이야기한다. 파도가,
멀리 떨어진 책의 고요한 목소리가.

기억과 미래는 말하고 그리고 침묵한다.
그러나 우리는 거기에 익숙해야만 한다.
낯선 친구가 먼 곳에서 아름다움을 향해
먼 길에 있는 우리에게 자신을 드러낸다.
그곳에서 그는 그의 목소리와 함께 외롭게 있다.

II

대가의 길은 어둡다. 마치 그가
옛 시절의 초기 단계에서 자신을 잃은 것처럼.
나는 그의 고독이 밀려오는 것을
듣는 것 같다. 마치 사람들이 밤에 파도소리를 듣는 것처럼.
그는 어디에서 왔을까? 누가 그것을 이야기하지? 그는 멀리서 왔
다.

그리고 우리는? 도대체 우리가 어디서 왔는지 넌 아느냐?
오, 우리들은 마치 밤의 숲 속 길을 가는 것 같다.
누가 아느냐, 우리가 어디에서 왔는지,
얼마나 돈이 많으며, 몇 살인지?
우리의 등잔의 소심한 약한 불꽃들은
한번도 형상을 비추지 않는다.

길의 긴 행로는 더욱더 비추지 않는다.

그것은 산다는 것이다 : 아무것도 모르고 그 누구도 알지 못한다.
모든 것을 단지 볼 뿐이며 두려움에 떨 뿐이며, 아무것도
지시하지 않는다. 가능한 한 밝게 잠시 동안 타는 것이다.
마치 양초가 낯선 사람들 곁에서 타는 것처럼.

먼 곳에서 나는 사람들이 가는 것을 본다.
소리가 마치 탑에서 나오는 것처럼 떨어진다.
아무 말도 이해할 수 없다.
나는 모든 것을 더 이상 파악할 수 없다.

오, 나는 모르고 싶다.
그래서 내 턱수염 안에 입을 숨기고
편협한 근심으로부터 떠나고 싶다.
그러나 나는 약한 자들 중 한 사람이며
내 의지가 나를 지배하지 않는다.

날마다 나는 완전히 소멸되어간다.
나의 눈은 이미 오래 전에 보이지 않게 되었다.
마치 비오듯 쏟아지는 말들에
나는 텅 빈 귀를 막고 있다.

떠들썩한 요란스런 대도시
너는 큰소리를 지르고 웃으면서 내 주위로 굴러온다.

너의 집들은 번쩍거린다, 그렇지만 그 집들은 현혹시킨다.
그런 집에서 사는 것은 힘들 것이다.
계속하여 움직이는 너의 밤들에
정적이 갑자기 네 주위로 엄습한다면
불안해질 것이다. 마치 집들이 그 속에서 익어가는
불행을 생각하는 것처럼.
이러한 정적은 숲 위에 부는
자유롭고 광활한 침묵 같은 것은 아니다.
모든 것이 한 외침 앞에서 두려워진다.
그리고 엄청난 외침이 생겨난다.
외침은 텅 빈 거리로 다가온다.
외침은 커다란 '한 마리' 동물처럼 먹이를 취한다.
정적으로부터, 한없이 커지면서
외침은 가까이 온다, 마치 외침이 나로부터 내려온 것처럼.
모든 것은 외침이다, 모든 사물 주위로 울려퍼진다.
온갖 틈새를 통하여 외침이 들어온다.
도시는 커다란 외침 속에서
보잘것없고 잊혀진
단지 하나의 사물일 뿐이다.

———

외친다, 외친다!
아마도 그것은 구원의 요청일 것이며

구조자를 오게 할 것이다, 기도가 닿지 않는 구조자를.
밤의 심연으로부터 올라오는 외침은
아마 그대의 목소리를 들을 것이다,
하나의 …….

———

오, 나는 세상에서 어지럽게 흩날리며 사라져버리는
내 목소리를 세상 밖으로 들어올리고 싶다.
나의 삶은 상실된 것에 묶여 있으며
나의 시간은 사라진다는 것을 난 안다.

불확실함으로 인해 나는 자세를 꼿꼿하게 세우며
나의 마지막 재판관이 가까이 오는 것을 느낀다.
슬프도다, 내 손이 뿌리쳐지는구나.
왜냐하면 손은 살았어도 아무것도 하지 않았기 때문이다.

나는 이제 이미 시들어 바스락거리며
흩날리는 잎사귀들과 같다.
사람들이 내 영혼 위로 걸어간다.
바람이 나를 영혼의 문으로 몰아댄다.

하느님, 나는 당신에게 말했었지요.
나는 당신의 날들에 쓸모없는 존재라고.

당신은 여전히 알지요, 나의 어린 시절 두 눈이
이미 아주 일찍부터 당신을 향하여 탄원했다는 것을.

왜 당신은 그럼에도 불구하고 나를 살게 했습니까?
왜 나는 아직도 여전히 어딘가로 가야 합니까?
당신은 내게 아직도 의무를 주실 수 있습니까?
그렇다면 내가 피곤해지기 전에 내게 명령하십시오.

당신이 원하신다면, 나는 다시 한번
무장하러 올라갈 것입니다, 무장한 칼은
금도 없고 균열도 없는 거의 새것이나 다름없을 것입니다…….

———

나의 봄이 언제 처음으로 올 것인가?
봄이 오래 전에 이미 와 있는가?
어떤 목소리도 깨어나지 않고 그리고 내게 소식도 주지 않는다.
슬퍼하며 꿈꾸고 책을 읽으면서
나의 시간은 흘러간다…….

삶이 내게 요구하는 것을 하도록
삶은 바로 내 앞에 있다.

*　*　*

이제 하루가 저물었다. 갑자기 하루가 멀어진다.
세세한 의미가 중요하지 않게 되었다.
나는 알고 있다, 지금 골목들이 넓어져가고
강들은 고독 속으로 흘러들어가고 있다는 것을.

두 개의 형상이 내 느낌 속에서 나눠진다.
마치 일어나지 않았던 것처럼, 그것은 다른 형상이다.
사물 하나가 단지 여러 번 반짝거리며 아주 가까이 다가온다.
그리고 다시 어두워지고 멀어지고 싸늘해진다.
집들이 당신의 집 주위로 더욱더 가깝게 이동한다.

그러나 나는 집에서 나오는 것처럼 느낀다.
짐승들의 날이 지금 내게서 지나간다.
흔들거리는 격자 받침대의 고요한 날과
모든 장미의 날이 내 마음속에서 나온다.

〈가난과 죽음의 서의 첫번째 기록에서〉

〔그들의 아이들이 자라면서 보고
배웁니다 : 삶은 나쁜 것이라는 것을.
그들은 삶을 살고, 삶을 하찮게 여깁니다.
비록 그들 스스로 기도할지라도.
한번도 침묵 안에 들어가보지 않았던 그에게,

석양이 그를 잡아 계속 짙어지고 가지
않았던 그에게,
한번도 정적 속에 있어 본 적이 없는 그에게,
평원들을 알지 못하는 그에게, 당신은 누구입니까.〕

———

그것들은 오래된 해상 항구들 중 최초의 항구들 같지 않다.
그들은 바빌론과 이스탄불의
축제를 알리는 색깔이 귀향하는 배를
능가할지 모른다는 우려를 했다.〕

———

왜냐하면 가난은 내면에서 나오는 위대한 광채이기 때문이다.
〔깊은 고요함, 삶을 저녁마다
시작하려는 대단한 권리.
낮들이 흘러내리는 그런 사람처럼이 아니라,
마치 세대를 이으며 오는 시간처럼.〕

———

그리고 자신을 다르게 높이는 병자처럼
그들은 행복하다, 마치 꽃들처럼〔길가 위

고여 있는 물과 같이
바람에 펄럭이며 땅에 떨어지는 사과꽃처럼 가난하다.
이정표처럼 가난한, 진흙으로 덮여 따뜻해질
모래톱 위의 여름의 자비처럼 가난하다.〕

〈가난과 죽음의 서의 원래의 결말〉

위대한 바이올린 제작자인 당신이여, 언제 당신은 또
그와 같은 바이올린을 만들 것입니까?
언제 당신은 어두운 현의 소리를 축복받은 현들의
소나기 같은 소리로 덮게 할 것입니까?

많은 사람들이 소리를 냅니다. 그것은 어지러운 소리들입니다.
그리고 사람들은 자신들의 말을 바람 속으로 던집니다.
그렇지만 그들은 즐겁게 유혹하며 종잡을 수 없이 한탄합니다.
그리고 성숙하지 못합니다,
왜냐하면 그들은 고독하지 않기 때문입니다.

이렇게 그들은 예술을 잘 알고 있는 자들입니다 :
그들은 시간의 소음과 희열 속에서 상실한 자들입니다.
그들의 사물은 얇아진 발정기입니다.
그리고 그것들은 애석하게도 허영심을 지속시킬 뿐입니다.
그들을 커다란 허영심이 건드렸습니다.

그래서 그들은 하찮은 것에서 하찮은 것으로 비틀거립니다.
그들은 손이 될 수 없고 현이 될 수도 없고
단지 흔들거릴 뿐입니다…….
　　　　　　　　　당신은 그러나 손입니다.

———

당신은 손입니다. 이 손은 불가사의한 세상의 소음을
바이올린 바닥 안으로 가라앉힙니다.
고요한 손, 모든 사물들을 잡는 손,
그리고 손은 두려움과 황량함 속에 있는
고독한 자들을 마치 천사처럼 기습합니다.

당신은 손입니다. 이것은 새 가지들과 함께
손의 가지들로부터 바람을 향해 위로 나옵니다,
당신은 손입니다. 그 손에서 폭풍이 올라옵니다.
그리고 당신은 소녀를 마치 초록빛 무화과를 느끼는 것처럼 느끼며
성숙한 소녀들의 홍조를 열어 보입니다.

당신은 심연으로부터 내미는 손입니다.
밤에 당신은 당신을 기다렸던 약한 자를 향해 손을 내밉니다.
왜냐하면 그들은 오랫동안 깨어 있기 때문입니다.
당신은 그들을 위로 올리고 사물처럼 만져보고 느낍니다.
당신은 그것들을 형성하고 아마도 완성할 것입니다…….

단지 한 *사람*만이, 깨어 있는 자이고, 성숙한 자이며,
돌 속에서 혼자 말하고 있는 위대한 자입니다.
그는 장악자로서 끝없이 단호하고 위압적입니다.
부활절 종소리처럼 그렇게 순수하게 열정 속에 있습니다.
환희에 넘쳐 흔들면서 황홀경에 빠져서.

그 사람은 계속하여 그의 시간을 날마다
포기하면서 늙어갔습니다.
커다란 수염이 그의 턱에서 나옵니다.
그리고 그것은 지금 하얀 빛 속으로 천천히 흘러들어갑니다.
커다란 수염은 처음 나기 시작했을 때부터 가득 채워진
내면의 얼굴 모습들의 흐름입니다.

* * *

오, 내가 어떤 수많은 물을 보았는가.
쾌청하게 휘휘 돌며 흘러갔던 매우 가벼운 물
어두운 사물로 가득 찬 거울같이 고요한 물
그리고 물풀 아래 길게 그리고 상실하여
심연으로 걸렸던 막혀 있는 물
그리고 신선한 물 : 모든 물방울들이 노래불렀다.

알 수 없는 먼 어린 시절로부터
언제나 낯선 물이 나와 함께 간다.
한 물이 나와 같은 속도로 걸었다.
한 물은 반항했고 한 물은 미끄러졌다.
한 물은 뒤러의 머릿결처럼 흘렀다.
〔마치 바람 속에서 약한 나무가 휘는 것처럼
작은 분수의 소심한 물줄기였다.
분수들, 그것은 올라왔다가 날아가듯이 떨어진다.〕

분수 물줄기의 올라가고 있는 형상들은
떨어지는 모든 물줄기로부터 마치 외투처럼 된다.

가득 찬 도시들이 서 있다.
그때 바람이 불어온다. 거대하게 그리고 멀리서.
마치 떠나갔던 고독이 텅 빈 평지에
오는 것처럼……

〈초안〉

〔오너라 나는 당신을 길고 좁은
잔디밭 길로 초대할 것이다.
오후가 천천히 간다, 그리고 오랫동안.〕

〔오너라, 나는 당신을 길로 초대할 것이다.
오후가 천천히 고요해진다.〕

작은 꽃들을 들여다볼 수 있는
경사진 초원을 선택하라.
당신은 당신의 하얀 무릎 위에서
커다란 귤의 껍질을 벗길 수 있다,
그것들은 빨갛고 향내가 물씬 난다.

〔나는 이 오래된 시골의 언어로 한 장소를
당신에게 말하고 싶다.〕

정원들

풀밭에 아네모네가 피기 시작하고
수많은 낯선 나무들에 새 눈이 돋기 시작한다.
나는 희망한다. 이 집에 사는 사람들이
문을 연 너의 꿈들을 보호하기를.
어린 소녀여, 네가 서서 그리고 구경할 때.

여기 분수대와 형상들로부터
너의 어린 시절 속의 무엇인가를 잡아라
일찍 온 나비를 보며

고향 풀밭의 향수를 느껴라
향수는 이 풀밭을 통해 너를 조용히 움직이게 한다.

그것의 향기에 그리고 화창한 월계수 덤불에서
나오는 목소리에 너를 섞어라
보아라 네 옷 가장자리 주름 장식에 부는 부드러운 바람을
너의 손에서 마치 초원에서 나오는 것처럼
싱싱한 꽃 향기가 올라온다.

그것은 향기처럼 너를 스치며, 아주 부드럽게
그리고 마치 햇살처럼 너를 만질 뿐이다.
매시간 너에게 올 수 있는
영원은 결코 열리지 않았다.

이러한 공기 속에 무한히 많은 것들이 있다.
이것은 시간과 시간이 있기 이전에 내게 속한 것이었다.
조용한 유희의 깊은 희열과
달리기를 하는 소년들의 가벼움.

얼마나 기이하게 먼 곳이 그윽한 시선으로
눈을 크게 뜨고 나를 바라보고 있는지.
이렇게 여인들은 조용한 소년들을 쳐다본다.
그 소년들에게서 조심스레 그리고 숭고하게

봄의 밤이 시작되었다.

······왜냐하면 봄의 아이들이 떠드는 소리가
당신 마음속의 말보다 더 크게 울리기 때문이다.

데트레프 폰 릴리엔크론에게
1904년 6월 3일

〈VI〉
생일날 아침입니다. 데트레프 릴리엔크론!
빛나는 정적 속에 시계탑 종소리가 울립니다.
멀리서 종달새 소리가 지저귑니다. 이때 벌써 시작됩니다.
불프와 아벨이 당신에게 말하는 순간
이렇게 말이지요 : "전보왔습니다, 남작님."
랄슈테트 노인은 도대체 화물마차를 가지고 온 것일까요?
왜냐하면 오늘의 이 '첫번째 우편물'은 대단합니다.
모든 우편물이 당신에게 온 것이고 다른 사람에게 온 것은
아무것도 없습니다.

보세요 : 이제 나도 역시 그 우편물에 일조할 것입니다.
내가 글을 씀으로써 우편물 배낭이
터져나갈 것입니다 : 축복받으시기를,

마치 빛들이 지나가며 춤추는 숲처럼 광활하기를,
당신은 피리에 맞춰 울려퍼지는 민요와 같습니다!
이렇게 난 당신에게 글을 씁니다. ─ 똑같은 축하의 말이 들어 있는
8행 연시를 여전히 기억하십니까?
시인 초년생으로서 프라하에서 그 시를 썼었지요.

그 당시 난 도시의 아이였어요. 도시 아이적인 나의
성향에서 벗어나려고 난 많은 눈물을 흘렸습니다.
나는 여전히 삶을 살고 있지 않았으며 아픈 듯 방에 박혀 있었지요,
내가 처음으로 여행을 할 때까지 : ─
어디로의 여행?─ 바람에 실려오는 당신의 노래 속으로 말입니다.
그 노래는 내가 생각했던 시골이었습니다.
도시와 방이 싫어졌을 때 그리고 삭막했을 때
그 노래는 들판이었고 그리고 바다에서 불어오는 바람이었습니다.

그 후 난 많이 그리고 멀리 여행했습니다.
삶은 무엇을 원하는지, 삶이 우리들을 무엇이 되게 하려는지
도처에서 배우고자 시도했습니다.
그러나 나의 먼 미지의 세계 중 최초의 세계는
당신이었습니다. 당신은 나를 압도했습니다. 왜냐하면 당신은
모든 소리와 모든 별들에 관해 알기 때문입니다.
당신은 수십 리나 떨어져 아무도 없는 그 시절에
드넓은 황야를 알고 있었습니다.

내가 얼마나 드넓은 대지인 당신을 여전히 사랑하는지
나는 다시 알게 되었습니다. 사람들이 내가 당신을
어떻게 '느꼈는지' 공개적으로 말해달라고 초대했을 때.
그들은 모든 사람들에게 : 교수들, 유태인들, 작가들
그리고 여인들에게 자신들을 당신에 대하여 고백하도록 했습니다.
이렇게 신문판매소에서 당신에 대한 고백들을 사서
볼 수 있습니다.그들은 마치 세라핀처럼 달콤한 말들을 합니다,
그러나 내가 축하하는 말은 아주 개인적입니다.

생일날 아침입니다, 데트레프 릴리엔크론!
나는 당신에게 *아침인사*를 하고 싶습니다.
아무도 모르게 말이지요. 다른 사람들은 이미 알고 있습니다,
내가 당신을 '높이 평가하고 있다는 것을.' 그러니
작은 속삭임을 허락해주시기를 바랍니다 :
축복받기를, 사랑하는 드넓은 당신의 삶이여.
당신이 지니고 사람들에게 나타났던 그 빛이
마치 햇살처럼 예배에 들어왔습니다.

당신은 종소리와 같습니다, 즐겁게 유혹하고 간청하고
그리고 포효하면서 격렬하게 치는 ; 그러나 서서히 사라지는
종소리 속에 당신은 마치 향기가 없어지듯이 소멸할 수 있습니다.
스무 명의 남자들이 때로는 당신의 종을 움직이지 못합니다.
그러나 때로는 한 아이가 움직이게 할 수 있을 것입니다.
당신의 외투에 다음과 같이 씌어져 있습니다 : "나는 모든 사물 위

에 있는 하나의 사물이다.누가 나를 만들었는지 모른다.
그의 이름은 영원하다. 그러므로 나는 존재한다. 아멘."

행복이 저녁놀에 비치는 나무 꼭대기들 안에 있습니까?
정적은 닫힌 초록빛 잎새 안에 있습니까, 그 속에서 정적이 내려옵
니까?
도치에 침묵이 지배하고 있습니다. 여기 사는 우리는
결코 즐거움을 나타내서는 안 됩니다.

낯선 자를 오게 하십시오, 방랑하고 있는,
                              떠도는 자를,
급하게 짖어대는 개들을 꾸짖으십시오.
낯선 자를 모든 것 앞에 서게 하십시오. 그에게 질문하는 여인들 앞
에 세우십시오. 낯선 자는 잠시 후 여인들에게 자신이 본 것을 말할
것입니다.

집필을 시작한 《기도서》의 연속

⟨I⟩
나는 당신을 마치 장미꽃처럼 찬양할 수 있었습니다.
당신은 되돌아갔습니다. 당신의 얼굴빛은 희미해졌습니다.
그러나 휘몰아치는 폭풍우 속에

당신은 다시 옵니다. 주님, 그때 난 당신을 인식합니다.

⟨II⟩
그때 난 당신을 알게 되고 당신과 작별했던 것을
그만두었으며, 당신으로 바뀌게 되었습니다.
외투와 같으신 당신이여, 당신은 불안한 대륙 주위에서
무거운 주름이 잡혀 떨어지며 소리냅니다.

누가 공표했습니까, 당신이 분노하고 사랑하신다고.
나는 당신에 대하여 말할 수 있습니다. 당신은 변화하신다고.
우리는 양떼가 아니고 당신은 목동이 아닙니다.
나는 결코 보지 못했습니다, 당신은 주시고
받으신다는 것을. 당신은 모든 것이 변해갔던
날들처럼 행동하십니다. 보세요, 모든 것은 변합니다.

⟨엘렌 키를 위하여⟩

위대한 소리가 살고 있는 높은 곳
키 큰 소나무 꼭대기에서
나지막한 나의 삶의 소리를 들을 수 있습니다
점점 크게, 무한하게 커져가는 삶의 소리를.
그러나 아래 개울물이 떨어지며 갈라지는
그곳에 한 말소리가 끼여듭니다, 그것은

정적의 문턱으로부터 나를 향하여 왔습니다.

이렇게 나는 외로이 갑니다. 아무런 소리도 내지 않고
밝게 소리나는 그리고 침묵하는 입들 사이에서
나는 나의 가장 미세한 느낌으로
삶의 드넓은 배후와 결부되었습니다.
나에 대해 모르는 위대함이
(내가 그것을 이해한다면, 나는 아마 죽을 것입니다),
자라면서 먼 곳으로부터 내 손까지 옵니다
그리고 그 위대함은 마치 연결된 전설처럼 완결됩니다.

백합들의 노래
슈티나 프리젤에게 바침

이제 나는 알겠습니다. 이제 나는 그것을 가까이에서 보았습니다.
어떻게 백합들이 살며, 그래서 백합들이 허튼 생각을 안 하는지.
백합들 속으로 들어갈 때마다 백합들은 촘촘히 모여서 생각에 잠겨
있습니다, 아마도 꿈속에 있는 것 같습니다.

　　　시인은 그러나 백합들을 위하여 공상합니다.

그렇지만 백합들 속에는 힘이 있습니다, 백합을 둘러싼 공기는

백합의 기운으로 따뜻합니다. 백합들은 마치
하얀 열정의 종처럼 매달려 있습니다,
그것은 향기나는 탑 속에서 한번도 울리지 않습니다.

　　　시인은 그러나 백합들을 위하여 노래합니다.

백합들은 삶의 손으로부터 아무것도 가질 수 없는
아주 어린 소녀들이 아닐까요
왜냐하면 그들 심장의 커다란 하얀 꽃받침이
그것의 가장자리에 이르기까지 그들 자신으로 가득 찼기 때문에?

　　　시인은 그러나 백합들을 위하여 삶을 삽니다.

조니 깁슨을 위하여

삶이 마치 문들 뒤에 있는 것처럼
우리에게 속하지 않는 것처럼 생각되는 시간들이 있습니다.
우리가 시작하는 삶의 모든 길들은
출발점으로 되돌아갑니다 마치 원을 그리며 돌듯이.

하지만 우리가 절망과 희망 속에서
낯선 삶 속으로 들어가는 길을 갈망한다면

삶은 우리 마음속에서 갑자기 우리의 삶이 되고 그리고
열릴 것입니다, 마치 저녁에 자기 집이 다정하게 기다리듯이.

그렇다면 이미 직업은 즐겁기만 할 것입니다.
갈망하는 두 손으로부터 일이 밀려나옵니다.
잃어버린 날조차도 계단으로 올라오면서
새로운 것 속으로 그리고 다음 차례로 올라갑니다.

왜냐하면 삶은 어린 시절의 삶과 같은 것이 아니기 때문입니다,
그때의 삶은 대부분이 유희였으며 그리고 단지 허상이었습니다,
그때 우리는 삶을 자발적으로 살지 않았고, 자기 삶은 아무것도
주지 않았습니다. 지금 우리가 살고 있는 삶은 우리를 불렀음에
틀림없고, 우리가 주는 삶은 진정으로 거기 있습니다.

왜냐하면 그 삶은 진실의 세계이기 때문입니다. 인간들이
                                        완성한.
여기에 삶이 살고 있습니다. 위대한 것이 그 속에서 나옵니다.
그렇지만 위대한 것은 단지 일어났을 뿐입니다 : 왜냐하면 수천 명이
                              날마다 깨어났기 때문입니다.
그리고 창조했고 계획했고 고뇌했고 사랑했고
                      생각했기 때문입니다.
그리고 모든 것으로부터 아무것도 상실하지 않았기 때문입니다
……

오, 나를 가게 해주세요. 내가 왔던 것처럼,
마치 흘러가는 강물처럼 사람들에게 단지 닿기만 한 사람으로서
날마다의 기분에 결코 유혹되지 않고, 멈추지 않고,
마치 깊은 꿈속에서처럼 누구에게도 아무런 의미 없는 사람으로서.

해설

장순란

실존적 시인 릴케

이 책에 수록된 시들은 릴케가 시를 쓰기 시작한 1891년(15세) 부터 1905년에 이르기까지 15년 동안 집필한 것이다. 릴케가 공식 적으로 출판한 시들의 초안, 단상, 습작은 물론 시집으로 발표하지 않고 신문, 잡지 등에 개별적으로 발표한 시와 생전에 발표하지 않 았던 유고시들을 총망라하고 있는 이 책에서 우리는 초기에서 중 기로 이어지는 릴케의 시세계의 발전 과정을 개관할 수 있다. 또한 일기체, 서간체 형식으로 릴케가 자기 주변 인물들을 염두에 두며 집필한 헌시들도 많이 포함되어 있어서 삶과 예술에 관한 릴케의 견해, 주변 인물들과의 교류 등 그의 인생 경력 및 전기를 연구하 는 데도 중요한 정보를 제공해준다.

일반적으로 릴케 문학세계의 발전 과정을 초기, 중기, 후기 세 단계로 분류하는데 이것은 그때 그때 피력한 미적 입장에 대한 릴 케의 진술을 근거로 삼는다. 가령 초기와 중기를 구분하는 것은 릴 케가 파리에서 로댕을 만날 당시 새롭게 획득한 '사물시'로 명명 되는 미적 인식의 척도이다. 이러한 관점에서 보면 초기시는 중기의 사물시 단계를 거쳐 이른바 '성숙한 릴케'의 후기시 《두이노의 비가》와 《오르페우스에게 바치는 소네트》의 습작 과정으로 구분되며 문학적 완성도에서 질적으로 폄하된다. 더욱이 릴케 자신이 초기 시절의 활동과 작업을 다소 부끄럽게 생각하고 자신이 발표한 시집의 일부를 세간에서 거둬들이며 시작 활동에 당혹감을 느꼈다는 릴케의 언급도 이러한 시각을 더욱 정당화한다.

그러나 이미 1960년 울리히 퓔레보른이 릴케 초기시 연구의 중요성을 주장한 이래 릴케의 초기시는 관심과 주목의 대상이 되고 있다. 퓔레보른은 릴케의 시가 초기에서 후기를 일관되게 관통하는 본질적 통일성을 지니고 있다고 보았다. 그는 이 본질적 통일성을 19세기 말에서 20세기로 이어지는 세기말적 서구 지식인의 정신적 상황이라는 문화사적 맥락에서 파악하려고 했다. 퓔레보른에 따르면 릴케가 경험한 정신적 위기는 서구 시민사회 발전 과정의 역사적 산물이며, 이러한 존재론적 위기를 특히 후기시에서 독백 형식의 문학을 통한 예술가의 자아실현 또는 예술가의 절대화를 통해 극복하려고 했다는 것이다. 퓔레보른은 이렇듯 후기시의 구조적 특징의 맹아라는 점에서 초기시 연구의 중요성을 언급한다.

이제 시인으로서 릴케의 문제의식이 유년기 시절부터 어떤 방식으로 대중 앞에 나타나게 되며, 이러한 문제의식이 유년기의 풍부한 시적 영상으로부터 어떻게 미적 인식으로 발전해나가는가를 그의 삶과 연결하여 살펴봄으로써 릴케의 시적 고뇌의 표출과 극복 시도를 살펴보고자 한다.

1. 유년기의 시적 모티브

릴케 초기시를 단순히 유년 시절의 억눌린 무의식적 충동과 소망, 그의 개인적 사랑과 고뇌가 나르시시즘적으로 표출된 감정적 소산물로 파악한다면 릴케 초기시의 본질적 의미를 간과할 수 있다. 릴케 시작의 본질적 동기는 퓔레보른의 견해처럼 1890년대 서구 정신계를 휩쓸었던 기독교적 세계상의 회의에 따른 기존 가치 체계의 붕괴에서 오는 젊은이들의 정신적 공황에서 그 근원을 찾을 수 있다. 이때 주의해야 할 것은 릴케의 경우에는 기독교적 세계관의 회의가 결코 유기적 통합체의 해체에 의한 자아 상실감 및 절망감으로 나타나지 않는다는 점이다. 합일적 삶으로부터의 소외는 릴케의 자의식을 강화시키는 한편, 그의 고유한 독자적 시세계를 형성하는 결정적 동인으로 작용한다. 즉 릴케는 시작을 통한 예술의 미적 인식을 통하여 합일로부터 분리, 단절, 배제, 소외된 자아를 복원하려고 끊임없이 노력한다.

릴케의 초기시에서 언제나 강력한 테마가 되는 것은 유년 시절의 회상이다. 유년 시절의 회상은 언제나 불안이라는 표상으로 나타나는데, 이러한 형태의 불안은 허무주의적 존재론적 불안과 다르다. 왜냐하면 릴케의 시적 유년 시절은 잉태와 성장이라는 긍정적 관념을 내포하고 있기 때문이다. 어린아이가 잉태되는 모태는 릴케에게 미적·형이상학적 진실과 실체가 구현되는 절대의 세계란 의미가 있다. 어린아이는 이미 어머니 태내에서 천상적인 것과 교감하며 세계로 나와 스스로의 꿈을 키운다. 그것은 모든 사물들에게 존재로서 이미 주어진 경이로운 능력이다. 합일된 내면적인 영혼의 상태를 밖으로 표출하고자 하는 소망이 릴케의 유년 시기를 회상한 시에서 표현되는 것이다. 그러나 또다른 한편 릴케의 유년기 회상은 잃어버린 상실된 꿈으로 서술된다. 그 경이로운 신비스러운 시절은 상실된 과거의 이상적 시절에 머물러 있을 뿐이다. 릴케는 회상을 통해 이러한 상실된 유년기를 그리워하면서 잃어버린 이상의 세계로 다시 복귀하기를 간절히 바란다. 이것이 릴케 초기시가 우리에게 주는 메시지이다. 그에게 있어서 이러한 메시지는 오로지 예술가에 의해 수용된다. "보라, 세계는 경이로움으로 가득 차 있다. 예술가는 아이로 머문다." 릴케는 유년기를 예술가적 성숙 단계, 즉 예술가로 성장하고 있는 과도기적 한 단계로 표현한다. 이것은 어렸을 적부터 자신을 '시인'으로 의식하면서 끊임없이 시를 쓰는 자신의 소망을 반영한 것이다. 이런 점에서 시적 자아는 바로 릴케 자신이라고 할 수 있다. 그러면 이러한 이상적 세계를 복원하려는 릴케의 시적 소명감의 시도는 구체적으로 어떠한 모습으로 구현되고 있는지를 살펴보자.

2. 시인으로서의 소명의식

청년 릴케는 린츠의 상업학교 시절을 1년 정도로 끝내고 1895년 프라하대학에 입학한다. 이 시기에 릴케는 문학적 열정과 포부로 가득 찬 젊은이였다. 대학생활 동안 작가, 예술가, 연극인 들과 활발하게 교류, 교제 등을 했다는 점에서 우선 먼저 릴케가 결코 천성적으로 소극적이고 비사회적인 젊은이가 아님을 알 수 있다. 주위의 권유로 법률 공부를 시작했지만 애초부터 그의 관심과는 거리가 멀어 독일고전, 현대문학, 역사, 미술사 등 인문학 강의를 들으며 글쓰기에 몰두한다. 그는 직접 시에서 언급했듯이 현대적이고 실험적 작가정신을 발휘하려고 끊임없이 노력했다. "나는 우울한 일상사에 염증이 나서 예술가의 도시를 추구하고 있어요 / (……) / 스스로 창조하고자 하는 독창적인 현대성으로 가득 찬 자들이지요 / 이들은 마음을 열고 태양을 바라보며 푸른 동경의 다리를 짓습니다 / 밝은 모든 별을 향하여."

릴케는 수많은 강연, 독서 모임, 잡지 창간 등으로 매우 바쁘게 생활했었고, 특히 릴리엔크론의 작품에 심취하여 그와 더불어 세상을 예술로써 쇄신하고 싶다는 의지를 피력했다. 이 당시 얼마나 열정적으로 릴케가 시인의 소명의식에 사로잡혀 있었는가는 당시 서간체로 된 여러 헌시에서 간파할 수 있다. "젊고 능력이 있는 사람들이 모여야 합니다 / 고귀한 목표를 지키고 가꾸기 위하여." 릴케는 1896년 9월 문인들과의 접촉과 교류 기회를 더욱 확대하고 또한 시인으로서 크게 성숙할 수 있는 기반을 구축하기 위해 좁고 답답한 도시 프라하를 떠나 예술의 도시 뮌헨으로 학교를 옮긴다. 그곳에서 주로 예술사 강의를 청강했고, 특히 이탈리아 르네상스 시대 예술에도 많은 관심을 기울였다. 동시에 예술인 카페에서 문인들과 잦은 접촉을 하면서 작가로서의 역량과 안목을 키워나간다. 특히 그가 경외하고 흠모해온 여인 루 안드레 살로메와의 만남은 릴케의 창작과 삶에 지대한 영향을 주었다.

뮌헨에서 1년 가량 머무르다가 루의 권유로 베를린으로 대학을 옮긴 릴케는 학교 공부보다 미술관, 전람회, 극장에 자주 드나들며 문화적 식견과 교양을 쌓으면서 문인, 예술가들과의 교류에 열중했다. 릴케는 루를 통해 알게 된 게르하르트 하우프트만, 슈테판 게오르게, 프랑크 베데킨트, 아르트르 슈니츨러 등 문학적 성향이

다른 다양한 문인들과 교류하면서 이들과 함께 공동작업을 계획하면서 시인으로서의 자신의 목표를 추구한다. 이때 특히 그는 자연주의로부터 신낭만주의, 유겐트슈틸, 사실주의, 상징주의, 표현주의에 이르기까지 당시의 다양한 문학적 경향에 두루 접했는데, 그가 발표한 일련의 시집을 보면 이러한 성향들에 의해 릴케가 부분적 또는 복합적 영향을 받았다는 것을 쉽게 감지할 수 있다. 예컨대《가신에게 바치는 제물》에서는 신낭만주의적인 문체로 자연주의적 비참한 광경이 묘사되지만, 체코 민중의 역사와 민중의 애환 등도 사실주의적으로 묘사되고 있다. 페터 데메츠는 이 시집을 '현실로의 대담한 접근'으로 규정하고 릴케의 사실주의적 미적 입장이 잘 표현되어 있다고 주장한다. 그러나 릴케의 시적 자아는 본질적으로 인간의 내면 세계, 영혼의 세계에 주안점이 있다. 외부 세계인 현실이 시적 자아의 눈에 비치는 시적 대상이 되지만 그것은《꿈의 왕관을 쓰고》의 시에서 재차 보여지듯 현실과 결별하고 꿈과 이상의 세계인 관념적 이상주의로 되돌아간다.《꿈의 왕관을 쓰고》는 주제별로 꿈과 사랑의 2부로 나뉘어져 있다. 시들의 테마는 더 이상 프라하의 비참한 거리 묘사, 체코 민중 등이 아니라 시인 자신의 내면적 꿈과 동경이다. 그리움, 추억, 사랑의 만남과 이별, 고독 등이 그 구체적 내용을 이루고 있다.

1898년에 발표된 네 번째 시집《강림절》의 중심 테마도 역시 세 번째 시집과 유사한 경향을 지닌다. 대부분 뮌헨에 머물며 쓴 시들이 수록되어 있는 이 시집의 중심 테마는 소녀들의 동경, 모성이 되어가는 침묵의 예감, 세속적인 인간들에 대한 혐오, 그러한 일상에서 벗어나 새롭게 자신을 발견하려는 동경이다. '예술가들의 모임'을 결성하여 세상을 쇄신해보겠다는 야심찬 청년 릴케의 기획은 점차 관념적이며 몽환적인 자아 탐닉적 시적 세계로 들어간다. 외부 세계와의 접촉을 통한 '현대'와의 열정적인 교류 및 변혁을 기대했던 시기는 정적, 명상, 고독 및 심오하고 깊은 생각을 가진 동료, 친구의 선택 등에 의해 마침내 다른 시기로 넘어가게 된다. 그는 반사회적, 반현세적 태도를 견지하며 일상과 단절된 시인으로서의 삶만을 염두에 두고, 독서, 여행, 사랑 그리고 글쓰기에만 관심을 쏟기 시작한다. 이때부터 어디에도 정착하지 못하는 그의 내적 방랑생활은 시작되었다.

이러한 변화는 근본적으로 초기에서 후기까지 관통하는 릴케의 이상주의적 관념론적 미적 입장에 근거한다. 이 시기 릴케의 시에 빈번하게 등장하는 소녀의 표상은 유년의 표상과 마찬가지로 이원론적·이상주의적 예술관에 의거하고 있다. 릴케의 자의식 및 예술가와 동일시되는 소녀의 모티브는 언제나 고독 속에서 성취를 향한 동경으로 릴케 시의 기본축을 형성한다. 소녀들은 환희의 세계를 동경하며 기다리는 자이다. 유년의 모티브와 마찬가지로 원래 순결, 순수, 고요의 상징체인 소녀도 파괴되고 분열된 현존재로서 회상 속에서 서술되고 있다. 미래 삶의 형식으로서 소녀의 형상은 시인의 동경과 기대를 표현한다. 릴케는 소녀와 동일시된다. 그러한 동경의 끝에 있는 이미지는 마리아, 천사 또는 신이다. 이때 소녀의 노래에서 구현되는 것은 흘러넘치는 감정과 결합된 고독의 세계가 아니라 일종의 절대적 신비와 결합된 고독의 세계이다. 마리아에게 드리는 소녀의 기도는 온갖 생명 앞에서 전율하며 밤의 불안으로부터 생명을 찾는 길이라는 하나의 구심점을 지향하는 세계로 나타난다. 많은 선포Verkündigung의 시는 이러한 맥락에 속한다. 그러나 여전히 소녀는 기다리는 자, 채워지지 않은 자, 목말라하는 자, 소망하는 자, 완성되지 않은 자로서 끊임없이 합일, 조화 및 완성을 향해 탄식하며 갈구한다.

릴케가 프라하에서는 꿈을 일상과 대립시켜 자아의 소망, 동경 차원으로 그렸다면, 뮌헨 시절에는 이와 같은 소망이 더욱더 심미화되어 현실로부터 한층 분리된다. 시인의 자아가 축제를 벌이게 될 동화의 공간은 멀리 떨어져 외롭고 일상의 시간에서 벗어나 있다. 따라서 외따로 떨어져 있는 폐쇄된 연못, 정원, 성 등과 같은 공간이 릴케의 시에 자주 등장한다. 꿈의 왕관에 존재했던 현실적 삶과 거리를 둔 예술의 표상이 더욱 절대적 차원으로 상승하여 새롭게 구현된다. 1898년 3월 5일 릴케는 서정시의 정신에 대하여 다음과 같이 언급한다. "자기 자신을 발견하기 위하여 (……) 자신의 본질에, 가장 깊은 고독에 이르기까지 귀기울이는 것." 이것이 바로 릴케가 걸어가고자 하는 길이었다.

릴케는 자신만의 완전한 고독, 남들의 눈에 띄지 않는 폐쇄적인 삶을 동경했다. 예술적 창조를 위해서는 낯선 것, 우연한 것으로부터 은둔의 세계 속으로 몰입하여 순수하게 자신을 지켜야 한다는 것이다. 고독은 예술적인 삶의 근본 원칙이다. 그래서 릴케는 '내면으로의 전향과 자신의 고유한 세계 속으로의 침잠에서 시가 생겨난다'고 고독과 예술 생성의 관계에 대해서 피력한다. 외적 세계에서 눈을 돌릴 때 인간 자신이 변용되어 본질에 귀기울일 수 있는 '대지'가 되고 '저녁노래'가 된다는 것이다. 예술에 방해되는 세속적인 제약을 릴케는 회피한다. 프리다 폰 뷜로프에게 쓴 1900년 3월 6일자 편지에서 "나는 더 이상 문학적 관계를 가지지 않을 것이다. 그러한 것을 만들 어떤 이유도 피할 것이다"라고 말했다. 릴케에게는 인간의 구체적·현세적 삶보다는 눈에 보이지 않은 내면의 문제가 관심사였다. 릴케는 시인의 길이 어디에서 왔는지, 어디로 가야 하는지에 대해 자신의 수많은 시에서 암시하고 있다. 시인의 길은 세속적 삶 속으로 들어갔다가 삶과 시대를 극복하는 가운데 영원 속으로 상승해야 하는 것이다. 이러한 그의 생각은 결국 세상과 결별하여 자기 자신에게로 침잠하고 깊은 고독과 깊은 은거로 이르는 길로 이끈다.

3. 내면으로의 길

이러한 '내면으로의 길'로 이르는 계기는 1899년과 1900년 두 차례에 걸친 광활한 러시아로의 여행과 보르프스베데라고 불리는 예술인촌에서의 체류이다. 러시아 여행은 릴케를 더욱더 고독한 형이상학의 세계로 진입하게 한다. 거기서 릴케가 체험한 것은 자연의 무한함과 영원함이었으며 그러한 세계를 창조한 창조자에 대한 숙연함과 외경심이었다. 서구 문명의 여러 가지 비인간적인 제도와 관습에서 확연히 벗어난 러시아에서 릴케가 본 것은 아직 분화되지 않은 삶과 더불어 모든 인간적 삶의 모태였다. 광활한 러시아 대지가 가지고 있는 모태 의식과 그와 결합된 러시아 정교회의 부활절 종교 의식은 릴케의 뇌리에 깊이 각인된다. 그것은 인간이 그 앞에서 숙연해질 수 밖에 없는 창조의 원초 형상이었다. 그것은 인간이 태어난 곳으로 되돌아가려는 대지 의식과 고향 의식으로 릴케에게 각인되었다. 그리고 그것은 구체적으로 자연과 신이라는 형이상학적 시적 소재로 릴케에게 다가왔다.

삶의 신비와 경이를 노정하고 발견하려는 예술가는 신과 같은 창조자라는 확신 속에서 고독한 예술가로서의 의식이 릴케에게 더욱 확고하게 자리잡는다. 1902년 8월 24일 릴케는 러시아인 친구에게 "……나는 사람들과 관계하지 않는다, 어떤 모임에도 관계하지 않고 어떠한 운동에도 참여하지 않는다. 나는 나만의 서클을 갖는다. 내면으로의 운동. 그렇게 나는 살 것이다……" 도시화와 기계기술 문명을 비판한 〈순례의 서〉는 멀리 있는 존재인 영원의 고향, 신을 향해 멀고도 힘든 고독하고 외로운 방랑의 길을 형상화하고 있다. 소음으로 상징되는 세속적이고 일상적인 세계에 대하여 고독, 고요로 상징되는 신과 예술을 향해 내면으로 향하려는 미적 인식이 수많은 시를 통하여 표출된다.

이 무렵 릴케의 관심은 시가 하나의 사물이 되게 하는 일이었다. 즉 범신론적 자연 인식으로부터 노동이라는 개념을 통해 사물에의 관조와 조형에 힘쓰게 되었는데 이것은 바로 릴케가 1902년부터 1906년까지 지속된 로댕과의 개인적 접촉에서 배운 것이었다. 로댕의 노동 개념, 말하자면 산다는 것, 무한한 인내로 끊임없이 일한다는 것은 릴케에게 삶에 대한 새로운 지평을 열어주었다. 이미 조형예술가로서 명성을 날리고 있던 로댕에게 일한다는 것은 삶을 실현하는 유일한 것이었으며, 그것은 동시에 창조 활동이었으며 삶의 원리 자체였다. 그것은 손의 일이었지만 사물의 본질을 창조하는 고도의 힘을 의미했다. 로댕은 모든 사물을 하나의 절대적 세계, 곧 세계의 본질적인 차원으로 형상화시킨다. 한마디로 인내하는 삶의 고통, 고독, 불안으로부터 사물을 만들어낸다는 것이다.

사회를 혁신하겠다는 젊은이의 열정과 꿈을 가진 청년 릴케가 점점 사회와 단절하고 자기만의 세계에 천착하는 소위 문학적 은둔생활로 들어간 것은 그의 인식론적 발전 과정을 추적해볼 때 필연적 귀결이다. 세기말 서구의 기독교적 세계상의 붕괴로 대두된 젊은 세대들의 기존 가치체계에 대한 비판의식은 일상적·시민적 삶의 방식 및 양식에서 등을 돌리고 새로운 삶을 동경, 소망하게 만들었다. 이것은 더 나아가 젊은이들의 자의식에 대한 깊은 불신과 불안에서 출발하여 언어 비판적·이성 비판적 태도로 발전되어 갔다. 이 당시 쇼펜하우어의 허무주의적 생철학 그리고 니체의 반이성주의, 프랑스의 상징주의가 서구 중상층 젊은이들의 의식을 지배한 것은 결코 우연이 아니었다.

　일반적으로 릴케는 1890년경 독일 문단에서 호프만슈탈, 게오르게와 더불어 '예술을 위한 예술'을 실천한 대표적 시인으로 간주된다. 이들은 예술의 척도를 적나라한 현실의 모방에 두는 자연주의적 관점이 아니라 선험적·이상적 세계의 추구와 형상화에 둔다. 즉 객관적·경험적 법칙을 근간으로 하는 진리개념을 고수하는 자연주의적 예술척도의 자리에 '예술시대Kunstperiode'의 옛 표상들이 자리잡는다. 위대한 '예술시대'의 예술성의 척도를 지녀야 하는 전래 언어가 의심스러워졌기 때문에 시인의 언어는 일상적 언어와 대비되어야 하고 일상적 삶의 공허와 관계상실을 표현하기 위해 사용되어야 한다는 것이다. 이와 동시에 시인의 언어는 시적 언어를 통해 더 높은 인간의 주관성을 넘어서는 절대적 진리를 표현하기 위한 요구를 한다. 시적 언어 속에서 반이성적이고 선험적인 체험이 완벽한 예술적 표현을 통하여 인생의 상징으로 되어야 한다고 한다.

이 책은 1891년부터 1905년까지 릴케가 시집으로 묶어 발표하지 않고 분산되어 있던 일부 초기시들을 모두 수록한 것이다. 그리하여 때로는 시의 제목도 붙어 있지 않고 미완성인 듯한 파편적 단상들도 많이 있어 번역상의 어려운 점도 많았다. 유년기의 시들을 중기와 후기시의 문학적 잣대로 이해하고 평가할 수는 없지만, 초기시는 릴케의 문학세계를 연결하는 미적 인식의 출발점이란 점에서 그 중요성은 지대하다. 릴케가 그렇게 많은 글을 썼던 것은 자신이 선택한 삶의 길 속에 자신을 구현시키기 위한 것이었다고 한다. 이런 점에서 초기 습작시절 형성된 시적 동기, 이상 및 문제의식이 중·후기 릴케시와 단절, 분리되는 것이 결코 아니다. 초기시에서 이미 후기시의 특징과 현상을 발견할 수 있다. 최초의 싹으로부터 펼쳐지는 시작 과정과 중단 없이 질주하는 시적 충동과 형상화의 능력을 이미 초기시에서 읽을 수 있다.

연보

1875년 12월 4일 당시 오스트리아 제국의 지배 아래 있던 체코 프라하의 하인
리히가세 19번지에서 아버지 요제프 릴케(1838~1906년)와 어머니 소
피(피아 릴케, 1851~1913년)에게서 태어나다. 12월 19일 성(聖) 하인
리히 교회에서 르네 칼 빌헬름 요한 요제프 마리아 릴케라는 세례명을
받다. 태어난 시각이 아기 예수가 탄생한 한밤중의 시각과 일치한다고
생각한 어머니 피아는 이후 릴케를 성모 마리아의 은총으로 여겨 '마
리아의 아이'라고 부른다. 이것은 하나님을 '하늘에 계신 아빠'로, 마
리아를 '하늘에 계신 엄마'로 부르도록까지 한 어머니의 광신론적 신
앙 태도의 한 단면을 보여주는 일화로, 릴케는 그녀의 지나친 종교적
가식성에 끝없는 고통을 겪게 된다.

손위로 누이가 하나 있었는데, 태어난 지 얼마 안 되어 병으로 죽었다.
죽은 딸에 대한 사랑의 여운으로 인해 어머니는 릴케가 일곱 살 때까
지 계집애 옷을 입혀 키운다. 아버지는 하사관에서 장교로까지 입신해
보려는 꿈을 갖고 있었으나 실패하고 어느 철도 회사의 역장으로 근무
했다. 남편의 이러한 직업상의 실패는 유복한 집안 출신으로 소녀 같
은 허영에 들떠 있던 릴케의 어머니에게는 참아내기 어려운 실망의 근
원이 되었고, 이것은 다시 릴케의 성장에도 많은 영향을 끼치게 된다.
결국 릴케가 태어난 지 불과 몇 년 뒤에 두 사람은 헤어진다.

1882년 1884년까지 프라하 카톨릭 재단의 피아리스트 수도회(1607년 설립)에
     서 운영하는 독일인 초등학교에 다니다. 부모가 이혼한 뒤에(1884년)
     릴케는 어머니에 의해 양육된다.

1886년 9월 1일에 국가 장학생으로 장크트푈텐 육군유년학교에 입학하다. 평
     생 동안 릴케는 이 군사학교 시절을 참담한 시련의 시기로 묘사한다.
     처음으로 시를 쓰기 시작하다.

1890년 육군유년학교를 마친 뒤에 메리슈-바이스키르헨 육군고등실업학교로
     진학하다.

1891년 6월 병 때문에 육군고등실업학교를 그만두고, 3년 과정의 린츠 상과학
     교에 들어갔으나, 다음해 중반에 여기도 역시 그만두다. 그 원인은 당
     시 그의 가정교사로 있던 연상의 여성과의 에로틱한 관계 때문이었다.
     지방의회 의원으로 있던 백부 야로슬라프 릴케의 후원을 받다.

1892년 5월, 주위로부터 법학을 공부하라는 권유를 받고 가을부터 프라하에서
     대학 입학자격을 취득하기 위해서 혼자 공부하다.

1893년 이종사촌누나인 기젤라의 소개로 발레리 폰 다피트-론펠트(발리)라는
     소녀와 사귀며 사랑을 체험하다(1893~1895년). 이 소녀는 릴케보다
     한 살 위로 포병 장교의 딸이었으며, 그녀의 외삼촌은 당시 체코 문단
     에 유럽 상징주의를 소개한, 체코 신낭만파의 대표이자 선구자인 율리
     우스 차이어였다. 발리 역시 문학 활동을 할 만큼 예술적 재능을 지니
     고 있었다. 릴케는 그녀에게 수많은 편지와 사랑을 고백하는 시를 바
     쳤다. 그러나 그녀를 위해 쓴 수백 편의 시 중에서 단지 여섯 편만이
     《릴케전집》에 실렸다.

1894년 여러 문학 잡지에 시작품을 많이 발표한 끝에 처녀 시집《삶과 노래》
     를 자비로 출간하다. 이 시집은 발간 경비를 댄 발리에게 헌정되었다.
     여기에는 린츠 상과학교 수학시절과 그 후 프라하에 돌아와서 쓴 73편

의 감상적이고 미숙한 연애시들이 들어 있다.

1895년 우수한 성적으로 대학 입학자격을 취득하다. 프라하 대학에서 겨울 학기부터 예술사, 문학사, 철학 등을 공부하기 시작하다. 두 번째 시집《가신에게 바치는 제물》출간. 향토 보헤미아를 지켜주는 '가신(家神)'을 언급한 시집 제목에서 볼 수 있듯이, 여기에는 보헤미아의 향토와 관련된 많은 시들이 담겨 있다. '민중에게 바치는 노래들'이라는 부제를 단 팜플렛《치커리》를 발행하다. 원래《치커리》에는 죽어서 풀로 변한 처녀가 길섶에 꽃을 피우고 망부석처럼 사랑하는 사람을 기다린다는 전설이 있으며, 식물학적으로도 이 풀은 생명력이 매우 강한 것으로 알려져 있다. 여기서 릴케가 '치커리'를 자신의 작품에 대한 알레고리로 사용하고 있음을 짐작할 수 있다. 즉 자기 작품을 보아줄 독자층으로서의 '민중'에 대한 희구와 함께 자신의 작품의 영원성을 기리려는 뜻을 포함하고 있는 것이다. 이러한 초기의 출간물들에 대해 릴케는 나중에 자신의 미숙함을 이유로 후회한다.

1896년 여름 학기부터 프라하 대학의 법률 학부로 학부를 바꾸다. 왕성한 문학 활동을 벌이고 많은 작품을 출판하다. 그 중에는 니체 철학의 반기독교적인 인상 아래 쓰여진 단편〈사도(使徒)〉가 눈에 띈다. 단막극〈몰락의 시간〉이 상연되다. 뮌헨으로 가다. 뮌헨 대학에서 두 학기 동안 예술사(르네상스), 미학, 다윈 이론 등을 공부하다. 10월에《치커리》마지막 호 발행.

1897년 뮌헨에 있다가, 3월 28일에서 31일까지 처음으로 베네치아에 다녀오다. 5월 12일 저녁 뮌헨에서 루 살로메(1861~1937년)와 운명적으로 만나다. 당시 36세의 기혼녀이던 살로메는 바로 릴케 자신이 꿈꾸던 유명한 저술가였고, 게다가 세상 일과 정신세계에 밝았으므로 릴케는 자연 그녀에게 매력을 느끼게 된다. 맨 처음 두 사람 사이는 단순한 애정 관계에 지나지 않았으나, 점차 정신과 영혼을 나누는 벗의 관계로 발전한다. 릴케가 '르네'라는 이름을 버리고 '라이너'라는 독일식 이름으로 바꾸고, 당시까지 흘려 쓰던 글씨체를 바르게 쓰기 시작한 것도 그녀의 권유에 따른 것이다. 두 사람은 평생 동안 우정 관계를 유지하며, 루는 릴케의 삶의 여러 가지 문제에서 어머니와 같은 정신적 지주가 되어준다.

가을부터 베를린 대학으로 옮겨 학업을 계속하다. 〈예술책자〉를 중심으로 순수 예술을 표방하던 시인 슈테판 게오르게 및 하우프트만 형제와 만나다. 시집 《꿈의 왕관을 쓰고》가 출간되고, 드라마 〈첫서리〉가 프라하에서 상연되다.

1898년 베를린, 이탈리아 피렌체 등지를 여행하다. 이때 이탈리아 초기 르네상스를 비롯한 예술 일반에 대한 자신의 생각을 담은 《피렌체 일기》와 많은 시들이 씌어지다. 《피렌체 일기》는 자신의 예술적 역량을 루 살로메에게 인정받아보려는 시도의 하나였다. 이탈리아에 있을 때 화가 하인리히 포겔러를 처음으로 만나다. 5월에는 비아레조, 6월에는 베를린에 체류하다. 〈슈마르겐도르프 일기〉를 쓰기 시작하다. 시집 《강림절》, 단편집 《삶의 저편으로》 출간하다.

1899년 베를린 체류. 아르코에 있는 어머니를 방문. 오스트리아 빈에서 작가 슈니츨러 및 시인 호프만스탈을 만나다. 베를린에서 학업 계속. 부활절 무렵에 루 살로메 부부와 함께 첫번째 러시아 여행(4월 24일에서 6월 18일까지)길에 나서다. 모스크바에서 레오니드 파스테르나크와 톨스토이 방문. 마이닝엔에서 러시아의 예술과 역사, 언어를 공부하다. 《기도시집》 1부 〈수도사 생활의 서〉를 쓰다. 〈슈마르겐도르프 일기〉를 계속 쓰다. 연말에 시집 《나의 축제를 위하여》와 산문 《사랑하는 신에 대해서 그리고 기타》를 출간하다. 가을에 《기수 크리스토프 릴케의 사랑과 죽음의 노래》 초고를 완성하다.

1900년 5월에서 8월까지 루 살로메와 두 번째 러시아 여행을 하다. 야스나야
폴랴나로 톨스토이 방문. 모스크바, 키에프, 볼가 강 여행, 상트페테르
부르크 체류. 8월 26일에 귀환. 그 다음날 하인리히 포겔러의 초대로 북
부 독일 브레멘 근교에 있는 화가촌 보르프스베데로 가서 그곳 예술가
들과 사귀다. 그 중에 여류화가 파울라 베커와 여류조각가 클라라 베
스트호프가 있었다. 9월 말에 전기적 성격이 매우 강한 단막극 《백의
의 후작부인》 출간. 〈보르프스베데 일기〉를 쓰기 시작. 10월부터 다시
베를린-슈마르겐도르프에 머물다.

1901년 베를린 체류. 아르코에 있는 어머니를 방문. 4월 28일에 조각가 클라라
베스트호프(1878~1954년)와 결혼하여 보르프스베데 근교의 베스터베
데에서 신혼생활 시작하다. 9월에 《기도시집》 제2부 〈순례의 서〉의 집
필 및 완성. 〈일상〉이 베를린에서 상연됨.《형상시집》의 초고를 베를린
의 출판업자 악셀 융커에게 부치다. 12월 12일에 유일한 자식인 딸 루
트 출생하다.

1902년 베스터베데 체류. 5월에 보르프스베데 화가들에 대한 전기 《보르프스
베데》 집필. 6, 7월 동안 하젤스도르프에 머물다. 1902년 8월 28일부터
1903년 6월 말까지 처음으로 파리의 툴리에 가(街) 11번지에 체류하
다. 9월 1일에 로댕(1840~1917년)을 방문.《형상시집》 출간, 게르하르
트 하우프트만에게 헌정하다. 이 시집은 러시아의 역사, 파리의 여러
인상들, 스칸디나비아의 풍경 그리고 성서의 여러 가지 모티브들을 소
재로 삼고 있다. 우리에게 잘 알려진 시작품 〈가을날〉은 바로 이 시집
에 실려 있다. 단편소설 《마지막 사람들》 출간. 11월에 릴케의 중기를
대변하는 '사물시'를 담은 《신시집》의 첫번째 시작품이자 가장 유명
한 〈표범〉을 쓰다.

1903년 파리의 로댕 집에 묵으면서 그의 전기 《로댕론》을 쓰다. 대도시 파리
　　　에서의 생활과 병으로 쇠잔해져 이탈리아의 휴양 도시 비아레조로 떠
　　　나다(3월 22일에서 4월 28까지). 그곳에서 《기도시집》 제3부 〈가난과
　　　죽음의 서〉를 단 며칠 만에 완성하다. 파리, 보르프스베데, 오버노이란
　　　트 체류. 9월에 로마로 떠나 1904년 6월까지 그곳에 머물다.

1904년 2월 8일에 《말테의 수기》를 쓰기 시작하다. 엘렌 케이 여사의 초대로
　　　로마를 떠나 덴마크의 코펜하겐을 거쳐 스웨덴으로 가다.

1905년 1904년 말과 이 해 초의 겨울을 아내, 아이와 함께 오버노이란트에서
　　　보내다. 드레스덴(3월 1일)과 괴팅엔에서 7월 28일부터 8월 9일까지 루
　　　살로메와 재회, 프리델하우젠 성(城)에 묵다. 9월 11일에 파리 근교의
　　　뮈동에 있는 로댕에게 가다(두 번째 파리 체류: 9월 12일에서 1906년 6
　　　월 29일까지). 10월 21일부터 11월 2일까지 첫번째 강연 여행(드레스
　　　덴과 프라하에서 《로댕론》 강연). 보르프스베데에서 새해를 맞이하다.
　　　《기도시집》 출간, 루 살로메에게 헌정하다. '기도서' 란 훌륭한 미니어
　　　처로 장식된, 15~16세기에 만들어진 라틴어 경본의 프랑스 모사본을
　　　말한다. 이 책은 평신도가 보통 하루 일곱 번 정도 정해진 시간에 해야
　　　할 기도 내용을 담고 있다. 릴케는 이 기도서라는 이름을 그대로 그의
　　　문학에 수용하고 있다. 이를 통해 그는 자신의 예술 행위의 종교적 치
　　　열성을 강조하고, 더 나아가서 자신의 작품이 통상적인 시집으로보다
　　　는 성경 같은 종교서적처럼 독자의 손에서 떠나지 않고 읽히기를 바라
　　　는 것이다.

1906년 파리의 로댕 집에 기거하면서 비서 일을 보다. 두 번째 강연 여행. 3월
　　　14일 프라하에 있는 아버지가 죽음. 베를린 체류. 4월 1일에 다시 파리
　　　뮈동으로 가다. 사소한 일로 갈등이 생겨, 로댕과 헤어지다. 《신시집》
　　　의 많은 부분이 이 시기에 씌어진다. 플랑드르, 독일 각지를 여행, 9월

에는 프리델하우젠 성에 머물다.《형상시집》의 증보판 출간. 전투와 쾌락, 용기와 몰락의 현실을 마치 꿈처럼 체험한 후 죽음을 맞이하는 주인공의 삶을 그린《기수 크리스토프 릴케의 사랑과 죽음의 노래》초판 출간하다.

1907년   1906년 12월 4일부터 이 해 5월 20일까지 카프리 섬에 있는 디스코폴리 별장의 손님으로 머물다. 5월 31일에 다시 파리로 가서, 6월 6일부터 10월 3일까지 카세트 가(街) 29번지에 묵다(세 번째 파리 체류). 살롱 도톤느에서 폴 세잔의 유작전(遺作展)을 보고 큰 감동을 받다.

《신시집》에 실릴 상당수의 시를 쓰다. 10월 30일에서 11월 3일까지 세 번째 강연 여행(프라하, 브레스라우, 빈 등지). 유명한 관상학자이자 저술가인 루돌프 카스너와 만나다. 11월 19일에서 30일까지 베네치아 체류(시작품 〈베니스의 늦가을〉을 쓰다). 미미 로마넬리(베네치아의 여자 친구amie vé nitienne)와 관계를 맺다. 오버노이란트에서 새해를 맞음. 12월에《신시집》이 출간되다.

1908년   베를린, 뮌헨, 로마(2월) 순으로 체류. 2월 29일에서 4월 18일까지 카프리 섬의 디스코폴리 별장에 묵다. 나폴리, 로마 체류. 5월 1일부터 8월 31일까지 파리의 캉파뉴-프르미에르, 8월 31일부터 1911년 10월 12일까지는 파리의 바렌 가 77번지에 있는 호텔 비롱에 묵다.

여름에《신시집 별권》의 아주 많은 양의 시를 쓴다. 11월에는 두 편의《진혼곡》을 완성함(그 중 하나는 여류화가 파울라 베커-모더존을 위한 것이고, 다른 하나는 요절한 시인 볼프 그라프 폰 칼크로이트를 위한 것이다). 1904년에 시작한《말테의 수기》의 많은 부분을 성공적으로 집필하다. 파리에서 혼자 성탄절을 보내다.《신시집 별권》출간, 로댕에게 헌정. 엘리자베스 브라우닝의《포르투갈 소네트》번역.

1909년   파리 체류. 프로방스 지방 여행(생트 마리 드 라 메르, 아를르, 엑상 프

로방스). 가을에 슈바르츠발트, 바트 리폴트자우, 파리 등지로 여행. 9
월에서 10월 사이 아비뇽에 체류. 12월 13일에 마리 폰 투른 운트 탁시
스 후작부인과 만남.

1910년 1월 8일에 파리를 떠남. 엘버펠트에서 강연. 릴케의 책을 주로 내주던
라이프치히의 출판업자 키펜베르크 방문. 3, 4월 동안 마지막 로마
체류. 예나, 바이마르, 베를린, 로마, 4월 20일에서 27일까지 아드리아
해안에 있는, 탁시스 후작부인 소유의 두이노 성에 손님으로 가다.
4, 5월 동안 베네치아에 머물다가 5월 12일에 파리로 되돌아오다. 5월
31일에 《말테의 수기》가 출간되다. 앙드레 지드와 만남. 7, 8월 동안 오
버노이란트에서 아내, 딸과 함께 지내다. 라우친 성으로 마리폰 투른
운트 탁시스 후작부인 방문. 프라하, 8, 9월 동안 보헤미아의 야노비츠
성에 묵다. 뮌헨. 파리. 루돌프 카스너와 만나다.

1911년 심리적으로 불안정한 시기. 1910년 11월 19일부터 1911년 3월 29일까지
북아프리카 여행(알제리, 튀니지, 이집트의 룩소르, 카르나크 등지). 애
스완까지 나일 강을 따라 여행. 베네치아 여행. 4월 6일에 파리로 귀환.
7월 19일에 보헤미아 지방으로 마지막 여행(라이프치히, 프라하, 라우
친 성, 야노비츠, 베를린, 뮌헨). 파리 체류. 탁시스 후작 부인의 차를 타
고 10월 중순에 파리를 떠나 리옹, 볼로냐, 베네치아를 거쳐 두이노 성
으로 가다. 1911년부터 1912년 겨울 동안 두이노 성에 칩거하다. 게랭의
《켄타울로스》 번역.

1912년 1911년 10월 22일부터 1912년 5월 9일까지 두이노 성에 머물다. 두이노
성에서 창조의 영감을 받아 《두이노의 비가》의 몇몇 〈비가〉들(제1, 제2
비가와 몇몇 〈비가〉의 단편들)과 연작시 《마리아의 생애》를 쓰다. 여
름 동안(5월 9일에서 9월 11일까지) 베네치아에서 보냄. 그곳에서 이
탈리아의 명비극 배우 엘레오노라 두제를 만나다. 《막달레나의 사랑》

번역하다.

1913년 1912년 11월 1일부터 1913년 2월 24일까지 스페인 여행(톨레도, 코르도바, 세비야, 론다, 마드리드). 여행 중 회교 경전인 코란을 읽다. 2월 25일부터 6월 6일까지 파리 체류. 독일 여행(슈바르츠발트, 괴팅엔, 라이프치히, 베를린 등). 뮌헨에서 루 살로메와 함께 '정신분석 학회'에 참가하다. 프로이트를 비롯한 정신분석 학자들과 만나다. 극작가 프란츠 베르펠 만남. 《제1시집》출간하고《포르투갈 편지》번역하다.

1914년 1913년 10월 18일부터 1914년 2월 25일까지 파리에 체류. 2월 26일에서 3월 10일까지 베를린-그루네발트 체류. 베를린에서 마그다 폰 하팅베르크(벤베누타)와 만남. 3월 26일에 다시 파리로 돌아오다. 4월 20일부터 5월 4일까지 두이노 성에 머물다. 베네치아에서 벤베누타와 헤어지다. 5월 9일에서 23일까지 이탈리아의 아시시 및 밀라노 체류. 5월 26일부터 7월 19일까지 파리 괴팅겐에 있는 루 살로메 집에 잠시 머물다. 6월 28일 제1차 세계대전 발발. 7월 19일 독일로 간 뒤 파리에 있는 재산을 전부 잃음. 라이프치히에 있는 출판업자 키펜베르크 집에 묵다. 8월 14일에 쓴《다섯 노래》에서 전쟁 발발을 칭송하다. 표현주의 시인 게오르크 하임처럼 전쟁-신(神)이 부활하여 나태하고 곪은 인간의 일상을 부수어주리라고 찬양하기는 했지만, 실제로는 전쟁의 발발로 군사학교 시절의 악몽이 되살아나서 신경성 위통이 심해져 요양차 이자르 강변에 있는 이어센하우젠으로 가다. 여기서 여류화가 루 알버트-라사르트를 알게 되다. 어느 독지가로부터 2만 금화를 선사받다. 그 독지가는 다름아닌 철학자 루트비히 비트겐슈타인이었다. 11월에는 프랑크푸르트와 바르크부르크에 체류. 1914년 11월 22일부터 1915년 1월 6일까지 베를린에 머물다. 앙드레 지드의《돌아온 탕아》번역하다.

1915년 아내 클라라와 딸 루트가 살고 있던 뮌헨에 1월 7일부터 11월 말까지

머물다. 루 알버트-라사르트, 여류 시인 레기나 울만, 아네테 콜프, 헬
링라트 등과 친교, 3월 19일부터 5월 27일까지 루 살로메의 방문. 발터
라 테나우, 알프레트 슐러, 한스 카로사, 파울 클레 등과 만나다. 6월 14
일부터 헤르타 쾨니히 여사의 집에 머물다. 그 집에 걸려 있던 파블로
피카소의 그림《곡예사 일가》를 보고 크게 감명받다. 가을에 어머니를
마지막으로 보다.

11월에《두이노의 비가》의 네 번째 비가를 쓰다. 같은 달에 제1차 세계
대전 때문에 징병 검사를 받고 징집되다. 베를린에서(12월 1일에서 11
일까지) 릴케는 군복무의 면제를 청원한다. 딸의 생일(12월 12일)에
뮌헨에 체류. 12월 13일부터 빈에 머물다. 탁시스 후작 부인 집에 기거.
프로이트 방문.

1916년 빈에서 1월부터 6월까지 군복무, 전사편찬위원회 근무. 로다운에 있는
시인 호프만스탈 방문. 화가 코코슈카, 카스너 등과 교제. 6월 9일에 군
복무에서 해방되다. 뮌헨으로 돌아가다.

1917년 뮌헨, 베를린 체류. 7월 25일부터 10월 4일까지 베스프팔렌 지방에 있
는 헤르타 쾨니히 여사 소유의 장원인 뵈켈에 체류. 12월 9일까지 베를
린에 머물며 그라프 케슬러, 리하르트 폰 퀼만 등과 만나다. 뮌헨에서
호프만스탈과 만남.

1918년 뮌헨 체류. 알프레트 슐러의 강연을 듣다. 인젤 출판사의 사장 키펜베
르크와 재회. 아이스너 및 톨러와 만남. 혁명에 동조. 나중에 시인 이반
골의 부인이 된 클레르 슈투더와 교제.《루이스 라베의 스물네 편의 소
네트》번역. 이 시기에도 릴케는 자신의 문학적 · 실존적 불안 상태에
서 벗어나기를 고대한다.

1919년 뮌헨 체류. 루 살로메와 재회. 릴케의 작품들이 불티나게 팔리다. 6월
11일에 뮌헨을 떠나다. 스위스로 강연여행. 취리히, 제네바, 소질리오

등지. 빈터투어에서 라인하르트 형제 및 난니 분덜리-폴카르트와 만남, 릴케가 '니케' (바다의 여신)라고 부른 이 여인은 그가 어려움에 처할 때마다 도움을 아끼지 않았으며, 그의 임종까지도 지켜보았다. 12월 7일에서 다음해 2월 말까지 테신에 체류. 《원초의 음향》 출간하다.

1920년 2월 27일까지 로카르노 체류. 3월 3일에서 5월 17일까지 바젤 근교의 쇤베르크-폰 데어 뮐 장원에 머물다. 베네치아에서 탁시스 후작 부인 재회. 바젤, 취리히, 제네바에서 발라디네 클로소프스카(메를리네)와 만나다. 릴케는 그녀와 몇 년 동안 친밀한 우정 관계를 맺다. 라가츠, 파리 체류. 10월 말에 다시 제네바로 돌아오다. 11월 12일부터 1921년 5월 10일까지 베르크 암 이르헬 성에 머물다. 이때 연작시 〈C.W. 백작의 유고에서〉를 쓰다.

1921년 베르크에서 폴 발레리의 작품을 읽고 감명받아 그의 시집 《해변의 묘지》를 번역하다. 5월 20일에서 6월 28일까지 에토이 체류. 이날 릴케는 발라디네와 함께 스위스의 시에르에 도착하다. 6월 30일에 어느 쇼윈도에서 조그만 뮈조트 성을 찍은 사진을 발견하다. 7월에 처음으로 뮈조트 성을 찾아가다. 베르너 라인하르트가 빌려서 릴케에게 제공한 뮈조트 성은 죽을 때까지 릴케의 안식처가 되다. 11월 8일에 발라디네가 떠나다. 발리스 지방에서 보낸 첫번째 겨울.

1922년 뮈조트 성에서 2월에 《두이노의 비가》를 완성하다. 《오르페우스에게 바치는 소네트》 집필. 어려운 내용을 담은 《젊은 노동자의 편지》를 쓰다. 5월 18일에 독일에서 딸 루트 릴케 결혼. 6월에 탁시스 후작 부인, 7월에 키펜베르크 내외가 그를 찾아오다. 발레리 작품 번역.

1923년 뮈조트 성에 부르크하르트, 레기나 울만, 베르너 라인하르트, 카스너 등의 손님을 맞다. 8월 22일에서 9월 22일까지 쇠네크 요양소, 10월, 11월 동안 발라디네와 함께 뮈조트 성에 묵다. 뮈조트 성에서 혼자 성탄

절을 보내다. 12월 29일부터 다음해 1월 20일까지 발몽 요양소에 처음
으로 머물다. 《두이노의 비가》, 《오르페우스에게 바치는 소네트》 출간.

1924년 발몽 요양소, 뮈조트 성. 불어로 시를 씀. 4월 6일에 폴 발레리와 처음
으로 만나 기념으로 뮈조트 성의 정원에 두 그루의 나무를 심다. 아내
클라라의 방문. 5월 중순에 빈의 처녀 에리카 미터러의 첫번째 편지-시
를 받다. 이것이 그녀와 릴케 사이에 계속된 《시로 쓴 편지》의 동기가
된다. 바트 라가츠에서 탁시스 후작 부인과 함께 보내다. 8월 2일에 다
시 뮈조트 성으로 돌아오다. 9월에 로잔, 11월 초에 베른 체류. 11월 24
일부터 다음해 1월 6일까지 발몽 요양소에서 두 번째 요양.

1925년 1월 7일에서 8월 18일까지 마지막 파리 체류. 그의 작품 《말테의 수기》
를 번역한 모리스 베츠와 이야기를 나누다. 발라디네 클로소프스카와
함께 지내다. 발레리, 클로델, 부르크하르트, 탕크마르 폰 뮌히하우젠,
호프만스탈, 앙드레 지드 등과 만나다. 9월 1일에 다시 뮈조트 성으로
돌아와, 10월 22일에 자신의 유언서를 작성해서 니케에게 보관토록 하
다. 쉰 번째 생일을 뮈조트 성에서 혼자 지내다. 폴 발레리의 《시작품》
번역.

1926년 1925년 12월 20일 저녁부터 26년 5월 말까지 발몽 요양소에, 6월 1일에
시에르, 뮈조트에 체류하다. 불어로 시를 쓰다(〈장미〉, 〈창문〉). 불어시
집 《과수원》 출간. 발레리의 대화체 산문 《유팔리노스, 또는 건축술에
대해서……》 번역. 7월 20일에서 8월 30일까지 바트 라가츠에 체류. 9
월 중순 안티에서 발레리와 만나다. 11월 30일에 다시 발몽 요양소. 그
곳에서 12월 29일 새벽 백혈병으로 영면하다.

릴케의 마지막 시는 아마도 12월 중순경에 씌어진 듯하며, 수첩에다 적
어놓은 마지막 시구를 통해 자신의 병의 마지막 단계를 보여주고 있
다.

오라, 그대, 내가 인정하는 마지막 존재여,
육체의 조직 속에 깃든 고칠 수 없는 고통아.
정신의 열기로 타올랐듯이, 보라, 나는 타오른다.
그대 속에서, 장작은 그대 넘실거리는 불꽃을
받아들이기를 오랫동안 거부했다.
그러나 이제 나 그대를 키우고, 나는 그대 속에서 타오른다.
이승에서의 나의 온화함은 그대의 분노 속에서
여기 것이 아닌 지옥의 분노가 되리라.
아주 순수하게, 미래에 대한 아무런 계획 없이 자유로이
나는 고통의 그 어지러운 장작더미 위로 올라갔다.
속에 든 모든 것이 이미 침묵해버린 이 심장을 위해
그토록 뻔한 어떤 미래의 것도 사지 않기 위함이다.
저기 알아볼 수 없이 타고 있는 것이 아직도 나인가?
불꽃 속으로 추억을 끌어들이지는 않겠다.
오 생명, 생명은 저 바깥에 있고.
나는 불타니, 나를 알아보는 이 아무도 없구나.

1927년 1월 2일 릴케 자신의 유언에 따라, 라론에서 좀 떨어진 높은 언덕 위에
위치한 교회 옆에 묻히다. 묘비에는 그가 직접 쓴 시작품인 다음과 같
은 '묘비명'이 새겨져 있다.

장미여, 오, 순수한 모순이여,
그리도 많은 눈꺼풀 아래
누구의 것도 아닌 잠이고픈 마음이여.

■ 옮긴이 장순란

서강대 독문과 및 동대학원을 졸업하고 독일 베를린 쟈유 대학에서 박사 학위를 받았으며, 현재 서강대 독문과 교수로 재직 중이다. 〈포스트모더니즘의 인식론적 시각과 문화운동〉〈포스트모던적 독일여성주의 문학과 크리스타 볼프〉 등 여러 편의 논문을 발표했고, 《아들》 등의 책을 옮겼다.

릴케전집 6

■ 초판 1쇄 펴낸날 2000년 9월 15일
■ 지은이 라이너 마리아 릴케
■ 옮긴이 장순란

■ 펴낸이 김직승
■ 펴낸곳 책세상
　서울특별시 종로구 교북동 10-6(우 110-090)
　전화 (편집부)732-4261~2 (영업부)732-1251~3
　팩스 732-1254
　E- Mail world8@chollian.net
　홈페이지 www.bkworld.co.kr

ISBN 89-7013-217-1 04850
　　　89-7013-172-8 (세트)

값 13,000원